일본인이 다시 쓴 옛날이야기
조선의 모노가타리物語

일본인이 다시 쓴 옛날이야기

조선의 모노가타리物語

다카하시 도루高橋亨 저
편용우片龍雨 역

역락

서문(序)

　　한국韓國의 현상을 조사해서 우리 일본의 중고사와 비교하기 위해, 작년 겨울에 한국에 출장을 갔을 때, 많은 사람을 만나 여러 가지 일들을 보고 들었다. 한국의 민간에 전래되는 설화, 그리고 속담에 관해서는 문학사 다카하시 도루高橋亨 군에게 많이 배웠다.

　　다카하시 군은 우리 도쿄제국대학東京帝國大學 문과대학 한학과漢學科 출신으로, 오랫동안 한국의 수도에 머무르며, 그 지역의 고등학교 학감으로서 많은 한국인 제자를 교육하였기에, 한국어에 능통하고, 한국인의 정서에도 익숙하다. 다카하시 군의 고등학교에는 여러 지역에서 배우러 오는 학생들이 모이기 때문에, 넓은 지역의 이야기와 속담을 연구하기에 편리하다. 이를 바탕으로 다년간 많은 이야기를 채록·조사하고 수집하여 이 책을 펴낼 수 있었다.

　　본디 일본과 한국은 같은 나라로서, 예로부터 같은 형태의 전설이 많지만, 정치와 종교가 서로 나뉘고, 많은 해가 지나며 각자 변화한 부분에 그 국민성이 나타나 있다. 지금 이 책에서 하나 둘의 예를 들자면, 도깨비에게 혹을 떼이는 이야기는 『우지슈이 모노가타리宇治拾遺物語』1)의 전설과 동일하지만, 선녀의 날개옷 전설과 같은 이야기에는 그들과 우리의 구별이 있어 그 국민성의 차이가 분명히 드러나 있다. 즉 우리들은 이것을 바닷가 지방의 이야기라고 생각하는데 그들은 산간의 이야기로 생각하여, 천녀天女의 승천을 쫓아 구름에 들어가려고 하나 우리에게는 그러한 집착이 없고 담박하다는 점에서 서로의 국민성을 엿볼 수 있다.

한국은 대륙과 접하고 있어 이로움과 병폐가 되는 모든 것을 지나支那2)로부터 큰 영향을 받았는데, 그중에서도 과거제科擧制는 가장 큰 폐습이다. 일본에도 과거科擧와 비슷한 것이 중고中古시대에는 있었지만 일찍이 없앴는데 한국에서는 최근에까지 시행되어, 선비士人는 모두 과거에 급제하여 고관에 올라 미인을 배우자로 삼고, 분에 넘치는 복록福祿을 받는 것이 유일한 이상이었다. 그렇기에 이와 관련된 세속의 이야기가 매우 많다. 본서에 수록되어 있는 춘향전春香傳이 이러한 의미를 가장 잘 표명하고 있다. 거의 중국소설을 읽는 것과 같은 느낌인 것 역시, 한국이 일본과 닮아 있으면서도 중국과도 닮은 점이 있다는 것을 증명하는 것이다. 이 양국의 영향 외에 한국의 진면목眞面目이 어디에 존재하는지 찾아보는 것도 또한 흥미 있는 조사가 아니겠는가. 속담諺語에 있어서도 또한 마찬가지이다.3)

---

1) 『우지슈이 모노가타리(宇治拾遺物語)』—13세기 경에 성립된 설화집으로 귀족·민간·불교 설화 등 197편의 이야기가 수록되어 있다.
2) 지나(支那)—일본에서 중국을 가리키는 표현. 멸시적인 느낌이 있는 단어로 지금은 사용되지 않지만, 원작의 분위기를 살려 이하 전부 '지나'로 번역했다.
3) 본디 본서는 조선의 이야기와 속담이 같이 수록되어 있다. 속담 부분은 박미경 옮

본서本書는 이러한 세간에서 전해지는 속담을 수집하였을 뿐만 아니라, 또한 그 사실을 알기 어려운 것에는 해설을 붙이고 비평을 더하였으니, 독자가 국민정서를 잘 알고 나라의 풍속을 이해하기에 편리하다. 책 속에 수록된 상중류上中流 신사紳士들의 가옥家屋 삽화와 같은 것은 다카하시 군이 나의 부탁을 받아들여서 특별히 조사한 것이다. 무릇 그와 같은 조사는 다카하시 군과 같이 한어韓語에 능통하고 그 나라의 사정에 익숙해져야만 잘 할 수 있는 것이다.

따라서 나는 본서本書를 통해 역사상의 일한고금日韓古今을 비교하는 것이 편리해졌음을 감사하면서, 나아가 널리 일반 문학에 관계가 있는 인사人士들에게 추천하여 여러 방면에서 일한日韓 문야文野4)의 차이를 비교할 수 있는 재료로서도 준비해 놓으면, 반드시 수많은 새로운 사실을 알 수 있게 될 것5)이라고 믿는다. 결코 단순한 오락적인 읽을거리를 제공하는 것은 아니다.

1910년6) 8월

하기노 요시유키萩野由之

김 『다카하시 도루의 조선속담집』(어문학사, 2006년)에 이미 번역되어 있으므로 이번 번역에서는 제외했다.
4) 문야(文野)－문명과 야만, 고상함과 속됨을 일컫는 말인데, 여기에서는 귀족문화와 서민문화를 동시에 가리키는 단어로 사용되었을 것이라고 생각된다.
5) 원문은 '發明'. 발명은 사물의 옳은 도리를 알고 그 이치를 밝히는 것을 의미한다.
6) 원문은 '明治四十三年'. 편의를 위해 서력으로 바꾸었다.

저자 서문(自序)

 압록鴨綠과 두만豆滿의 두 강의 근원은 장백산長白山 꼭대기의 영험한 호수에서 시작하여 개울을 잇고 골짜기를 뚫어 동서로 나뉘어 흐른다. 물은 강의 상류와 하류가 나뉘는 곳에 이르러서는 급격히 아래로 흘러서 깊은 구덩이를 만들고, 소용돌이를 일으키며 원을 만들어, 거슬러 돌아나가기를 수없이 반복한다. 어떤 때는 얕게, 어떤 때는 깊게, 어떤 때는 작게, 어떤 때는 크게. 듣자니 일찍이 어떤 사람이 있었는데 그 물 구덩이를 파내어 보니 주먹크기만한 눈부신 금괴金塊가 나왔다고 한다. 실로 장백산은 동아시아의 대금산大金山으로, 그 밀림과 깊은 골짜기, 금의 기운이 왕성한 곳이다. 그러하니 압록과 두만의 강의 급류는 화살과 같이 흐르는 중에, 언젠가 양쪽의 기슭과 강바닥의 금을 빼앗아 와서, 물이 떨어지는 곳에 구덩이를 이루었을 것이다. 그리고 물의 흐름이 멈추고 돌아나갈 때, 가지고 온 금을 내려놓고 가고, 금과 금이 서로 이끌고 서로 합쳐져 어느새 덩어리를 이루어 침전沈殿되었을 것이다.
 나는 여러 민족이 구성하는 사회가 잠시도 쉬지 않고 발달의 큰 생활을 영위하는 사이에, 때로는 그 특색과 정신을 침전沈殿시키는 것이 장백산의 금 기운이 압록과 두만의 물구덩이 바닥에서 금괴가 되는 것과 같다고 믿는다. 만일 우리들이 능히 이 사회생활의 세련된 침전물沈殿物을 걷어 올려 손에 넣을 수 있다면, 그것은 바로 그 사회생활의 정신의 참됨을 얻는 것과 같다. 즉 그 나라의 문학과 미술이 몇 백, 몇 천 년 동안 단속적斷續的으로 출현한 천재에 의해 정조화情操化[7]되고 구체화된 사회정신과 사회이상을 전하고 있고, 역사歷史와 전기傳記는 과거를 이야기하면서 그 속에 감추어져 있는 시대정신과 이상理想의 음향音響을 전하고 있는 것이다. 그 외에도 옛 습관과 기호嗜尙는 가각 그 시대의 중요한 의미를 가르쳐 주는 등, 모두 그 속에 사회생활의 흐름이 머물다가 돌아나가면서 생성된 침전물沈殿物을 함유하고 있다.

이야기 및 속담俚諺의 연구가 사회학적 가치가 있음은 이러한 점에 있다. 실로 속담俚諺은 사회적 상식이 만든 결정結晶으로, 과거의 언젠가 어떤 사람이 속담을 만들고, 많은 사람들이 그것에 동참한 것이 마침내 사회에 유행하게 되었고, 그중의 어떤 것은 오늘날 여전히 쓰이면서 천만무량千萬無量의 의미가 일구반어一口半語로 표현된 것이다. 이야기란 사회생활의 정수精髓를 축소한 그림으로, 어떤 것은 지극히 상대上代의, 어떤 것은 시대가 흘러 중세中世의, 혹은 가까운 과거의 사람들의 손에 의해서 이루어진 것으로, 사회의 흥미를

7) 정조(情操) – 진리, 아름다움, 선행, 신성한 것을 대했을 때 생기는 고차원적이고 숭고한 감정.

자극하여 많은 사람들의 입에 오르내리며 계승되어 오래도록 전해져 온 것이다.

사회를 단지 있는 그대로 간과한다면 한 장의 사진을 보는 것과 같이 조금도 의의를 짐작할 수가 없을 것이다. 사회 관찰자는 있는 그대로의 생활 속에서 움직이지 않는 풍속과 습관의 특색을 인식하지 않으면 안 된다. 풍속과 습관을 연구하는 것만으로는 불충분하다. 더욱 그 풍속과 습관을 일관하는 정신을 파악해서 그 사회를 통제하는 이상理想으로 귀납歸納시켜야만, 비로소 사회연구를 마쳤다고 할 수 있다. 이 사회정신과 이상을 완전히 발견하는 것은 그물의 대강大綱을 내리는 것과 같아, 위정자와 사회정책자의 경영 시설에도 큰 공헌을 할 것이다. 즉 민중의 마음의 근원을 헤아려서 그 위에 인재를 육성하는 궁리를 할 수 있게 되었으면 한다.

나는 작년부터 위와 같은 목적으로 조선의 이야기와 속담을 수집하고 모아서 이 책을 만들었다. 그렇지만 아직 이 책이 조선사회의 정신과 이상理想의 진정한 소리를 전달하지 못하고 있음은 물론이다. 더욱 연구를 각 방면으로 넓혀, 정사正史, 야사野史, 법률, 문학 및 현재 생활상태 등도 탐구하여, 점차 진정한 소리에 다다르고자 한다. 그렇지만 금룡金龍의 비늘이 먹구름 사이로 번쩍이는 것처럼, 이 책 속에 이미 사회의 진상眞相이 희미하게나마 담겨 있다는 사실에 대해서는 독자가 수긍하는 바일 것이다.

조선과 우리나라, 그리고 지나의 이야기 사이의 기맥氣脈을 더듬어 찾을 수 있었다. 속담俚諺에는 동공이곡同工異曲8)이 있다는 것을 알 수 있었다. 더욱이 일한日韓의 풍속과 기호를 비교하는 것은 독자들 스스로에게 맡기겠다.

경술庚戌9)년 장마철에
경성에서 저자

---

8) 동공이곡(同工異曲) - 같은 악공이라도 곡조가 달라진다는 뜻으로, 같은 뜻을 지니더라도 나라에 따라 표현을 달리하고 있다는 뜻.
9) 1910년

차례

범례

- 원작은 博文館에서 1910년에 출판된 『朝鮮の物語集附俚諺』의 전반부에 수록된 이야기 부분을 사용했다. 다카하시 도루는 1914년 속담 부분을 증보하고 「반쪽이(片身奴)」「장화홍련전(長花紅蓮傳)」「재생연(再生緣)」의 이야기를 제외한 『朝鮮の俚諺集附物語』를 출간했다.
- 원작에는 다카하시의 주석이 각 이야기의 말미에 정리되어 있다. 번역을 하며 독자의 편의를 위해 역자의 주는 각주로, 다카하시의 주는 미주로 권의 말미에 정리하였다. 이야기를 아는 독자들은 다카하시의 미주만 읽어도 흥미가 있을 것이다.

혹부리 영감(瘤取)

지금은 옛날,[1] 어느 시골에 매우 큰 혹[미주1]을 뺨에 달고 있는 노인이 있었다. 물론 그 당시에는 혹을 떼어낼 의술도 없어, 몇 수십 년 동안 어쩔 수 없이 덜렁덜렁 귀찮은 듯이 흔들거리며 걷기에 불편함이 그지없었다. 어느 날의 일이었다. 산에 나무를 하러 갔다가 해 지는 줄 모르고, 아직 집에 돌아가지도 않았는데, 해는 완전히 지고 말았다. 달빛도 희미한데, 산길을 더듬어 가자니, 조선에서 제일의 악명이 높은 길惡道[미주2]이라 안심할 수 없었다.

"에이 될 대로 되라."

이렇게 생각하여 길 가에 버려져 있던 낡은 집에 장작을 내려놓고, 오늘 밤은 여기서 밤을 새울 각오를 했다. 주위에는 인가라고는 보이지 않는 집에 있자니, 밤이 깊어질수록 황량·적막감을 참을 수 없어, 잠도 오지 않았다. 차라리 일어나 있어야겠다고 생각

---

1) 지금은 옛날―원문은 '今は昔'. 직역하면 '지금은 옛날'이라는 뜻. 일본 최대의 고설화집인 『곤자쿠 이야기집(今昔物語集)』(12C 무렵 성립)에 수록된 옛날이야기는 모두 '지금은 옛날'이라고 시작하고 있다. 한국의 '옛날 옛날에'와 비슷한 의미라고 할 수 있다.

해, 평소에 목소리에는 자신이 있었기에 좋아하는 노래를 마음껏 불러댔다. 실로 맑은 목소리로 대들보에 쌓인 먼지를 움직였다는 노나라의 고사古事로 유명한 성동양진聲動梁塵이 따로 없었다.

이렇게 인적이 드문 경계境에는 반드시 여러 요괴미주3들이 살기 마련이다. 밤만 되면 요괴들은 왕성하게 활동하기 시작해 수도 없이 왔다 갔다 했다. 이 노인의 노랫소리에 놀라 지나가던 요괴들이 모두 모여들어, 넋을 놓고 듣고 있었다.

노인은 어느새 각양각색異種異形의 요괴들이 나타나서, 딱히 자신을 해치려고 하지는 않지만, 주위를 빙 둘러싸고 앉아 있는 모습에 매우 놀랐다. 이러한 곳에 요괴가 서식하는 것은 당연한 일이어서, 도망치려고도 숨으려고도 하지 낳고, 오히려 약점을 보여서는 안 되겠다는 생각에 더욱 소리를 높여 즐거운 노래를 계속해서 불러 댔다. 요괴들은 노인의 너무나도 뛰어난 노래 솜씨에 모두들 숨소리를 죽여 들으며, 적막한 가운데 넘쳐나는 감동을 참을 수 없었다.

이윽고 노래가 끝나고, 동녘이 어슴푸레 밝아오자, 노인은 겨우 안심을 할 수 있었고, 요괴들은 짧은 밤을 아쉬워하며 각자 발걸음을 돌렸다. 그때 우두머리처럼 보이는 요괴가 정말이지 괴상한 애교를 부리면서 물었다.

"노인. 자네는 어떻게 그렇게 아름다운 목소리를 낼 수 있는가."

노인은 이미 무서울 것이 없었다.

"그것은 말이지요. 대왕이 보시듯이 저는 여기에 커다란 혹을 가지고 있습니다. 이것이야 말로 제 소리를 모아 두는 곳입니다."

라고 대답했다. 요괴는

"그렇다면 어떻게 해서든 그 혹을 나에게 파시게."

라며 갖은 보물을 꺼내어 혹과 바꾸어 갔다.

해가 밝아오자 요괴들은 들판의 이슬과 같이 흔적도 없이 사라졌다. 노인은 혼자 빙그레 웃으며,

"지난밤에는 요괴들을 감쪽같이 속였구나. 여태까지의 질병도 다 낫고, 불치병 중의 불치병인 가난이라는 질병도 나았구나."

라며, 장작이고 뭐고 버려두고 한달음에 집으로 돌아왔다.

헌데 노인과 똑같이 뺨에 혹이 있는 한 사람이 같은 마을에 살고 있었다. 하루는 노인의 혹이 없어진 것을 확인하고, 이상히 여겨 그 이유를 따졌다.

"그렇다면 나도 그 요괴들을 속여야겠다."

이렇게 생각하고, 어느 날 밤 그 들판의 집으로 가서, 자신이 있기도 하고 영 못 들어줄 정도는 아닌 실력의 노래를 불렀다.

"요괴는 이제나 오려나, 저제나 오려나."

고 생각하며 기다리고 있었다. 요괴들은 노래를 듣고

"지난밤의 거짓말쟁이 노인이 왔나보군."

이라고 생각하고, 서로 이야기를 하여 모여들었다. 이것저것 노래를 시키고 나서 마지막에는 어찌 노래를 그리 구성지게 하느냐고 물었다. 혹부리 노인은 기다렸다는 듯이 정색을 하고,

"보는 바와 같이 이 커다란 혹에서 나오는 소리요."

라고 말했다. 요괴의 대장은 껄껄거리며 크게 웃고는,

"정말 거짓말쟁이 영감이군. 이전 한 인간에게 속아 많은 금은을 들여 혹을 사들여 뺨에 붙이고, 노래를 부르려 해도 미성은커녕 오히려 목소리가 나빠진 것 같다. 이제 이 혹은 나에게 필요가 없다. 네 목소리가 거기서 나온다면, 이것도 네게 주마."

라며 원래 혹이 있던 옆에 또 하나를 붙여 주고, 인간의 어리석음을 보라며 모두 소리 높여 비웃고는 가 버렸다고 한다.

성황당(城隍堂)

　옛날 주周나라의 태공망太公望 여상呂尙은, 160세가 되도록 살았는데, 80년 동안은 궁핍한 생활을, 80년 동안은 부귀하게 살았다고 한다. 늙은 아내는 계속되는 궁핍한 생활을 참지 못하고, 스스로 이혼을 청하여 나갔다. 후에 태공이 부귀를 얻자 다시 찾아와 다시 아내로 맞이해 달라고 애원을 했다. 태공은 그릇의 물을 정원에 버리고,

　"이것을 잘 보시오. 한 번 쏟아진 물은 그릇으로 되돌릴 수 없는 것이오."

라고 꾸짖었다.

　"당신과 같이 경박한 여자와는 영원이 다시 만날 일이 없을 것이오."

라고 침을 뱉었다. 여자는 분노와 수치로 인해 집으로 돌아오자마자 죽어버렸고, 죽은 후에는 결국 귀신이 되었다. 조선에도 이 귀신을 모시는 성황당城隍堂이 있다. 마을 입구의 길 옆, 숲 속에, 서울이고 시골이고 할 것 없이 보이는 조그만 사당이 바로 성황당이다.

오고가는 사람들은 죄罪를 가볍게 해주려는 것인지, 성황당에 침을 뱉고, 조각돌을 하나 던지는 풍습이 있다. 대개 소원, 특히 남녀 간의 소원은 성심성의껏 빌면, 감응이 있다고 하던가.

지금은 옛날. 아비도 없고, 어미도 없고, 형제도 없고, 하물며 아내도 없고 자식도 없이, 천하를 떠도는 한 사람이 있었다. 나이는 벌써 30을 넘었지만, 누구 하나 아내로 들어와 조금이라도 돌보려는 사람이 없었다. 총각總角미주 4 을 쓸데없이 길게 늘어뜨리고, "총각, 총각"이라고 하대를 받으며, "전생에 무슨 죄를 지었기에⋯⋯"라고 탄식을 했다. 이 남자는 천성이 장기를 좋아해, 상시 돈 한 푼 가지지 못한 무일푼이었지만, 장기판과 장기 알은 항시 휴대하고 있었다. 하루는 여느 때처럼 장기판을 어깨에 걸치고 떠도는 구름처럼 정처 없이 방황하다가, 무례하게도 성황당 앞을 지나가게 되었다. 불현듯 마음이 끌려 앞에 자리를 잡고 담배를 꺼내 물며, 성황당을 향해 장기판을 꺼내 놓았다.

"성황당 님, 장기 한 판 둡시다."

고 말하고는, 다시 자신의 입으로 "오냐"라고 대답을 했다.

"그렇다면 그 쪽이 성황담 님, 이쪽은 제가. 그런데 성황당 님. 그냥 두면 재미있을 리 없지요. 내기 하나 하십시다. 내가 지면 성황당 님께 술 한 동이, 명태 한 마리를 드리리다. 만약 성황당 님이 지면 내게 아름다운 색시를 한 명 주시오."

그러고는 또 다시 혼자서 성황당을 대신해 "오냐"라고 대답했다. 이렇게 장기가 시작되어, 첫 판은 남자가 지고 말았다.

"그렇다면 내기에 졌으니 약속한 걸 드리리다."

라고 말하고는 마을로 가, 어떻게 한 것인지 술과 명태를 구해왔다.

"내기에 약조한 술과 명태요."

"오냐."

역시 혼잣말을 주고받고 술을 마신 후에,

"자, 또 한 판 둡시다."

라고 말하고, 한 판 더 두었다. 이번에는 성황당이 완벽히 지고 말았다.

"이번엔 성황당 님이 졌소이다. 내게 반드시 아름다운 아내를 주시오."

라고 말하고, 웃으며 장기판을 정리해 자리를 일어서니, 이미 해는 산 너머로 지고 있었다.

남자는 의기양양하게 마을로 내려오는데, 길가에 기품 있는 옷차림의 한 부인을 보았다. 부인은 우물물을 길어 머리에 얹고, 집으로 돌아가려고 하다가 남자가 오는 것을 보고는 기쁜 얼굴로,

"아니 이게 누구요. 낭군 아니요. 이제 돌아오는 거요. 첩은 며칠 전부터 오늘인가, 오늘인가하고 뜬눈으로 밤새우고 있었습니다. 그런데 그 일은 어찌 되었소."

라고 물어왔다. 남자도 풍류를 아는 사람이었기에,

"그게 말이지. 그렇게 서둘렀어도 이제야 겨우 돌아올 수 있었네. 그리고 예의 그 일은 실패로 돌아가고 말았어."

하고 맞장구를 쳤다. 여자는

"그래요? 그것도 어쩔 수 없지요. 그래도 이렇게 우리 낭군만이라도 돌아왔으니 안심이지요. 자 같이 갑시다."

며 손을 잡고, 재빨리 앞장서서 길을 안내했다. 어느 대궐 같은 집에 들어가

"어머니, 우리 낭군이 돌아왔습니다."

라고 큰 소리로 어머니를 부르니, 어머니도 서둘러 나와

"정말 아무개가 왔구나. 그 일은 어떻게 되었느냐."

고 물었다. 남자는 뻔뻔하게

"그 일은 완전히 실패하고 말았습니다."

고 하자, 어머니도

"그것은 어찌 되었든, 네가 의외로 빨리 돌아와서 무엇보다 다행이다. 자 어서 들어가자."

라고 하고, 갖은 반찬을 준비해서 남자를 극진하게 대접 했다. 식사를 마친 남자는 부인과 함께 방으로 들었다.

이렇게 해서 남자는 며칠간은 생전 처음으로 낙원에서 지냈다. 그러던 어느 날 여자는 남자가 남편이 아님을 알아차리고 까무러 치듯 놀라, 귓속말로 어머니와 어떻게 하면 좋을지 상담했다. 어머니도

"그날은 이미 날도 저물고, 더구나 노안이라 확실하게 눈이 잘 안보여 네가 말하는 대로 우리 아들이라고 생각하고만 있었는데, 자세히 들여다보니 역시 좀 다른 듯하다. 하지만 이미 저지른 일은 어찌할 수 없지 않겠니. 자세히 이유를 설명하고 나가달라고 할 수

밖에 없구나.”

　이렇게 이야기하고, 그 남자를 불러 얌전히 나가달라고 이야기하니, 남자는 꿈쩍도 안하고

　“당신들이 먼저 길 가는 사람을 무리하게 불러들여 놓고는 사람을 잘못 보았으니 나가달라는 것은 말도 안 되오. 누가 이야기하더라도 이대로는 나갈 수 없소이다.”

라고 했다. 두 여자는 곤란해하며, 이러한 와중에도 진짜 남편이 돌아올 날이 점점 다가오자 어찌할 도리가 없어, 집안의 돈을 모아 남자에게 따로 집 한 채와 작은 토지를 마련하고, 지인으로부터 신부까지 구해 주었다. 이렇게 남자는 하루아침에 총각을 잘라버리고 상투를 틀어 올린 후, 한 집안의 주인으로 젊은 색시와 화목하게 살았다고 한다.

가난한 군수 돈을 얻다(貧郡守得錢)

　경성의 일본인 거리인 진고개泥峴2)라는 곳은 지금이야말로 경성의 경교구京橋區(교바시구), 일본교구日本橋區(니혼바시구), 그리고 신전구神田區(간다구)로 바뀌었는데, 경성 제일, 아니 아마 조선 제일의 번화한 거리일 것이다. 하지만 이조李朝의 시작부터 갑오甲午 개혁까지는 북촌과 남촌이 있어, 여름에는 덥고, 겨울에는 추우며, 비가 오면 진흙탕이 되고, 바람이 불면 흙먼지가 날리는 등, 이루 말할 수 없는 악지惡地였기 때문에, 가난한 양반兩班미주5들의 주거지였다. 그렇기 때문에 여기나 저기나 가난이 뼈까지 스며있는 양반들은 허세가 있어, 밥은 굶어도 유유히 이를 쑤시는3) 듯한 고풍스런 모습이지만, 내심으로는 눈을 희번덕거리며4) 어떻게 해서든지 군수미주6 자리 하나를 얻고 싶다는 생각만을 평생의 희망으로 가지고 있었다.

---

2) 원문에는 'チンカウガイ', 즉 '친코우가이'라는 음이 붙어 있다.
3) '食わねど高楊枝' – 일본 속담. 밥을 먹지 않아도 밥을 먹은 듯 유유히 이쑤시개를 이용한다는 뜻으로, 체면치레를 중시하던 사무라이(侍) 계급을 풍자하는 내용.
4) '鵜の目鷹の目にて' – 즉 가마우지(鵜)와 매(鷹)가 먹이를 찾는 것처럼 열심인 모습을 묘사할 때 사용하는 관용구.

여기에 이와 같은 남촌의 가난한 양반이 하나 있었다. 일 년 내내 죽으로만 배를 채우던 선생先生은 어떠한 운을 얻었는지, 생각지도 않던 소원이 이루어져, 한 고을의 군수가 되었다. 그런데 하늘의 무심한 장난인지, 착임하고 호피에 앉아 주위사람에게 "군수님", "군수님" 하고 떠받들어질 줄 알았는데, 얼마 지나지 않아 파면되어 또 다시 멀고먼 경성으로 돌아가지 않으면 안 되는 신세가 되었다. 부임 당시의 여비조차 겨우겨우 마을의 관속官屬들에게 부탁을 해 마련해 왔던 가난한 양반이었기에, 해임되고 나서는 여비가 나올 곳이 없었다. 실로 부목과 떨어진 눈먼 거북의 처지5)였다. 하지만 새로 부임한지 별로 시간이 지나지 않았기 때문에 의중을 터놓고 상담할 사람도 없었다. 사정을 간파한 현명한 마을의 한 관속미주7이 군수에게

"저에게 맡겨 주시면 절대로 손해는 보지 않을 것입니다."

라고 이야기했다. 군수는 바라지도 않았던 호의에 만사를 잘 부탁한다며 두 손을 모아 빌었다.

"그렇다면 저를 따라 오십시오."

라며 군수를 데려간 곳은, 평소에 부자로 이름이 높은 마을의 술집의 술 창고였다. 사전에 알아두었다는 듯이, 재주껏 창고로 숨어들

---

5) '浮き木に離れし盲龜の境遇' ─ 불교용어 '맹귀부목(盲龜浮木)'에서 유래. 이 고사는 백년에 한 번씩 바다위로 떠오르는 눈먼 거북이 떠다니는 나무의 하나뿐인 구멍으로 들어가려고 하는 것처럼, 사람으로 태어나 부처의 가르침을 받기가 어렵다는 뜻이다. 매우 기회가 적거나, 우연히 찾아온 기회를 비유할 경우에도 사용. 그러한 나무와 떨어졌다는 것은 가난한 양반이 거의 없는 기회마저 잃었다는 것을 의미한다.

어 거리낌 없이 술병을 꺼내어 마셔댔다. 군수도 꿈을 꾸는 듯한 기분이었지만, 될 대로 되라는 기분으로 군속이 주는 대로 가득 부어 마셨다. 한잔, 한 잔, 또 한 잔. 군수는 이제 괴로움도 기쁨도 전부 잊어버리고, 큰소리로 코를 골며, 술병을 끌어안고 깊은 꿈속으로 빠져들었다. 이를 본 관속들은 술 창고에서 뛰쳐나가 큰 소리로 "도둑놈이다." "도둑이 들었다."라고 소리치며 각자 도망갔다.

술집 사람들이 도둑이라는 소리에 놀라, 각자 손에 몽둥이를 들고 소리가 나는 창고로 들어가 보니, 이게 어찌된 일인지 차림새가 귀해 보이는 도둑이 술병을 끌어안고 취해 쓰러져, 정신도 못 차리고 유유히 자고 있는 것이 아닌가.

"이놈, 참 낯도 두꺼운 놈이구나."

라며 밧줄로 단단히 묶어 술 창고 앞의 감나무에 매달아 두고,

"오늘 밤은 늦었으니, 내일 날이 밝는 대로 군수에게 데리고 가야겠다."

고 이야기를 나누고, 모두 흩어졌다.

기회를 보고 있었던 관리는 생각대로 되어가는 것에 만족하고, 군수를 구해내어 돌려보낸 후, 그 대신 술집의 별채에 살고 있는 80이 넘은 주인의 노모를 데리고 와, 감나무 높은 곳에 매달아 놓았다.

그것도 모르고 술집의 주인은 다음날 동이 트자마자 관아로 출두해서,

"지난밤에 술 창고에 침입한 도적을 다행히 붙잡아, 지금 뒤뜰의

감나무에 묶어 두었습니다."

고 신고를 했다. 군수와 관리는 아무것도 모르는 듯

　"그것 참 훌륭하구나. 훌륭한 솜씨이다. 지금 당장 포졸들을 보내 끌고 오도록 해라."

고 했다. 이윽고 포졸들이 묶어 온 도적, 이게 어찌된 일인지 80세가 넘은 노파가 아닌가. 노파는 너무나도 세게 묶여 있었던 탓인지 소리도 내지 못하고, 넋을 놓고 서있을 뿐이었다.

　깜짝 놀란 것은 술집 주인이었다.

　"아니 이게 어찌된 일이오."

라며 달려가 부축하려하니, 군수는 엄한 눈초리로 노려보며

　"이놈. 불효무도不孝無道하기가 귀신의 자식과 같구나. 자신의 어미를 묶어 나무에 매달아 두고, 그것도 모자라 도둑이라고 고소하는 것은 어찌된 일이냐. 옥졸은 어서 이놈을 끌고 가라."

라고 엄명을 내리고, 오연傲然하게 자리를 떴다.

　술집 일가는 큰 소란이 일어났다. 모든 것이 꿈을 꾸는 듯 했지만, 주인이 감옥에 있다는 것은 깰 수도 없는 사실이었다. 이 꿈에서 깰 수 있는 묘약은 이것뿐이라고 생각되어, 재산을 긁어모아 뇌물을 사용해, 주인을 꺼내었다. 군수는 이렇게 해서 필요 이상의 재화를 얻어, 여장旅裝을 화려히 꾸미고, 뒤도 돌아보지 않고 귀로에 올랐다. 단 그 관리가 군수 이상의 이득을 얻었음은 두 말할 나위 없다.

거짓말 경쟁(噓較)

지금은 옛날. 세도勢道[미주8] 양반이 있었다. 매일 밤낮을 엽관獵官들이 문전성시門前成市를 이뤄 쇠파리6)가 몰려든 듯 했다. 그러던 어느 날. 양반이 한 가지 계책을 짜내어, 관직을 노리는 이들에게 선고하기를

"이제부터 너희들의 활동에는 어떠한 방법을 동원한다 해도 일체 귀를 기울이지 않겠다. 단 교묘한 허언噓言으로 나를 속이는 자가 있다면, 그 사람에게는 반드시 관직을 주도록 하겠다."

이러한 포고를 들은 사람들은

"거짓말을 밥 먹듯 하는 것이 우리들 전문專門이다."

라며 앞 다투어 매일같이 생각에 생각을 거듭해,

"이 정도라면 속겠지."

"이래도 안 속겠느냐."

---

6) 원문은 청승(靑蠅)－'창승(蒼蠅)'이라고도 한다. 『시경(詩經)』에 나오는 말로, 남을 헐뜯고 모함을 하는 소인배를 가리키는 말. 본문에서는 벼슬을 얻기 위해 아첨하고 이들을 가리킨다.

28

라며 몰려들어, 감쪽같은 거짓말을 해왔다. 하지만 이쪽은 물론 그들보다 한 수 뛰어난 사람이기에, 거짓말 전쟁터의 대장군으로서, 수많은 힘든 전투에서 순조롭게 이기고, 세도勢道까지 올라올 수 있었던 노양반이다. 어찌 관직을 얻으려는 들개 같은 사람들[7]의 거짓말에 놀아나겠는가. 말 한 마디에도 "거짓말이다", "거짓말이야"라고 갈파喝破당하는 통에 모두 실패하고 말았다.

한편 여기에도 들개 무리 중에 아무개가 있었다. 이미 계절은 겨울로 바뀌어, 음력 11월 1일. 노양반을 찾아뵙고,

"어떤 일로 제가 어제 친구 생일 연회에 초대를 받았습니다. 그 친구는 너무나도 부귀와 권세를 누리는 친구로, 만사 만반의 준비를 하고 산해진미, 국내외의 요리를 내놔, 근래 보기 드문 성대한 연회였습니다. 그중에서도 특히 손님들의 기절초풍하게 한 것은 큰 접시에 쌓아놓은 종로에 있는 대종大鐘[미주 9] 크기의 앵두櫻桃 열매였습니다."

라고 이야기했다. 이를 들은 노양반은 대갈大喝하고

"바보 같은 녀석. 세상에 종 크기의 앵두가 어디에 있느냐. 거짓말이다."

라고 했다. 남자는 아무렇지도 않은 듯,

"그렇다면 영도사永道寺[미주 10]에 있는 종 크기의 앵두라고 한다면

---

7) 다카하시는 관직을 노리는 엽관들을 낭연(狼連)이라고 표현하고 있다. 사냥을 나타내는 '엽(獵)'과 관련지어 늑대, 들개를 나타내는 '낭(狼)'을 이용한 듯 보인다. '연(連)'은 같은 목적이나 취미를 갖는 사람들의 모임을 나타내는 단어이다.

어떠십니까.”

　이를 들은 노양반은 역시 대갈하고,

　“거짓말. 어디에도 절에 있는 종 크기의 앵두는 없다.”

고 했다. 남자는 다시 대수롭지 않은 듯,

　“그렇다면 대감大監[11]의 술 창고에 있는 술병 크기 정도라고

한다면 어떠십니까.”

　“이놈. 세상 어디에 그런 터무니 없는 앵두가 있느냐.”

고 호통을 쳤다. 남자는 유유히

　“그렇다면 가난한 이의 술병 크기라고 한다면”

　“이 녀석, 어디서 거짓말이냐.”

　“그렇다면 찻잔 크기라면”

　“그것도 거짓말이다. 거짓말이 서투르다.”

　“그렇다면 밤톨만하다면”

　“거짓말이다.”

　“그렇다면 커다란 대추만한 크기는”

　“그것도 거짓말이다.”

　“그렇다면 작은 대추 정도의 크리라면 어떠십니까.”

고 했다. 이를 들은 양반은 실로 작은 대추 정도의 앵두라면 있을

수 있다고 생각해 고개를 끄덕였다. 이를 듣고 남자는 의기양양하

게 인사를 하고 나왔다.

　자리를 물러난 남자는 큰 소리로

　“이번에야 말로 교묘하게 노양반을 속였다.”

고 모두의 앞에서 떠들었다. 벼슬을 좇는 들개들은 남자 주위에 모여들어 어떻게 속였냐고 물었다. 남자는 예의 앵두의 문답을 설명하고,

"요컨대 이야기의 시작에 어제 연회에서 앵두를 보았다고 하니 노양반이 이를 이상하게 여기지 않았지요. 지금은 한겨울입니다. 어찌 앵두 열매가 있을 리 있겠습니다. 노양반은 앵두가 종 크기만 하다고 하니, 거기에 신경을 빼앗겨 지금이 엄동설한이라는 사실은 눈치 채지 못했습니다. 결국, 지난밤에 대추 크기만 한 앵두를 보았다고 하는 거짓말에 속고 말았습니다."

이를 들은 사람들은 탄복하지 않는 이가 없었다. 후에 노양반은 이를 전해 듣고 깜빡 속은 것을 인정하고 남자를 한 관직에 임명시켰다.

풍수선생(風水先生)

지금은 옛날, 경성에 풍수風水미주 12의 대가가 한 사람 있었다. 미설眉雪의 나이를 거듭해 상묘相墓의 기술을 더욱 가다듬어, 이 분야에 있어서 명장名匠으로서 천하에 이름을 날렸다. 이 노인에게는 아들이 셋 있었다. 여러 사정이 있어 풍수의 기술을 가르치지는 않았지만, 가산이 어렵지 않았기에 명망 있는 스승을 따르게 해서 성인聖人의 도를 배우게 하여 임지臨池8)도 졸렬하지 않아 노부부도 누구하나 할 것 없이 사랑하였다.

노인의 나이도 점점 많아지자, 언제 어디에서 명이 다할지 몰랐다. 세 아들들은 기회가 있을 때마다

"가엄家嚴,9) 100년 뒤에는 어디를 묘소로 선정하면 길하겠습니까? 어디라고만 가르쳐 주신다면 아무리 험한 산, 깊은 바다 속이

---

8) 임지(臨池) - 습자(習字). 달필가인 왕희지(王羲之)가 연못 옆에서 글씨를 연습했다고 하는 고사에서 유래한 표현이다.
9) 가엄(家嚴) - 남에게 자신의 아버지를 칭할 때 쓰는 표현. 본문에서는 아들들이 자신의 아버지를 부르고 있기 때문에, 어울리지 않으나 원문 표현을 존중해 그대로 번역했다.

라도 반드시 뜻을 받들겠습니다."

고 이야기해도, 웬일인지 노인은

"그것은 이미 내 마음속에 정해둔 곳이 있지만, 아직 말할 때가 아니다. 조금만 기다려보도록 해라."

고 말할 뿐이었다. 그 후 1년, 2년이 지나고, 이윽고 아버지의 나이가 걱정이 되어, 때때로 질문을 해도, 역시 기다리라고만 할 뿐이었다. 그러는 동안에도 노인의 건강은 점점 쇠약해져서 쓸쓸한 가을밤의 이슬의 귀뚜라미처럼, 새벽녘의 등불처럼, 이미 이번 겨울을 넘기기가 어렵게 보이니, 세 형제는 상담해서 묏자리를 물어보니,

"이는 내 입으로 이야기할 수 없다. 내가 죽거든 친구인 아무개를 찾아가 가르쳐달라고 해라."

고 말을 남기고, 얼마 되지 않아 돌아올 수 없는 여행을 떠났다.

슬픔은 이루 말 할 수 없었지만, 그보다 급한 것은 묘소의 선정이었기에, 세 아들은 함께 아버지의 친구이자 역시 풍수의 거장인 아무개를 찾아가 아버지의 유언을 말하고, 조심스레 가르침을 부탁드렸다. 아무개는 잠시 침묵을 이어갔다.

"실로 너희 아버지의 묘소는 너희 아버지도 나도 잘 알고 있다. 하지만 지금 내가 너희에게 그 장소를 가르쳐 준다면, 너희들은 과연 그 장소에 장사를 지내겠느냐?"

고 입을 열었다. 세 아들은 입을 모아 이야기하기를

"물론입니다. 아버님의 유언을 어찌 따르지 않겠습니까. 그곳이

호랑이 굴이라고 해도, 용이 사는 연못이라 해도, 우리 셋이 마음을 합쳐 협력하면 이룰 수 있다고 생각합니다."

고 대답했다. 친구는 다시금

"하지만 만약 그곳에 묘를 쓰면 너희들 셋 중 장남은 그 자리에서 (상을 치른 다음날) 목숨을 잃고, 둘째는 졸곡卒哭(부친의 사후 100일째)에 목숨을 잃고, 막내는 소상小祥(부친의 사후 1년째)에 목숨을 잃게 될 것이다. 그래도 꼭 내 말을 따르겠느냐?"

고 확인을 하자, 셋은 의외의 말에 매우 놀랐지만, 장남이 반문하기를

"우리들이 아버님이 돌아가신지 1년 안에 모두 목숨을 잃는다면, 그곳에 묘소를 쓰는 것이 무슨 공덕이 있겠습니까."

그러자 그 친구 분은 빙그레 웃으며 말하기를,

"그렇게 하면 장래 너희 집안에서 재상이 세 명 나오게 될 것이다."

이를 들은 세 형제는 더욱 놀라움을 금치 못하면서도 내심

"장례를 치르고 1년이 되지 않는 사이에 다 죽는다고 하면, 어찌 우리 집에서 재상이 세 명이나 나올 수 있겠는가. 이는 필경 친구 분이 이러한 거짓말로 우리의 진실함을 떠보려는 것이다."

고 생각하고, 막내가 나서서

"어떠한 운명이 우리들에게 닥친다고 해도 반드시 어르신의 가르침에 따라 묘소를 정하겠습니다."

고 맹세했다. 둘째와 첫째도 이의가 없었다. 친구 분에게 장소를

상세하게 교시敎示 받은 세 형제는 즉시 성대하게 장례를 치르고, 무사히 입관을 마쳤다.

불가사의하게도, 친구 분의 예언은 신통했다. 장례를 치루고 일족이 모여 위폐 앞에 둘러앉아 "아이고, 아이고"[10]라고 곡을 하면서 밤을 샌 아침, 그때까지 아무렇지 않던 장남이 갑자기 외마디 비명과 함께 숨을 거두었다. 아직 아버지의 무덤의 봉분을 다 쌓지도 못했는데, 불쌍히도 그 뒤를 따라 승천한 것이다. 일가의 탄식은 말할 필요 없었다. 풍수선생의 아내는 존명存命이었기에 자신이야말로 아들을 대신해야 한다며 슬퍼했다. 장남의 부인은 아직 꿈을 꾸는 듯한 기분으로 울려고 해도 눈물이 다 말라버려서 엎드려 있기만 했다. 일이 이렇게 되자 두 명의 형제가 친구 분의 참언讒言이 조금씩 진실처럼 느껴져 한숨을 내쉬면서도 각자 자신의 운명을 각오하는 것 역시 안타까웠다.

그렇게만 있을 수도 없는 노릇이라, 다시 새로운 장례를 치르자, 침울한 집안은 더욱 무거워져, 장마의 구름 낀 하늘과도 비슷했다. 백구과극白駒過隙[11]보다도 빠른 광음光陰[12]은 슬픔에 빠진 집도 비껴가지 않았다. 아버지가 돌아가신지 100일째 되는 날이 되자 친족들

---

10) 원문은 '哀號', 발음은 표시되어 있지 않지만, 사전에는 'あいご, 아이고'로 등록되어 있다. 슬픔을 나타낼 때 쓰는 단어이다.
11) 백구과극(白駒過隙) - 원문은 '白駒の隙を過ぐる'. 『장자(莊子)』에 나오는 고사. 하얀 말이 지나가는 것을 벽 틈으로 본다는 뜻으로 세월의 흐름이 매우 빠름을 나타내는 말.
12) 광음(光陰) - 빛과 그림자, 즉 해와 달을 가리키는 말로 세월을 나타낸다.

은 모두 모여 하늘이 무너지듯 곡을 하고 있자니, 병도 없던 둘째도 돌연 숨이 끊어져, 이름을 불러도, 흔들어보아도 영혼靈魂은 이미 유명계幽冥界를 떠나, 제 아무리 기파耆婆와 편작扁鵲13)이라도 손을 쓸 수 없었다. 노모와 둘째 아들 부인는 단장의 비애에 빠져 있었다. 지금까지 노모에게는 아무것도 이야기하지 않았던 막내는 노모의 침통한 모습을 보다 못해 묘소에 관한 이야기를 털어놓았다. 노모는 너무나 놀라고 슬퍼 겨우 목숨 끈을 부지하고 있을 뿐이었다. 세 형제의 무모한 승낙을 한스럽게 생각하며 쏟아지는 눈물을 원망할 수밖에 없었다. 하지만 이미 이렇게 정해진 운명이라면 이제 와서 슬퍼해도 소용없다고 생각해, 장사를 지내고 새로이 소천所天14)을 잃어버린 세 과부와 9개월 후에는 죽을 운명인 막내아들이 애수의 세월을 보내고 있었다.

백년의 수명을 다하는 인간에게는 50년, 60년의 일생도 시시하게 느껴져 출가득도出家得道를 하는 일도 있다고 한다. 그것과는 또 달리 불과 200여 일의 수명이 남아, 매일 밤낮으로 사지로 다가가는 하나 남은 사랑스러운 아들을 보는 노모와 그 당사자인 막내가 모여 있는 이 집안에 어찌 웃음이 있을 수 있고, 위로가 될 만한 일이 있겠는가. 하루는 자신의 신세가 흉함을 느낀 막내는, 어머니의 슬픔도 배려해서, 오히려 멀리 놀러 가서, 어딘가의 산이나 강에라도 주검을 뉘어, 죽는 순간만큼은 어머니에게 보여서는 안 되겠다

---

13) 기파(耆婆) 와 편작(扁鵲) – 각자 고대 인도와 중국의 명의.
14) 소천(所天) – 아내가 남편을 가리키는 말.

고 결심했다. 이를 어머니에게도 이야기했다.

"아버지가 돌아가신 소상小祥이야말로 내가 죽을 날일 것입니다. 어디에서 어떻게 죽을지는 신경쓰지 마시기를 바랍니다. 만약, 만에 하나 그날에 죽지 않는다면, 내 목숨이 또 언제 어디에서 다할지 모르기에 바로 돌아오겠습니다."

고 말을 남기고, 여비를 충분히 챙겨 죽음의 여행을 떠났다. 술은 슬픔을 쓸어내는 빗자루,15) 가무歌舞의 저자에는 고난이 없다는 인생이지만, 막내아들과 같은 비참한 운명을 등에 업고 있는 사람이라면, 반드시 그러한 것도 아닐 것이다. 돈은 있으니 술을 즐기며 산수山水를 방랑하여 오늘이 있는 것은 오늘의 생명이 있음을 각오하고 지내다 보니, 이제 정해진 날도 며칠 남지 않았다. 그렇지만 몸은 점점 건강해져 금방 죽을 사람이라고는 조금도 느껴지지 않았다. 하루는 조금 무리를 해서 걸었더니 산골짜기에서 해가 저물고 말았다. 익숙하지 않은 지역이었기에 한 발자국도 움직일 수 없어, "오늘 밤은 산중턱에서 노숙을 해야 하나"란 생각에 언덕에 올라 주위를 살펴보니 그리 멀지 않은 산 밑에 불빛이 있는 인가가 보였다. 불빛이 보여 안심을 하고 급히 그 집에 다다라 문을 두드리고 안으로 들어가니, 50이 조금 넘고 친절해 보이는 노파가 한명, 조용히 아궁이에 앉아 있었다. 다른 이의 인기척이 없었기에

---

15) 원문은 '酒は憂の玉箒'－소동파(蘇東坡)의 한시 '동정춘색(洞庭春色)'의 시구 '應呼釣詩鉤 亦號掃愁帚'에서 유래. 즉, (술은) 시를 불러내는 낚시 바늘이자, 근심을 쓸어내는 빗자루라 할 수 있다는 뜻.

"길을 가는 여행객입니다만, 하룻밤 신세를 지고 싶습니다."

고 부탁하자, 노파는 흔쾌히 승낙하고, 저녁식사에 술을 곁들여 바지런히 대접하고는,

"사실 내 딸이 내일 결혼을 하는 탓에 그 준비로 바빴는데, 젊은 이가 와서 다행입니다. 마을에 내려가서 오늘밤은 거기서 잘 테니 미안하지만, 집을 잘 봐줬으면 좋겠습니다. 아무도 없는 집입니다. 침구는 저쪽에 준비해 두었습니다."

라고 하고, 모든 준비를 해 두고, 바쁜 걸음으로 마을로 향했다.

점점 밤이 어두워지자 여행의 피로도 있어, 슬슬 노파의 침방에 들어 침구를 머리끝까지 덮고 잠을 청하려던 참이었다. 갑자기 한 여인이 문을 열고, 꿀처럼 달콤한 말로

"엄마에게 안겨 자려고 왔어요. 오늘 하룻밤은 옆에서 같이 자요."

라고 하며, 재빨리 옷을 벗어버리고 남자가 잠들어 있는 이불 속으로 들어오는 것이었다. 어슴푸레한 등불로 살짝 보니 앳된 얼굴의 묘령의 미소녀였다. 이미 절벽에 두 손이 묶인 채로 던져진 것 같은 지금에 와서는 남자도 이것저것 문답할 용기가 없었다. 하물며 미인의 놀람이란. 옥 같은 팔과 향설香雪과 같은 피부는 한 번 젊은 남자에게 보인 이상에는 이제와 도망치려해도 도망칠 수 없었다. 더구나 여름의 벌레는 아니지만, 스스로 뛰어 들어온 것에 대해 여인은 실로 부끄러움과 두려움에 휩싸여 온몸을 떨고 있을 뿐이었다. 그럼에도 희미하게 상대의 용모를 바라보니, 역시 도시 부잣집

의 삼남三男으로, 어딘지 모르게 산뜻한 풍채에, 긴 여행에 다소 검게 그을린 얼굴로 인해 남자다움이 더해져 있었다. 남자라고는 생전 아버지와 형제 이외에는 얼굴조차 모르고, 그대로 모르는 남자에게 시집을 가서 남은 일생동안 남편을 고이 받드는 조선의 부인이 처음 만나는 멋있는 남자에게 어찌 정을 느끼지 않을 수 있겠는가. 남자도 정은 별다를 바 없어, 태어나서 20년 동안 아직 음양陰陽의 정을 모른 채, 불가사의한 운명에 사로잡혀 당장 죽을 신세이지만, 아직 영혼이 사대四大16)를 떠나지 않은 이상, 따뜻한 혈육이 자신도 모르게 미인의 향기에 녹아드는 것도 일리가 있다. 누가 먼저라 할 것도 없이, 덧없는 한 순간의 잠자리는 하룻밤이 마치 천년처럼 이루어졌다. 이 미인이 누군가 하면, 이 마을의 제일가는 양반의 사랑스런 딸로, 이 집의 노파는 이 딸의 유모였다. 그러니 역시 엄마라고 부르며 항시 옆에서 같이 자는 습관이 있었다. 딸은 점점 성장해서 천성의 미모를 숨길 수 없었다. 마침 좋은 혼담이 있어 드디어 내일로 혼사 날이 다가오자, 마지막으로 유모에게 안겨 자려고 온 것이었다. 남자는 자신의 운명을 자세히 털어놓고, 세상에 둘도 없는 허무한 신세를 한탄했다. 여자는 이미 자신의 목숨을 바친 남자가 그러한 불쌍한 운명이라고 들은 이상, 한층 정이 깊어져서, 이 이상 다른 남자는 섬기지 않겠다고 굳게 마음먹었다. 남자는 조곤조곤 이야기

---

16) 사대(四大) - 땅, 물, 불, 바람의 네 가지 요소가 세상을 구성하는 요소라는 불교 사상에 의거하여, 사람의 몸 역시 이 네 개로 이루어져 있다고 생각됐다. 즉, 사람의 몸을 가리킴.

하면서 손꼽아 세어보니, 바로 오늘밤이 아버지의 소상小祥 날이었다.
다시금 놀라면서,

"그렇다면 이 만남을 끝으로 이대로 나는 죽고 마는 것인가. 덧
없는 운명이여."

라고 깊게 탄식하며, 여자와 함께 잠이 들었다. 여자는 아침에 눈
을 뜨고 보니, 이미 남자는 몸이 차갑게 식어 이 세상 사람이 아니
었다.

여자는 이미 각오를 하고 있었기에, 위축되지 않고, 엄격한 아버
지에게 지난밤의 자초지종을 아뢰었다. 아버지는

"이년, 음탕하고 불효하다. 우리 가문에 씻을 수 없는 오점을 남
겼구나."[17]

라고 엄하게 꾸짖는 그 모습은 도저히 말로 표현 할 수 없었다. 하
지만 딸은

"이미 제 몸을 그 사람에게 맡겼으므로 두 번 다시 다른 남자는
섬길 수 없습니다. 바라옵건대 이번 생은 제 업보라고 체념하시고
저를 그 사람에게 보내주시기 바랍니다. 그 사람의 주검을 경성에
계신 그이의 집에 모셔다 드리고, 과부로서 평생을 보내게 해 주십

---

17) 원문은 '축생녀(畜生女)', '축생'은 일본에서 욕으로 쓰이는 말이다. 불교에서는 망
자가 죽어서 가게되는 세계를 지옥도(地獄道), 아귀도(餓鬼道), 축생도(畜生道), 수라
도(修羅道), 인간도(人間道), 천상도(天上道)의 6개로 나누고 있다. 각자 쌓은 공덕과
업에 의해 환생하게 되는 세계가 결정이 되는데, 축생도에서 태어난다고 하는 것
은 그만큼 인간도에서 죄를 저질렀음을 의미한다. 이런 의미에서 '축생'이란 말이
일본에서 욕으로 쓰이게 된 것이다. 또한 부모의 허락을 받지 않고 정을 통한 자
나, 근친상간(近親相姦)의 죄를 저지른 자도 축생도에서 태어난다고 여겨졌다.

시오.”

라고 울면서 결연히 이야기하니, 아비도 살려둘 수 없는 딸이지만, 죽이기보다는 낫다고 생각하여 어쩔 수 없이 허락해 주었다. 여인은 세 명의 오빠에게

“누가 이 불효녀와 함께 경성으로 가 주시겠습니까.”

하고 물었지만, 큰오빠도 둘째 오빠도

“형제이지만 형제라 할 수 없는 너 같은 여자를 데리고 가는 일은 받아들일 수 없다.”

고 거절했다. 막내 오빠는 역시 마음이 착했기에

“그럼 제가 같이 가도록 하지요.”

하고 나서, 주검을 앞세우고 신과부新寡婦를 뒤세워 낮에는 걷고, 밤에는 쉬며 경성으로 향했다.

　한편 노모는 비가 오나 바람이 부나, 떡갈나무 열매 같이18) 하나 남은 아들을 잊을 수 없었다. 날짜는 흘러 흘러 풍수선생의 소상小祥 날이 되었다.

“불쌍하도다. 오늘밤이 우리 아들이 죽는 날이구나. 어디서 어떻게 죽었을고.”

---

18) 원문은 ‘樫の實’로 ‘떡갈나무 열매’라는 뜻이다. 떡갈나무 열매인 도토리는 하나씩 열리는 특징이 있다. 일본의 시인들은 이러한 떡갈나무 열매의 특징을 이용해, ‘하나’ ‘혼자’ ‘하루’ ‘하룻밤’이라는 단어를 수식할 때, 종종 ‘떡갈나무 열매’를 이용했다. 이러한 수사법을 ‘마쿠라코토바(枕詞)’라고 한다. 이 경우 일반적으로 ‘떡갈나무 열매’는 그 뜻을 잃어 해석되지 않는다. 예를 들어 ‘떡갈나무 열매처럼 홀로 잠들고 있겠지(樫の實のひとりか寢らむ)’와 같은 『만요슈(万葉集)』(8세기 중반)의 시는 ‘홀로 잠들고 있겠지’라고 해석하는 것이 일반적이다.

노모는 전전긍긍하며 비처럼 흐르는 눈물과 함께 밤을 지새웠다. 그로부터 오늘은 부고가 올는지, 내일은 올는지 하며 두려운 마음에도 기다리고 있었지만, 열흘이 지나도록 결국 부고는 오지 않았다.

"혹시 불가사의한 운명을 피해 목숨을 부지해 머지않아 무사히 돌아오지는 않을까."

라며 부질없는 희망으로 매일같이 문 앞에 서서, 비슷한 형색의 사람이라도 지나가면 빤히 쳐다보았다. 며칠인가 지난 어느 날, 대문에서 곧게 뻗은 큰길을 가마 두 채가 조용히 이쪽을 향해 오고 있었다. 가마가 어디로 향하는지 유심히 보고 있자니, 점점 자신의 집으로 다가오더니, 결국 대문 앞에서 멈추어 섰다. 노모는

"우리 아들이 무사히 돌아왔단 말인가."

며 뛰어나갔다. 가마 안에서는 뜻하지 않게 상복을 입고 아직 눈물자국이 마르지도 않은 절세미인이 내려, 공손히 예를 올렸다. 이어 미인의 오빠처럼 보이는 젊은이가 말에서 내려 역시 정중하게 예를 갖췄다. 노모는 영문은 알 수 없었지만, 이 둘을 안으로 들여 마주보고 그간의 일을 들었다. 아들의 소식을 들은 노모는 다소 각오는 하고 있었지만 가슴에 벅차오르는 단장의 슬픔은 어쩔 수 없었다.

그렇지만 정조 있는 절세미인이 며느리라고 찾아와, 자신을 어머니라고 부르는 데에는 조금이나마 위안을 받았다. 장례도 정중히 치르고 이번에는 노소老少 4명의 과부가 한 집에서 살며 먼저 보낸

남편의 명복을 빌었다.

전생의 연이 깊었는지, 하룻밤의 정은 열매를 맺어, 작은 며느리는 그 달부터 아이를 가졌다. 우담바라 꽃이 핀 것처럼, 집안의 기쁨을 비할 데가 없었다. 노모는 물론이고 두 며느리까지 정성을 다해 보살펴, 임신 사실을 안 그날부터 잠을 잘 때도 옆을 떠나지 않고, 세 여인이 교대로 임부姙婦 곁을 지켰다. 노모는 자신의 수명을 깎아서라도 며느리가 안산安產을 할 수 있게 해주십사 신들에게 기도했다. 무사히 열 달이 지난 어느 날 밤. 상운祥雲이 방을 감싸고 울음소리도 우렁차게 한 남자아기가 태어났다. 이제 다 낳았다고 생각한 순간 또 한 명의 아기가, 그리고 잠시 있어 또 한 남아가 태어나, 세상에 보기 드물게 세쌍둥이가 태어났다. 이로써 풍수선생의 친구 분이 예언한 대로 된 것이다. 급히 시골에 있는 작은 며느리 집에 알려, 그 아비도 급히 상경했다. 조용히 세 아이를 바라보던 아비는

"실로 당당한 부귀의 영상靈相이다. 이 아이들은 결코 보통 아이들이 아니다. 여자만 있는 이 집에서 교육을 시킨다는 것은 안심이 안 된다. 내가 데리고 가서 교육을 시켜 훌륭한 명사로 길러내겠다."

고 생각하고, 모두 거둬들여 가르쳤다. 세 아이 모두 영민하기 견줄 자가 없어, 하나를 가르치면 열을 깨달았다. 마침내 용문龍門에 올라, 고관을 역임하고 관상 대로 재상이 되었다고 한다.

사시(巳時)¹⁹⁾에 관을 내려놓고, 오시(午時)²⁰⁾에 복을 받다(巳時下棺午時發福)

지금은 옛날. 여기에 또 가난한 노총각이 있어, 막 노모를 여의 었으나, 장사를 지낼 돈도, 풍수선생에게 묏자리를 봐 달라할 돈도 없었다. 걱정에 빠져 집을 나와 어슬렁어슬렁 걸어서 주막酒幕에 들 어가, 잠이 들었는데, 너무 고민한 나머지 "30이 되었는데 아직 가 정도 못 꾸리고, 가정도 꾸리지 못 했는데 어머니가 이미 돌아가신 데에다가, 어머니가 돌아가셨는데도 장사를 지낼 장소를 알지 못한 다"며, 자신의 박복한 팔자를 잠꼬대로 털어놓았다. 옆방에 있던 한 노인이 이 잠꼬대를 듣고 깊은 연민을 느꼈다. 노인은 노총각이 눈을 뜨자

"자네 지난밤에 이런저런 탄식을 하지 않았나? 그 탄식은 누구 의 이야기인가?"

고 물었다. 노총각은 머리를 긁으면서,

---

19) 사시(巳時) ─ 대략 오전 9시~오전 11시까지의 시간.
20) 오시(午時) ─ 대략 오전 11시~오후 1시까지의 시간.

"너무나도 걱정한 나머지, 잠을 자면서 저도 모르게 탄식을 했나 봅니다."

고 자신의 불행함을 털어놓았다. 노인은 이를 듣고,

"참으로 불쌍한 일이로다. 나로 말할 것 같으면 풍수선생이다. 너에게 복을 받을 수 있는 묏자리를 가르쳐 주겠다."

고 장소를 교시敎示하고 이야기하기를

"그 장소에 어머니 묘를 쓰고, 사시巳時에 하관下棺한다면, 오시午時 에는 반드시 복을 받을 것이야. 땅을 파는 큰 망치는 헛치더라도, 이 말만은 반드시 지켜야 하네. 이 꿈을 의심해서는 절대 안 되네."

라고 신신당부했다.

총각은 가르침을 받고 꿈을 깨듯이, 거듭 절을 하고 예를 갖추었다. 서둘러 친족과 친구들에게 부탁해 겨우 장례를 치룰 돈을 모아, 정확히 사시에 무사히 하관을 마칠 수 있었다. 이윽고 오시가 되었을 때, 저쪽에서 아름다운 한 여인이 옆구리에 보자기를 끼고, 숨을 헐떡거리면서 얼굴은 파랗게 질려서 달려왔다. 그리고는 총각에게 매달리며 말했다.

"제 원수가 저를 뒤쫓아 오고 있습니다. 어디에라도 좋으니 숨겨 주시기 바랍니다."

총각은 자세히 물을 틈이 없었기에, 돌아가신 어머니를 모시고 왔던 상여 속에 여자를 숨겨 주었다. 얼마 지나지 않아 한 건장한 남자가 준마駿馬를 타고 칼을 든 채 분노에 가득 찬 얼굴로 총각이 있는 곳으로 와서,

"지금 여기로 이렇게 저렇게 생긴 부인이 오지 않았소?"
라고 물었다. 총각은 "왔소이다"고 대답하며 저쪽을 가리켰다. 그
리고는 "저쪽으로 줄행랑을 쳤습니다"고 남자를 속였다. 남자는 고
맙다고 인사를 하며 말을 달려 손으로 가리킨 쪽으로 달려갔다. 남
자의 모습이 보이지 않자 부인은 상여 안에서 나와 목숨을 구해준
인사를 하고 이야기했다,

　"첩으로 말할 것 같으면 본래 아까 그 남자의 아내입니다. 같이
산지 몇 년이 되었지만, 남편의 성질이 잔인하고 박정하여, 매일
밤낮을 술에 빠져 제대로 된 일을 하지 않았습니다. 그리고 술에
취하면 첩을 마구 때려, 몇 번이고 도망치려 했지만, 번번이 잡혔
는데, 이번에야 말로 은인의 도움으로 목숨을 부지하였습니다. 첩
은 이제 어디에도 갈 곳이 없습니다. 바라옵건대 은인께서 첩을 거
두어들여 비첩婢妾으로 삼아주십시오. 여기 보자기에 싸 온 것은 전
부 가치를 따질 수 없는 보물로, 우리가 일생을 편히 보내기에 충
분합니다."

　남자는 부족함 없는 하늘의 복을 받아 일생을 꽃처럼 아름다운
부인과 근심걱정 없이 행복하게 살았다고 한다.

대구(對句)를 얻고 반죽음을 당하다(得對句半死)

지금은 옛날. 아는 체하기 좋아하는 양반이 좋은 중매미주13 자리가 있어, 재색을 겸비한 한 숙녀淑女와 약혼을 하게 되었다. 결혼식을 무사히 마치고, 드디어 신랑은 표피豹皮 가마를 타고 새색시 집으로 가 술자리도 다하여, 첫날밤을 보내게 되었다. 그런데 새색시는 등을 돌리고 마음을 열려 하지 않았다.

"낭군님께서 이 시구에 대구를 읊으신다면, 비로소 제 낭군으로 인정하고 연을 맺겠습니다."

색시는 이렇게 말하고는 옅은 먹으로 곱게 시를 써내려갔다.

"백구비비 파만경 사십리白鷗飛飛 波萬頃 砂十里"21)

신랑은 생각지도 못한 요구에 바로 대구를 만들 수 있을 리 없었다. 보물이 가득한 창고에 들어갔음에도, 빈손으로 돌아가야 하는 분한 마음은 있지만, 꼼짝 않는 바위를 움직일 수 있는 방법도 없었다.

---

21) 白鷗飛飛 波萬頃 砂十里(백구비비 파만경 사십리) - 갈매기가 넓고 넓은 파도와 십리가 넘는 모래 사장을 날고 있다.

"더욱 학문에 매진하여 훌륭한 대구를 생각해 내어, 다시 당신과 얼굴을 마주하겠소."

라고 말을 마치고, 발분發奮하여 산사山寺미주14로 들어가 학문에 몰두했다.

학문에 매진하여 시간은 흐르고, 열심히 한 것이 헛되지 않아 마침내 스스로 봐도 훌륭한 대구를 생각해 내었다. 즉,

"두견제제 월삼경 화일지杜鵑啼啼 月三更 花一枝"22)

이었다. 너무 만족한 나머지 얼굴에 기쁜 빛이 돌았고, 자기도 모르게 무릎을 딱하고 쳤다. 그때 같이 산사에서 책상을 나란히 하고 면학을 하던 이종사촌이 이를 보고, 이토록 기뻐하는 이유를 물었다. 신랑은 아무리 사촌이라고 해도 마음을 털어놓기 부끄러웠지만, 너무도 집요하게 묻는 까닭에 못 이기는 척하고 이유를 설명했다. 이 사촌은 음흉한 악당으로서, 평소에도 그 신랑의 부인이 용모가 절색이라는 소문을 듣고 있었으니, 간계를 내어 곤봉으로 방심하고 있는 신랑을 마구 때려 반사半死 상태로 해 놓고, 마루를 뜯어 신랑을 그 밑에 발로 차 넣었다. 그날 밤, 바로 새색시 집 문을 두드리고,

"오늘이야말로 대구를 생각해 내었으니, 이 문을 여시오."

라고 외쳤다. 새색시는 안방에서 이를 듣고, 밤늦은 시간에 남편이 오는 것은 수상하고, 목소리조차 조금 이상한 구석이 있다는 생각

---

22) 杜鵑啼啼 月三更 花一枝(두견제제 월삼경 화일지)─두견새가 깊은 밤에 꽃 핀 가지에서 울고 있다. '월삼경'은 저녁 11시부터 새벽 1시 사이.

이 들었다. 그래서 우선 안에서 어떤 대구를 만들었는지 물으니, 남자는 낭랑한 목소리로

"杜鵑啼啼 月三更 花一枝"

라고 읊었다. 이를 들은 색시가 곰곰이 생각해 보니,

"이 시구의 기상이 매우 애절하고 처량하다. 두견새가 우는 것은 사별을 원망하는 것이 아니면 생이별을 슬퍼하는 것이오, 월삼경은 이미 늦은 밤인데, 밤은 음이요 늦은 밤이니 음기陰氣는 절정에 달해 있다. 이러한 구를 만드는 사람은 음기가 왕성하고 양기陽氣가 비어 있으니, 생명이 불안하다. 그렇지만, 마지막에 꽃나무 한 가지라고 있으니, 생사의 갈림길에 있을 것이다. 어찌되었든 지금 여기 와있는 남자는 내 남편이 아니다."

는 것을 알았다. 하인을 시켜 뒷문으로 돌아가 대문이 열리기를 기다리고 있는 나쁜 놈을 잡아들였다. 역시 남편이 아닌 것을 확인하고, 모질게 고문하여 겨우 전말을 실토하게 하여, 산사로 달려가 신랑을 구해내었다고 한다.

말하는 남생이(解語龜)

지금은 옛날. 아버지를 일찍 여읜 두 형제가 있었다. 욕심이 많은 성격의 형은 아버지의 유산을 전부 독차지하고, 동생에게는 쌀한 톨도 주지 않았다. 더구나 어머니를 비롯해 동생들의 양육까지모두 동생에게 미루고 난 뒤, 부부 단 둘이서 하고 싶은 대로 하면서 지내면서 동생을 바보라고 떠들어댔다. 한편 동생은 가난한 것은 말할 필요도 없어, 낮에는 낙엽을 청소하고, 밤에는 새끼를 꼬아, 몸이 부서지도록 일을 해도, 좀처럼 가난을 벗어날 수 없어 1년내내 배불리 먹은 적이 없었다. 하지만 역시 마음이 매우 착해서, 내 자신은 못 먹더라도 어머니에게는 식사를 대접했고 동생들을돌보며, 이것도 자신의 운명이 박복한 탓이라며 체념하고는 형을원망한 적이 없었다.

낙엽이 져 늦가을 분위기가 완연한 어느 날, 오래된 갈퀴를 가지고 산길을 헤치고 들어가, 낙엽을 긁고 있자니, 우연히 도토리가하나 떨어졌다. 떫기는 했지만, 먹으려면 먹을 수 있었기에 주워들었다.

"이건 어머니 거."

라고 혼잣말을 하자 신비하게도 도토리나무 밑에 작은 남생이가 움츠리고 있어,

"이건 어머니 거."

라고 똑같이 따라했다. 하나를 줍자 도토리가 또 하나 떨어졌다.

"이건 우리 누나 거."

라고 주워들자, 남생이도 똑같이

"이건 우리 누나 거."

라고 이야기했다. 또 하나 떨어지고

"이건 우리 동생 거."

라며 줍자 남생이도

"이건 우리 동생 거."

라고 흉내 냈다. 또 하나.

"이건 우리 아내 거."

또 하나.

"이건 우리 아이 거."

또 하나.

"이건 내가 먹어야겠다."

고 말하며 주워들자 그때마다 남생이도 똑같이 흉내내어 말했다. 전부 7개의 도토리를 주워 소매 춤에 집어넣고, 그 남생이도 신기하기도 해서 사람들에게 보여주려고 품에 넣어 산길을 내려와 마을로 나갔다. 그리고는 목소리를 높여

"남생이 좀 보시오. 말하는 남생이 좀 보시오."

라고 외쳤다. 많은 마을 사람들이 세상에 신기한 일도 있다며 모여들자, 남자는 남생이를 꺼내놓고,

"이건 우리 어머니 거."

라고 말하자 남생이도 역시 입을 열어

"이건 우리 어머니 거."

라고 흉내를 냈다.

"이건 우리 여동생 거."[23]

라고 하자, 남생이도

"이건 우리 여동생 거."

라고 했다. 앵무새가 흉내를 내는 것과 조금도 다르지 않았다. 신기한 것을 좋아하는 것이 조선인의 특색, 시간 미주15 에 상관없이 노는 것이 이 나라의 국민성이니, "무슨 일이야.", "무슨 일이야."라고 무리를 이뤄

"이런 신기하구나. 재미있는 광경을 다 본다. 나도 가난뱅이지만, 이 재미나는 일에 조금이나마 돈을 내지 않을 수 없구나."

라고 말하며, 누구랄 것도 없이 돈을 던졌다. 이렇게 적지 않은 돈을 모아, 오늘은 재수 좋은 날이라며, 남생이를 조심히 껴안고 집으로 돌아왔다.

이때부터 남자는 때때로 사람들이 청하는 대로 말하는 남생이를

---

23) 앞서 남자는 산에서 '우리 누나(姉) 거.'라고 했는데, 여기에서는 '여동생(妹)'이라고 하고 있다. 다카하시 도루의 실수라고 생각이 된다.

구경거리로 해서, 쌀이나 소금 같은 생필품을 사들였다. 이를 들은 마음씨 고약한 형이 하루는 동생에게

"요즘 들어 네가 생활이 좋아졌다는 소문이 들린다. 무슨 좋은 일이 있었기에 그렇게 갑자기 부자가 되었느냐?"

고 물었다. 동생은 사실대로 말하는 남생이를 손에 넣었다고 말하고, 꺼내어 보여주자,

"그렇다면 그 남생이를 내게 빌려줘라. 나도 조금이나마 덕 좀 봐야겠다."

고 남생이를 빌려서 마을을 돌며

"말하는 남생이 좀 보시오. 말하는 남생이 좀 보시오."

라고 외치며 돌아다녔다. 그러자 사람들은

"요즘 한참 보지 못했는데, 한번 들어봅시다."

라고 모여들었다. 형은 남생이에게 이야기를 시켜보지만, 아무리 소리 높여 "이건 어머니 거" "이건 동생 거"라고 외쳐도, 남생이는 전혀 들리지 않는 듯이 머리를 집어넣고 잠든 것 같았다. 모여든 사람들은

"이 사기꾼 자식. 네 놈 때문에 달려와서 시간만 손해 봤다. 에이. 열 받는다."

라며, 손을 들어 때리고, 발을 들어 차고, 침을 뱉었다. 형은 기듯이 도망쳐 돌아왔다.

형은 자신의 욕심은 뒤돌아보지도 않고

"미운 남생이 놈."

이라며 남생이를 돌에 내쳤다. 동생은 형이 남생이를 빌려가고는 돌려줄 생각을 안 하자, 어떻게 된 건지 남생이를 받으러 왔다. 형의 분노가 더욱 심해져서 말도 제대로 못해본 동생은 죽은 남생이를 수습해 울며 돌아 왔다. 그리고는 마당 한 구석에 남생이를 묻어주고 밤낮으로 꽃을 바치고 명복을 빌었다. 그러자 무덤 가운데에서 한 줄기의 나무가 나오더니 하늘을 찌를 듯한 기세로 매일매일 자랐다. 계속 자라더니 결국 그 끝이 구름을 뚫고 천국의 보물창고를 뚫은 듯이 보였다. 매일같이 줄기를 타고 끊임없이 내리는 금은화, 마당에 넘치고, 집에 넘치고, 창고를 지었더니, 창고가 넘치고, 퍼도 퍼도 줄지 않는 샘물처럼 아무리 써도 줄지 않아, 눈 깜짝할 새에 큰 부자가 되었다. 성격이 비뚤어진 형은 동생이 부자가 된 것이 마음이 불편했다. 하루는 동생의 마당에 있는 보물 나무의 두꺼운 가지를 하나 얻어 와서 자신의 정원에 심었다. 이 가지는 뿌리를 잘 내리고, 쑥쑥 자라 하늘에 닿았다.

"옳지. 이제 내일부터 보물이 비처럼 내리겠구나. 마누라. 얘들아. 이리와라."

라고 기뻐하며, 3일 밤낮을 잠도 안자고 지키고 있었다, 이 나무도 하늘나라에 닿기는 닿았지만, 하늘나라의 공중변소의 정화조에 닿았던 것 같다. 색은 황금색이었지만, 내리는 것은 노란 똥의 비요, 노란 똥의 눈이라. 마당을 메우고, 집을 메워서, 앉을 틈조차 없었다. 가족은 울며 울며 기다시피해서 동생 집으로 도망쳐왔다. 동생은 이를 불쌍히 여겨 새로 집을 지어주고 살게 했다고 한다.

54

귀신이 금은 방망이를 잃다(鬼失金銀棒)

지금은 옛날. 어느 산마을에 매우 가난하지만, 정직한 노인이 있었다. 어느 날 산에 장작을 하러 갔는데 도토리가 하나 떨어지자,

"이것은 어머니 거."

라고 혼잣말을 하고 주워들었다. 또 하나 떨어지자

"이것은 동생 거."

라고 주웠다. 또 하나 떨어지자

"이건 아내 거."

라고 주웠다. 또 하나 떨어지자

"아이에게."

또 하나 떨어지자

"이건 내가."

라고 주워들었다. 때마침 해가 서산에 기울자, 장작을 어깨에 짊어지고 집으로 향했지만, 도중에 해가 완전히 저물고 말았다. "노숙을 해야만 하나"라며 걱정하고 있다가, 우연히 길가에 다 쓰러져가는 큰 대문이 있는 집을 발견하고, 다행이라고 생각하며 안으로 들

어갔다. 들어가 보니 잡초가 무성히 마당 가득히 자라있고, 벌레 울음소리가 시끄러운 것이, 사람이 안 산 지 오래되어 보였다. 집에 오르니 더 안쪽에 한층 높은 다락이 있었다. 여기가 좋겠다고 생각하고 다락에 올라 잠을 청했다.

밤이슬이 점점 차게 느껴질 무렵 아래쪽의 마당이 갑자기 시끄러웠다. 귀를 기울이자 이 근방의 도깨비들이 많이 모여들어, 무거운 방망이로 제각각 바닥을 두드리며, "금 나와라", "은 나와라"라고 큰 소리로 떠들어대고 있었다. 너무나도 시끄러웠기에 노인은 잠을 잘 수도 없었고, 특히 이런 곳24)에서 도깨비와 한 집에 같이 있다가는, 언제 어떤 일이 생길지 모른다고 하는 공포와 두려움은 이루 말할 수 없었다. 무릎이 떨리기 시작했다. 노인은 꾀를 하나 내어 아까 주웠던 도토리를 하나 꺼내어, 있는 힘껏 깨물었다. 조용한 저녁에 "딱" 하고 높은 소리가 울려 퍼졌다. 도깨비들은 놀라 웅성대며,

"이거 낡은 집이 무너지려나보다."

며 앞 다투어 도망갔다. 노인은 "옳거니" 하고, 조용히 밑으로 내려와 보니, 어둠 속에서도 은방망이와 금방망이가 무수히 남겨져 있는 것을 알 수 있었다. 노인은 재수가 좋다고 생각하며 모두 주워

---

24) 원문은 '경(境)'. '경'은 '경계', '장소'와 같은 뜻이다. 특히 '경계'라 함은, 마을과 마을의 경계, 마을과 산의 경계, 사람이 사는 곳과 사람이 안 사는 곳, 즉 귀신이나 도깨비가 사는 곳과의 경계를 가리킨다. 노인은 마을과의 경계 너머에 있는 산에 들어가, 더구나 귀신과 도깨비의 거처인 흉가에 들어가 있다. 인간세계와 도깨비·귀신세계의 '경계'에 있는 셈이다.

서 장작 대신에 짊어졌다.

"오늘은 나무꾼이 아니라 은꾼, 금꾼이구나."

라고 좋아하며 시장에 내다팔아 거액의 부를 걸머졌다. 옆집에 사는 욕심쟁이 노인이 이 사실을 듣고는 자신도 한 몫 잡아보려고 역시 산으로 가, 도토리나무 밑에서 도토리가 떨어지기만을 기다렸다. 기다리던 끝에 하나가 떨어졌다. 재빨리 집어들고는,

"이것은 내 거."

라고 혼잣말을 했다. 다음에 또 하나가 떨어지자,

"이것은 우리 자식 거."

라고 주웠다. 또 하나 떨어지자,

"이것은 우리 아내 거."

라고 집었다. 또 하나 떨어지자,

"이것은 우리 동생 거."

라며 주웠다. 또 하나 떨어지자,

"이것은 어머니."

라고 집어 들었다. 일부러 해가 질 때까지 천천히 걸어, 아직 해는 조금 남아 있었지만, 그 흉가의 다락에 올라 도깨비들이 이제 오려나하고 기다리고 있었다. 과연 밤이 깊어지자 그 도깨비들이 무거운 방망이로 바닥을 두드리며 시끄럽게 "금이야", "은이야"고 떠들어댔다. 때를 살펴 커다란 도토리를 "딱" 하고 깨물었다. 도깨비들이 그 소리를 듣고 도망갈 줄 알았는데, 그중의 하나가

"아니, 이상한데. 오늘밤에도 지난밤과 마찬가지로 이상한 소리

가 나는군.”

이라고 말하자, 또 하나가

“어디선지 사람냄새가 난다. 사람냄새. 분명 사람이 있어. 또 우리를 속여서 금방망이, 은방망이를 빼앗아 가려고 하는 간계奸計겠지. 이번에는 붙잡자.”

고 말하며 집안을 샅샅이 뒤져, 다락에서 두리번거리는 노인을 붙잡아서, 금방망이 은방망이로 흠씬 두들기니, 노인은 뼈가 으스러지는 아픔에 “아이고”를 외칠 뿐 도리가 없었다. 그러는 사이에 날이 밝았고, 도깨비들은 두 번 다시 오지 말라고 으름장을 놓고 사라졌다. 노인은 겨우 목숨만 부지하여 아픈 몸을 추슬러 일어났다. 얼마나 두드려 맞았는지, 신장이 어제보다도 두 배는 늘어나, 쉽사리 문을 나갈 수 없어, 겨우 인가가 있는 곳으로 내려왔다. 늘어난 키 때문에 안을 들여다보지 않으려 해도, 담 너머 안방미주16까지 너무나도 쉽게 보였기 때문에, 집안의 사람들이

“에잇, 나쁜 놈. 어디서 키가 큰 도적놈이 남의 집을 들여다보느냐. 혼쭐을 나봐야 알겠구나.”

라며 모두 손에 몽둥이를 들고 몰려들어 두들겼다. 두 번이나 몽둥이찜질을 당한 노인은 숨이 끊어질 듯한 목소리로 사정을 이야기하고 겨우 용서를 받았다.

[그림] 다카하시가 그린 조선의 가옥 구조

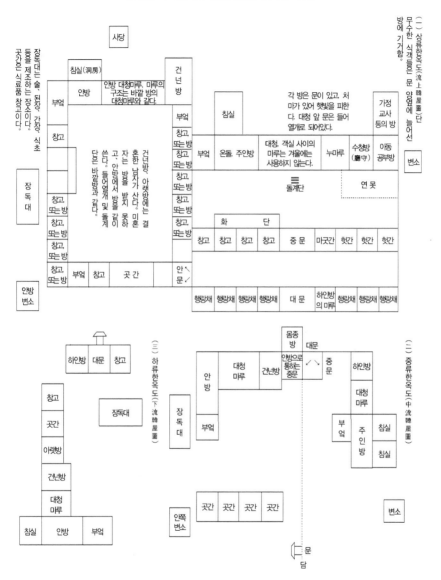

가짜 명인(贋名人)

지금은 옛날. 서울에 있는 한 양반의 가정교사미주 17 로 미숙한 하급 학자가 있었다. 밤낮으로 방에서 숙연히 홀로 고독을 씹으며 쓸쓸히 지내는 처지였다. 어느 날 뜻하지 않게 양반의 한 하녀가 용모가 예쁜 것을 보고, 스승이란 신분도 잊은 채, 틈만 나면 청하여 마음을 떠보려 했다. 하지만 상대는 응하는 기색도 없이 더욱 거리를 두려는 듯이 상을 들일 때도 아무 말 없이 문을 열고, 아무 말 없이 상을 놓고, 미소 한 번 짓지 않고 물러났다. 스승은 어떻게든 실력 발휘를 해 보았지만, 여자에게까지도 자신의 운이 없음을 한탄하며 억지로 소매를 잡아끌 수도 없는 노릇이어서, 하릴없이 세월만 보내고 있었다. 어느 날 제자인 양반의 자제가 버릇없는 짓을 했기에, 스승은 화를 내며 보기에도 두꺼운 회초리를 들고 혼내려고 했다. 그 양반 자제는 천성적으로 진평陳平25)의 재주를 가지고 있어, 눈앞의 회초리를 보고

---

25) 진평(陳平)-중국 한나라의 정치가로 한 고조를 도와 천하를 통일했다.

"잠깐 고정하십시오. 스승님. 스승님이 이번에 회초리를 거두신다면, 이 제자, 스승님과 저 하녀를 연결시켜 드리겠습니다. 숨기실 것 없습니다. 스승님. 마음속으로 생각하셔도 겉으로 들어나는 법입니다."

고 아뢰었다. 스승은 순간 회초리를 떨어뜨릴 정도로 부끄러웠지만,

"그렇다면 네게 어떠한 수단이 있기에 저 무뚝뚝한 여인이 흔들리게 할 수 있겠느냐."

고 물었다. 제자는

"오늘 몰래 제가 아버지의 은수저를 모처에 묻어 두겠습니다. 그러면 저 여인은 반드시 당황해 찾아 나서지 않을 수 없습니다. 그 때 스승님이 점술의 명인이라 칭하고, 그녀가 스승님께 은수저의 행방을 묻게 할 것입니다. 그 이후는 스승님이 원하는 대로 하시면 됩니다."

고 대답을 하여, 스승이 회초리를 내리게 하였다.

이윽고 저녁 밥상을 차릴 때가 되었다. 그녀는 돌연 주인의 은수저가 보이지 않아, 아무리 찾아보아도 나오지 않자, 엄격한 주인에게 어떤 벌을 받을지 허둥지둥하며 어찌할 바를 몰라 반쯤 정신이 나간 듯이 보였다. 거기에 태연하게 양반 자제가 와서 슬쩍 미소를 띠며 허둥대는 이유를 물었다. 그리고는

"음. 네가 잘 모르겠지만, 저기 앉아 계시는 스승님은 전국에 이름이 알려진 점술의 명인이시다. 어서 정성을 다해 부탁해 보

거라."

고 일러주었다. 하인은 급한 불을 끄기 위해서라도 애교스럽게

"아무쪼록 스승님의 신통력으로 은수저가 어디에 있는지 가르쳐주시기 바랍니다."

고 울며 애원하자, 스승은 천천히 곰방대를 빨고, 긴 수염을 쓰다듬으며,

"그건 너무도 간단한 부탁이구나. 하지만 다른 이에게 부탁을 할 때는 우선 자신이 부탁을 들어주어야 하네."

고 말하며 다가앉았다.

다행히 은수저도 하녀의 손에 돌아갔고, 스승도 평소의 소원을 성취하고, 모든 것이 원만하게 해결되었다. 그런데 입이 가벼운 하녀는 스승이 신통하다는 것을 여기저기 알리기 시작해, 그 이름이 퍼지고 퍼져 결국에는 중원인 지나支那에까지 도달했다.

당시의 중원의 대황제는 누군가에게 옥새玉璽를 도둑맞아, 중국 내의 용하다는 점쟁이는 다 모아서 점을 보았지만, 결국 찾을 수 없었다. 이러지도 저러지도 못하고 있던 와중에 속국屬邦 조선에 신통한 점쟁이가 있다는 소문이 천황의 귀에도 들어가게 되었다. 그 점쟁이를 불러들이라는 명이 있어 사신을 보내 정중히 스승을 초빙했다. 조선국왕朝鮮國王도 실로 나라의 영광이라고 기뻐하며, 장려하는 교지御教 미주 18 ▶ 내려 스승은 당당히 길을 떠났다. 스승은 거짓 명성이 이렇게까지 될 줄은 몰랐기에 두려웠지만, 나와 같이 박복한 사람이 가령 30일이나 40일 동안이라고는 해도, 융숭한 대접을

받는 것은 꿈과 같은 일이라 만족하여, 조금도 걱정하는 기색을 내비치지 않았다. 양반의 영리한 자제는 참모관으로 동행하여 얼마 지나지 않아 황제의 수도에 도착했다.

이윽고 황제를 알현하자, 황제는

"과연 네게는 옥새가 어디에 있는지 보이느냐."

고 물으셨다. 스승은

"불초, 1개월의 말미를 주시면, 맹세하건데 옥새를 찾을 수 있으실 것이옵니다."

고 대답했다. 빛나는 용안을 뵈고 객사로 물러나 매일 밤낮으로 극진한 대접을 받으며, 태연히 29일의 시간을 보냈다. 아무리 느긋한 스승과 제자도 겁이 나기 시작해, 이번에야말로 끝이 났다고 각오를 했다. 겨울 하늘에 매서운 바람이 부는 때라 장지문에는 새어 들어오는 웃풍을 막기 위해 끝을 남겨둔 창호지가 휴, 휴 괴상한 소리를 내며 떨리고 있었다. 조용히 요 위에 앉아 있던 스승은 기일이 내일로 다가온 마당에 아무리 궁리해 봐도 별다른 방법이 없어 망연자실하여 문풍지風紙를 바라보다가, 자신도 모르게 "풍지", "풍지"라고 중얼거렸다. 말을 마치기 무섭게 창을 밀고 한 중국인漢人이 뒹굴 듯이 뛰어 들어와, 몸을 숙이고 머리를 낮추어,

"선생님 제발 용서해 주십시오. 저야 말로 〈풍지〉라고 하는 옥새 도둑입니다. 좀 전부터 밤낮으로 창 밖에 서서 선생님의 동정을 살피고 있었습니다. 그러던 오늘 선생님이 〈풍지〉, 〈풍지〉라고 도둑 이름을 맞추는 것을 들었습니다. 실로 신묘하심에 머리를 조아립니

다. 이 한 목숨 불쌍히 여겨 목숨만은 살려 주시기 바랍니다."

고 빌었다. 스승은 꿈에서 떨어진 목이 깨어보니 제대로 붙어 있음을 깨달은 것 같은 기쁨을 느꼈지만, 한인韓人 제일가는 태연한 성격으로서

"신묘하도다. 〈풍지〉, 내일이야 말로 대황제에게 말씀드리려고 생각하고 있었다. 하지만 너의 마음에 어린 탄원을 보니, 어디에 숨겼는지만 이야기한다면 네 이름은 언급하지 않겠다."

고 일렀다. 그러자 도적은 삼배 구배를 하고, 옥새를 정원의 연못에 숨겼다고 순순히 털어놨다.

"좋다. 그러면 너는 오늘부로 몸을 숨기도록 해라."

고 하고 먼 나라로 도망가게 한 후, 아침이 오기만을 기다렸다.

유예기간이 다 되어 다음날, 의기양양하게 입궐해

"옥새는 안전하게 정원 연못 속에 있습니다. 얼른 연못물을 다 퍼내어 옥새를 꺼내도록 하십시오."

라고 말씀 올렸다. 대국미주19의 위세, 곳곳에 물길을 바꾸어 연못물을 마르게 해서 결국 옥새를 찾아내니, 황제는 실로 크게 기뻐하여,26)

"경은 우리 대국의 보물이로다."

고 치하하고, 관직과 선물을 주어 고향으로 돌려보냈다. 출발하는 날 참모관인 영리한 제자는 선생에게 혀를 내밀게 하여 재빨리 날

---

26) 원문은 '위사(威斜)', 의미 불명. 여기에서는 문맥에 맞게 임의로 해석했다.

카로운 가위로 잘랐다. 그러자 스승의 귀국길을 기다려 점을 봐주기를 부탁하려던 사람들은 말을 할 수 없게 된 스승을 보고 발길을 돌릴 수밖에 없었다. 귀국 후에도 누구하나 점을 봐 달라고 부탁하는 사람도 없었다. 소위 "침묵에는 복이 몰려든다"[27]는 말처럼, 스승은 평생 부귀롭게 살았다.

---

27) 원문은 '淵默は吉祥の集る所'. 의미 불명.

흥부전(興夫傳)

지금은 옛날, 마음이 곧은 동생과 욕심만 많은 형이 있었다. 동생은 흥부興夫라고 했고, 형은 놀부라고 했다. 형은 부모가 죽자 그 유산을 있는 대로 혼자서 횡령하였다. 동생은 초가집에 사는 것조차 여의치 않아 기장黍 짚으로 벽을 만들고, 기장 잎으로 지붕을 만들어 작은 집을 지었다. 가난한 집에 아이가 많다고 했던가. 개나 고양이처럼 매년 낳으니 원래 작았던 집이 더더욱 작아져서 때로는 흥부의 다리가 벽을 뚫고 나가, 왕래하는 사람들이 "흥부 다리 좀 집어넣게"라는 말을 하면 다리를 집어넣을 때가 있을 정도였다. 너무 힘든 생활을 보내던 하루는 돈이 있는 죄인 대신에 곤장을 맞기로 하고, 그날 저녁에는 아내와 함께

"내일은 분명 어느 정도의 돈이 들어올 테니 그 돈을 가지고 오랜만에 아이들과 미음이라도 먹겠구려."

라고 이야기하며 즐거워했다. 그런데 다음날 그 죄인이 무죄로 풀려나게 되자 지난밤의 이야기도 모두 그림의 떡과 같이 공허하게 되었다. 어느 날은 쌀가루라도 얻으려 형을 찾아갔다. 형은 탐욕스

럽게도,

"내 하인들에게 먹일 쌀가루를 어찌 네게 줄 수 있겠느냐."

고 대답했다. 흥부는

"그러면 술지게미라도."

라고 하자, 놀부는 역시

"우리 집의 돼지에게 줄 술지게미를 네게 주겠느냐."

라고 쏘아붙일 뿐이었다.

　어느 해의 봄이었다. 한 마리 제비가 고르고 고른 집이 이 가난
한 집이었다. 왔다 갔다 하며 떠나려고도 하지 않고, 결국 초라한
처마에 집을 짓기 시작했다. 흥부는 이렇게 아이도 많은 우리 집에
무슨 제비집이냐며 몇 번이고 쫓아냈지만, 다시 찾아와서는 집을
지어, 어느새 집이 거의 완성되어, 어쩔 수 없이 내버려두게 되었
다. 제비 역시 주인을 닮아서 매우 새끼가 많아서 둥지에 넘쳐날
정도였다. 어느 날 새끼 한 마리가 둥지에서 떨어져서 다리가 부러
져, 일어나지도 못하고 "쨱쨱" 하고 울 뿐이었다. 이를 본 흥부는
불쌍히 여겨 다리에 약을 바르고 실로 묶어 정성껏 보살펴서 다시
둥지로 돌려보냈다.

　근처의 산에 가을빛이 물들기 시작하고, 차가운 바람이 불기 시
작할 무렵, 제비는 무럭무럭 자란 새끼들을 이끌고 강남江南國으로
돌아갔다. 제비는 강남으로 돌아가면 반드시 그 국왕을 알현하고,
북쪽 나라에서 있었던 여러 일을 보고해야만 하는 규칙이 있었다.
그리하여 가난한 집의 제비도 알현의 예를 마치고, 올해는 이러이

러한 정이 많은 사람 집에 둥지를 틀어 잃을 뻔했던 새끼를 무사히 기를 수 있었다고 자세히 진상했다. 이를 들은 국왕은

"매우 훌륭한 인간이구나. 내년에는 보은의 선물을 가지고 가거라."

고 어명을 내렸다. 이듬해 봄이 되자 제비들은 서로서로 옛 둥지를 찾아 날아갔다. 흥부네 제비는 박씨를 하나 물고 와서 은혜에 보답하듯이 흥부의 눈앞에 놓고 사라졌다. 흥부는 제비의 선물은 일찍이 들어본 적이 없어 신기하다고 여겨 마당 한 구석에 심으니 쑥쑥 자라나 커다란 박이 4개 열렸다.

"본 적이 없는 박이다. 속은 아이에게 먹이고 나도 먹고, 껍질은 말려서 시장에 내다 팔아야겠다."

고 생각하고, 가을의 어느 날 박을 비틀어 깨보니, 첫 번째 박에서 신선의 동자처럼 보이는 신비로운 아이가 한 명 나와 공손히 5개의 병을 내어 놓았다. 첫 번째 병에는 죽은 사람을 살리는 신선의 영약靈藥이 들어 있었다. 두 번째 병에는 눈먼 사람을 고치는 약이, 세 번째 병에는 말 못하는 사람을 고치는 약이 들어 있었다. 네 번째 병에서는 불로초가, 다섯 번째 병에서는 불사신의 약이 나왔다.

두 번째 박을 타자 거목과 석재, 그리고 단청 조각 등의 건축자재가 산더미같이 나왔다. 세 번째 박에서는 늠름한 모습의 목수가 수십 명 나와 누구의 지시랄 것도 없이 부지런히 앞의 재료들로 집을 짓기 시작했다. 눈 깜짝할 사이에 대궐과 같은 집이 세워졌다. 같은 박에서는 계속해서 곡식이 샘과 같이 솟아나고, 비단과 재화

68

가 수도 없이 나왔다. 흥부 부부는 꿈인지 생시인지 어리둥절하면서도 기쁜 마음에 네 번째 박을 타려고 했다. 그러자 부인은

"이미 우리가 필요한 것은 없지 않소. 하나는 남겨두었다가 다음에 필요할 때 타 봅시다."

고 흥부를 만류했다. 하지만 흥부는 이를 듣지 않고 남은 박을 자르기 시작했다. 그 속에서는 당나라의 그림을 보는 듯한 청초한 미인들이 나와

"오늘부터 비첩으로 삼아주십시오."

라며 수줍은 듯이 머리를 조아렸다. 이 모습에 부인은 언짢은 기색으로

"제가 그리 말렸는데도 박을 타시더니 이처럼 쓸데없는 것까지 나오지 않았소."

라고 남편을 원망했다.

　아라비안나이트의 알라딘 궁전은 아니지만, 놀부는 동생이 살던 곳이 하루아침에 구름을 뚫을 듯한 대궐로 바뀌었다는 소문에 과연 누가 사는 것인가 한달음에 달려왔다. 하루아침에 변한 가난뱅이 동생의 영화에, 실로 춘추전국시대의 유명한 거부 도주陶朱와 의돈猗頓도 이보다는 못하리라는 생각이 들 정도였다. 기절할 정도로 놀란 놀부는 조심스레 흥부에게 어찌된 일인지 물었다. 자초지종을 들은 놀부는

"좋은 이야기를 들었다. 나도 얼른 해봐야지."

라고 생각하고, 집 처마에 살기 좋아 보이는 제비집을 만들고, 장

대에 나뭇잎을 묶어 지나가는 제비를 잡아들여 억지로 제비집에 집어 넣으려했다. 그러나 제비는 모두 동생 집으로 도망가서 한 마리도 그 제비집으로 들어가려고 하지 않았다. 그래도 포기하지 않고 계속하자 한 쪽 눈이 보이지 않는 제비가 쫓기다 잘못해서 제비집으로 들어가게 되었다. 정말 나태하기 짝이 없는 제비인지 그냥 그 집에 살게 되어 제 짝까지 불러들여 새끼도 두세 마리 낳았다. 놀부는 생각대로 되는 것에 기뻐하며 제비 새끼가 떨어지기만을 기다렸다. 하지만 새끼 수가 많지 않았기에 하루 이틀이 지나도 떨어지지 않았다. 기다리다 지친 어느 날 놀부는 사다리를 놓고 올라가 제비집에서 제비 새끼를 한 마리 꺼내어 바닥에 던졌다. 불쌍한 제비는 다리가 부러져서 피를 흘리며 비명을 질러 어미를 불러댔다. 놀부는 재빨리 새끼 제비 다리에 약을 바르고 실로 묶어 물과 쌀을 입에 물려주는 등 치료를 해서 둥지에 돌려놓았다.

이윽고 가을의 찬바람이 부는 9월, 제비들은 강남으로 돌아가 국왕을 알현하게 되었다. 놀부 집에 살았던 제비가 당했던 일을 자세히 국왕에게 아뢰자, 국왕도 노여움이 극에 달해 무정한 인간에게 복수하기로 했다. 다음해 봄이 되고 제비는 박씨 하나를 놀부에게 건네주었다. 놀부는 박씨를 주워들고 자신도 이제 부자가 되었다며 동네방네에 떠들어댔다. 그리고는 박 넝쿨이 자라는 것을 매일같이 보며 흡족해했다. 그리고는 시간이 흘러 11개의 커다란 박이 주렁주렁 열리게 되었다. 놀부는

"흥부보다 7개가 많으니 더 부자가 되겠구나."

며 박이 익기만을 손꼽아 기다렸다. 박이 다 익자 사람을 사서 사다리를 놓고 박을 따게 했다. 우선 하나를 쩍하고 가르니, 웬걸 가야금을 켜는 사내놈들이 나와 부탁도 않은 가야금 연주를 시끄럽게 연주하고는 연주비를 강요해 빼앗고는 사라졌다. 두 번째 박을 타자 안에서 승려들이 나와 이상한 불경을 외워대며, 나쁜 놀부에게 재앙을 내려달라고 부처에게 빌고는 역시 기도에 대한 값을 치르게 한 후 사라졌다. 세 번째 박에서는 상복을 입은 사람들이 나와 자신의 주인이 죽었음에도 돈이 없어 장사를 못 치루니 장례비를 달라며 거액의 돈을 받아 사라졌다. 네 번째 박에서는 무당이 떼를 지어 나와 놀라는 놀부를 둘러싸고 팔백만 신들의 이름을 외우며 이 고약한 놀부에게 벌을 내리라고 기도를 했다. 무당들은 놀부가 놀라서 도망가자 이를 붙잡아

"무당에게 기도를 시키고 돈도 안 내고 도망가려고 하느냐."

며 거액의 기도료를 빼앗아 사라졌다. 다섯 번째 박에서는 이상한 요지경瑤池鏡이 나왔다. 놀부가 요지경 안이 궁금해 들여다보자 터무니없는 요금을 요구하고는 사라졌다. 이제는 돈이나 쌀이 나올 거라는 생각에 여섯 번째 박을 켜자 큰 장정이 나와 놀부를 새끼 새를 붙잡듯이 잡아서는

"내 엉덩이가 간지러우니 밟아 보거라."

고 벌렁 누웠다. 엉덩이는 돌처럼 딱딱해서 아무리 힘을 주어 밟아도 장정의 성에 차지 않았다. 장정은

"힘이라고는 하나도 없고 하려는 의지도 없구나. 더 열심히 밟아

봐라."

고 화를 내며 대충대충 하면 때릴 분위기였다. 놀부는 피땀을 흘리며 밟아댔기에 힘이 다해 현기증이 나서 쓰러지고 말았다. 그래도 장정은

"이놈. 벌써 그만두느냐. 그렇다면 돈을 내도록 해라."

고 돈을 빼앗아 사라졌다. 이렇게 10개의 박을 탔지만, 타면 탈수록 극악무도한 것들만 나와서 죽일 듯이 괴롭힘을 당했지만, 놀부의 욕심은 더 과해져만 갔다. 마지막 열한 번째 박이 남자,

"이번에야 말로 복이 가득찬 박이렸다."

고 칼로 두려워하며 조금씩 자르기 시작했다. 조금씩 황금색이 보이자 이번에야 말로 황금이라고 생각해 쩍하고 가르자, 황금색의 똥이 샘물처럼 솟아 나와 멈추려고 하지 않았다. 결국에는 집이 잠겨버리자 가재도구는 모두 버려두고 온 가족이 겨우 목숨만 부지해 흥부 집으로 도망갔다. 역시 동생은 놀부를 불쌍히 여겨 새 집을 지어주고 일생을 편히 살았다고 한다.

음란한 중이 생콩 넉 되를 먹다(淫僧食生豆四升)

지금은 옛날. 아직 젊은 날의 미모를 간직한 과부가 있었다. 하지만 정조를 지키려는 의지도 강해 딴 마음은 조금도 없이 계곡의 썩은 나무처럼 조용히 행동하며 살아가고 있었다. 과부에게는 어린 조카가 한 명 있었는데, 마을의 절에 있는 한 중에게 다니며 사서오경을 배우고 있었다. 조카의 부모는 언젠가는 조카가 과거 시험을 보기를 바라고 있었다. 중은 봉우리에 걸린 흰 구름과도 같은 부질없는 세상의 이치를 깨달아 속세를 멀리해야 하는 출가의 몸임에도, 아직 번뇌의 속박에서 벗어나지 못하고 색에 대한 호기심이 강하게 남아 있었다. 하지만 남편이 있는 여자나 아직 결혼을 하지 않은 처녀에게 다가갈 수도 없기에, 적당한 상대를 찾아 오랜 시간 고민하고 있었다. 마침 제자의 숙모가 몇 년 전에 남편을 잃고 적적히 살고 있다고 들은 중은 하루는 할 말이 있다며 그 제자만 남기고 나머지 제자는 먼저 돌려보냈다. 중은

"오늘 저녁에 돌아가거든 숙모가 혼자 있을 때를 보아 이 스승이 숙모님과 같이 살고 싶다고 하더라고 전해라."

고 조용히 이야기했다. 소년은 아직 철이 들지 않은 어린이라 세상에 무서운 사람은 아버지와 스승님뿐이라고 생각하고 있었기 때문에 그날 밤 그대로 숙모에게 말하였다. 숙모는 여러 사람 중에 하필 중에게 그러한 부끄러운 말을 듣자 화를 참을 길이 없었지만, 분명하게 거절을 해서는 조카의 신변에 이롭지 않을 것이라고 생각해 아무렇지도 않은 듯,

"너는 내일 스승님에게 내가 오늘 밤 몰래 오시라고 하더라 전해라."
고 이야기했다.

중은 오늘밤 몰래 오라는 소리를 듣고, 소원이 이루어졌다고 여겨 서둘러 수업을 끝내었다. 그리고는 깨끗한 옷으로 갈아입고 별똥별이 떨어지는 어슴푸레한 밤[28]에 문제없이 안방으로 숨어들어갔다. 과부는 호롱불 밑에 적막하게 앉아 있었는데 중이 들어오자 안심하는 모양으로

"보잘 것 없는 저를 이토록 생각해 주시다니, 이보다 기쁜 일은 없을 것이옵니다. 하지만 말씀만 들어서는 그 진심을 믿기 어렵습니다. 첩의 소원을 하나만 들어주십시오. 그러면 뜻에 따르겠습니다."

---

28) 원문은 '夜這星の流るゝ朧夜'. '夜這'는 남성이 밤늦게 여성의 밤에 들어가는 것을, '夜這星'는 별똥별을 의미한다. 따라서 이 문장은 중이 과부의 방에 몰래 들어가는 것을 별똥별에 비유하는 표현이다. 한편 고대 일본에서는 밤마다 남자가 여성의 집에 찾아가는 결혼 풍습이 있었다. 고전문학에서는 남성이 여성의 집을 찾는 밤은 항상 어슴푸레한 저녁, 즉 '朧夜'로 표현되는 경우가 많았다.

고 이야기했다. 중은 이미 해삼처럼 흐물흐물 녹아버려서 눈을 가늘게 뜨고

"하나는 물론 백 가지 소원이라도 들어드리겠소이다. 어서 소원을 말씀해 보시구려."

하고 과부를 재촉했다. 그러자 과부는

"소원이란 다름이 아니라, 여기에 있는 생콩 넉 되를 이 자리에서 드시기 바랍니다."

고 준비해 두었던 생콩을 쟁반이 넘치도록 담아 내놓았다.[미주 20] 중은 이 정도는 별 거 아니라는 듯이 눈을 꼭 감고 손에 콩을 집어서는 입에 털어 넣었다. 대략 한 되 정도 먹었을 즈음에 갑자기 배에서 천둥이 치고는 화장실이 급해졌다. 참을 수 없게 되자 갑자기 방을 뛰쳐나갔지만, 변소까지는 가지 못하고 문을 나서자마자 그 자리에서 선채로 방출하고 말았다. 말도 아니고 사람이 생콩을 한 되 먹었으니 똥은 마치 무지개처럼 하늘로 뿜어지니 옆집의 담을 넘어 마침 장작을 패고 있던 옆집 주인의 머리위로 떨어졌다.

"에잇 참을 수 없는 고약한 냄새구나. 누가 이런 고얀 짓을 한단 말이냐."

고 문을 박차고 뛰쳐나가 보니, 누군지는 알 수 없으나 하얀 엉덩이를 들어내고 "음, 음"이라고 외마디 비명을 지르며 무지개와 같은 똥을 뿌리고 있었다. 옆집 사람은

"에잇 이 놈. 어디에 사는 바보 같은 놈이기에, 무슨 원한이 있어 내게 똥을 뿌리느냐."

며 두꺼운 장작을 가지고 와서 흠씬 두들겨 팼다. 중은 아프긴 했지만, 자신이 누구인지 밝히지도 못하고, 때리는 대로 두들겨 맞고는 걸음아 나살려라 절로 도망갔다. 하지만 시간이 아직 일렀기에 절의 문은 굳게 닫혀 있어 들어갈 수 없었다. 중은 어쩔 수 없이 개구멍으로 머리를 들이밀고 "어이, 어이" 하고 소리를 내어 절의 하인을 불렀다. 하인은 와서 보니 왠 이상한 자가 개구멍으로 머리를 내밀고 "어, 어" 하고 소리를 내고 있는 것이 아닌가.

"이 놈. 어디의 똥개인지는 몰라도 잡귀를 불러들이려고 왔구나."

고 말하며 막대기를 들어 올려 눈이 튀어나올 정도로 내리쳤다. 중은 억지로 목을 개구멍 속으로 집어넣었기에 빼지도 못하고, 흠씬 두들겨 맞고 말았다. 하인이 힘이 다해 잠깐 몽둥이질을 멈추었을 때 겨우 이름을 말하고 목숨을 부지하여 절로 들어갔다고 한다.

이 이야기는 이 나라의 구전을 있는 그대로 적은 것이다. 『용재총화慵齋叢話』에는 조금 다른 이야기가 전해진다.[29] 하지만 대동소이大同小異하기에 고치지 않고 그대로 두었다.

---

29) 『용재총화』는 조선 성종 때의 문신 성현(城峴, 1439~1504)의 수필집으로, 고려부터 조선에 이르기까지 왕세가부터 서민에 이르기까지의 일화를 담고 있다. 총 10권으로 이루어진 『용재총화』의 5권에는 과부를 찾아간 중이 다른 이에게 속아 생콩을 갈아 만든 물을 마시고 설사를 하고 쫓겨 돌아오는 길에 갖은 낭패를 당하고, 절 문이 닫혀 있어 개구멍으로 들어가려다 수난을 당하는 등, 다카하시가 소개하는 이야기와 비슷한 이야기가 수록되어 있다.

반쪽이(片身奴)

지금은 옛날. 어느 시골의 양반을 모시는 반쪽이 하인이 있었다. 얼굴도 반쪽, 몸도 반쪽, 다리도 하나인 외발이지만, 마음만큼은 다른 사람보다 약아서, 다른 사람을 넘어뜨려서라도 자신만이 이득을 보려고 좋지 않은 행동을 곧잘 했다.

어느 해인가, 주인 양반이 과거를 보러 서울로 떠날 때 수행을 하게 되었다. 당나귀를 몰고 며칠 밤을 묵어가며 겨우 서울 근처에 도달했다. 그러던 어느 날 점심때가 되자 주인은 반쪽이에게

"나는 저기 보이는 주막에서 점심을 먹을테니, 너는 나귀를 끌고 산에 가서 풀을 충분히 먹이도록 하여라."

하며 주막으로 들어갔다. 반쪽이는 주인만 주막으로 들어가고 자신에게는 아무 것도 먹이지 않자 화가 나서 꾀를 내어 나귀를 시장으로 끌고 가서 좋은 값을 받고 팔아 버렸다. 그리고 그 돈으로 배불리 먹고 마신 후 재갈과 고삐만을 들고 산으로 올라가, 고삐를 단단히 움켜지고 기분 좋게 낮잠을 잤다. 주인은 하인이 너무 늦자 낮잠이라도 자고 있다고 생각하고 산으로 찾으러 와보니, 하인은

풀 베개를 하고 누워 세상모르고 잠들어 있었다. 주인은 하인의 손에 나귀는 없이 고삐만 남겨져 있는 것을 보고 깜짝 놀라 하인을 발로 차서 깨웠다.

"이런 발칙한 놈. 나귀는 어디에 두었느냐."

고 질책을 하자 반쪽이는 갑자기 깜짝 놀란 듯이, 큰 소리로 울어대며

"아이고, 아이고, 소인이 잠시 낮잠을 자는 사이에 나귀가 재갈을 풀고 도망간 것 같습니다. 해가 떨어져도 산속을 돌아다녀서라도 나귀를 찾아내겠습니다. 제발 목숨만이라도 살려 주십시오."

라고 빌고는 재빨리 산속으로 달려가려고 하자, 이게 반쪽이의 계략인 것을 모르는 주인은

"기다려라. 기다려. 그만 두어라 바보 같은 놈. 진작 먼 곳으로 도망간 나귀를 이제 와서 어디서 찾아낸단 말이냐. 저지른 일은 어쩔 수 없다. 쓸데없는 고생을 하느니, 따로 한 마리를 얼른 사와서 서울로 향하는 게 우선이다. 실로 바보에게는 약도 없다더니. 쯧쯧."

이라고 하고 힘없이 산을 내려가 새로 나귀를 사서 서울로 향했다. 양반은 서울에 도착해 하숙을 정하고, 밤낮으로 시험 준비에 여념이 없던 어느 날. 반쪽이에게 죽 한 그릇을 사오라고 시켰다. 반쪽이는 문득 죽이 너무 먹고 싶어져 또 꾀를 내어 파란 코를 한 방울 죽에 떨어뜨리고는 눈물을 흘리며 돌아왔다. 주인이 왜 울고 있냐고 묻자 반쪽이는

"어제 저녁부터 감기가 심한데, 죽을 사서 돌아오는 도중에 잘못해 콧물을 떨어뜨리고 말았습니다."

고 대답했다. 양반은

"이런 더러운 놈 같으니라고. 그 죽을 어찌 먹겠느냐. 너나 먹거라."

고 죽을 반쪽이에게 주었다.

이렇게 좋지 않은 일이 계속되자, 주인은 불길한 신이 붙었는지, 보기 좋게 과거에 떨어지고 말았다.

"고얀 반쪽이 같으니라고. 반쪽이 때문에 내가 운이 없는 것이 틀림없다. 어찌하면 복수를 할 수 있을까."

고 생각하고는, 어느 날 반쪽이를 불러 등에 먹으로

"내 이 하인 놈 때문에 낙제하고, 도중에 경비도 많이 들었다. 이 대로 살려 둘 수 없는 놈이다. 즉시 고리짝에 넣어 강에 처넣어라."

고 쓴 후,

"나는 서울에서 아직 볼일이 남아 있으니, 너는 고향으로 곧장 돌아가 바로 등에 쓰여 있는 것을 집안사람에게 보여주도록 해라. 이는 긴급하고도 비밀을 요하는 일이다."

고 단단히 일렀다.

반쪽이는 혼자 하는 여행이 신나서, 하고 싶은 대로 즐기며 고향으로 돌아가고 있었는데, 한편으로는 주인이 등에 써 놓은 내용이 마음에 걸렸다. 분명 자신에게 이로운 일은 아닐 것이라 짐작하고 어떻게 알 수 있을까 고민했다.

하루는 갑자기 꿀이 먹고 싶어져서 우선 보리 가루를 10량 어치 샀다. 그리고 꿀 장사를 불러 세워 보리 가루가 들어 있는 그릇을 꺼내어 꿀을 10량 어치 달라고 했다. 그러자 상인은 반쪽이가 요구한 대로 보리 가루 위에 조금 부어주었다. 그러자 반쪽이는 몇 번이고 비싸다며 더 요구했고, 상인은 그때마다 조금씩 더 부어주었다. 그러나 반쪽이는 여전히 그렇게 비싼 꿀은 서울에서도 본 적이 없다고 했고, 결국 상인은 반쪽이에게는 꿀을 팔지 않겠다고 화를 냈다. 이를 들은 반쪽이는 큰 소리로 웃으며

"나도 그렇게 비싼 꿀은 사지 않겠소. 자 도로 가져가시오."

라고 하고, 그릇을 내밀었다. 하지만 꿀은 이미 보리 가루에 다 스며들어 다시 되돌려 받을 수 없는 상태였다. 꿀 장사는 돈도 못 받고 꿀도 돌려받지 못하자 욕을 하며 돌아갔다. 이렇게 꿀이 섞인 보리 가루를 손에 넣은 반쪽이는 이 가루를 반죽해 불상을 만들어, 이 불상을 씹어 먹으면서 길을 걸어 가다가 여행 중인 승려 한 사람을 만났다. 승려는 하인이 불상을 사탕을 먹듯이 씹어 먹는 것을 보고는 이상히 여겨 불상이 다냐고 물었다. 그러자 반쪽이는 웃으며 대답했다.

"그럼요. 달고 말고요. 저는 매일 이렇게 불상을 먹어서 배를 채우고 있는데, 스님은 아직 불상을 먹을 줄 모르시나 보오. 참 이상한 일이군요."

이를 들은 승려는 한 입 달라고 하여 먹어보니, 그렇게 달 수가 없었다. 이에 한 입 더 달라고 하자, 반쪽이는

"그렇다면 제 등에 쓰여 있는 글자를 좀 봐주시겠습니까."

고 요구하며 등을 보여주었다. 승려가 보니 하인의 목숨이 위험한 내용이라고 하자 반쪽이는

"제가 이 불상을 드리겠으니, 등의 글귀를 지우고 〈이 하인 덕분에 큰 행복을 얻었으니, 그 상으로 즉시 딸을 하인에게 시집보내도록 하시오.〉라고 고쳐 써 주십시오."

고 부탁을 했다. 등의 글을 고친 반쪽이는 안심을 하고 의기양양하게 주인 집으로 돌아왔다.

주인의 아내는 반쪽이가 내민 등을 보고는

"정말 남편의 명령이 이상도 하구나. 다른 사람도 아닌 이 반쪽이에게 꽃과 같은 우리 딸을 시집보내라고 하는 것은 무슨 연유에서 인가. 여기에는 분명 이유가 있을 것이다. 남편이 오기를 기다려보자."

고 생각하고, 잘 둘러대어 날짜를 차일피일 미루었다. 그러자 2, 3일이 지나자 주인이 힘없이 돌아와서 반쪽이 모습을 보고는

"왜 아직까지 저 반쪽이 놈을 살려 두었느냐."

고 언짢은 듯이 화를 내었다. 집안사람들은 더욱 이상하게 여겨 그간의 일을 설명하자 주인은 크게 화를 내며

"이놈. 네가 또 간계를 부려 사람들을 속였구나. 모두 나와서 이놈 팔다리를 묶어, 고리짝에 쳐넣어라."

고 시켜, 고리짝을 짊어지게 하여 강가에 늘어진 버들나무 가지에 매달아 놓고, 내일이야말로 직접 끈을 잘라 강에 고리짝을 던져버

리겠다고 맹세하고 돌아갔다. 잠시 후 근처를 지나가게 된 이 마을에서 유명한 눈이 나쁜 노파가 버들나무 가지에 매달린 고리짝 속에 사람이 있는 것을 보고, 시골 사람답게

"거기서 무엇을 하고 있소."

하고 큰 소리로 물었다. 반쪽이는

"그러는 당신은 누구요."

라고 되묻고는, 미소를 지으며

"내가 주인을 모시고 서울에 갔다 오던 중에 그만 눈병에 걸려, 여러 약을 써보아도 낫지 않았소이다. 그런데 흐르는 강을 바라보고 있는 것이 제일 좋은 방법이라고 하여, 여기 이렇게 매달아 달라고 한 것이오."

라고 마치 진짜인 듯 말을 하자 노파는 금세 솔깃해서

"그건 처음 듣는 방법인데, 총각은 눈이 좋아졌소?"

라고 물다. 반쪽이는

"좋아지고 말고요. 어제까지만 해도 뿌옇던 것이 전부 사라져, 깊은 물속의 작은 돌 개수까지 셀 수 있을 정도라오."

라고 대답했다. 노파는 참을 수 없게 되어,

"부디 이 노인네도 거기에 매달려서 흐르는 강을 볼 수 있게 해 줄 수는 없소?"

하고 빌자, 반쪽이는

"그렇다면 잠시만이요."

라고 허락하고 노파에게 고리짝을 내리게 하여, 재빨리 노파와 바

82

꾸어 내일 일찍 오겠다는 말만 남기고 자리를 떴다.

불쌍한 것은 눈이 어두운 노파였다. 전생에 죄가 무거웠을 것이리라. 다음 날 아침 일찍 주인 양반의 처벌을 받아, 비명을 지를 새도 없이 반쪽이 대신 물속으로 사라졌다.

주인 양반과 가족들은 골칫덩어리인 반쪽이 녀석을 해치웠다고 기뻐했는데, 둘째 날에 반쪽이가 미소를 띠며 자신 있게 집으로 들어오는 것을 보고, 깜짝 놀라 벌어진 입을 다물지 못했다. 반쪽이는 태연히 웅성거리는 사람들을 조용히 시키고,

"이상하게 생각할 것 없습니다. 이 하인 놈은 의도치 않게 주인어른의 배려 덕분에 용궁에 가서, 남편을 찾고 있던 공주님의 신랑이 되어 부귀영화를 누리고 있었습니다만, 이는 모두 주인의 은혜라고 생각하니 잠시라도 주인님을 잊을 수 없었습니다. 그러다 지난밤에 잠자리에서 이런 사실을 공주님에게 털어놓자, 공주님이 주인어른과 그 가족을 용궁으로 불러들이는 것을 허락해 주셨기에, 서둘러 모시러 왔습니다."

고 그럴 듯 하게 이야기하자, 모두들 이를 믿지 않을 수 없었다. 주인은

"네 녀석은 정말 이상할 정도로 행운아구나. 이번에야 말로 거짓말은 아니겠지. 시골에 있지만 과거에 낙제한 수재인 나로서는 이 세상에서 언제 다시 빛을 볼지 알 수 없다. 오히려 용궁으로 가서 평생 걱정 없이 사는 것이 좋은 생각일 것이다. 나도 너를 따라서 용궁으로 가겠다. 여보. 당신도, 아들놈도 딸아이도 같이 가자."

고 이야기를 하고, 집안의 하녀와 하인들과 작별을 고하고, 각자에게 선물을 건넸다. 그리고는 가재도구를 몇 개의 짐으로 나누어 그날 해가 질 무렵에 줄지어 강가로 향했다. 반쪽이는

"주인님. 이 버들나무 밑이야말로 천년동안 그 모습을 드러내지 않던 용궁으로 향하는 길입니다. 의심하지 마시고, 주인님부터 어서 들어가십시오. 들어가기 위해서는 큰 삿갓을 쓰고 주위를 둘러보지 말고 들어가야만 합니다."

고 가르쳐주고는 머리를 덮을 만한 큰 삿갓을 씌우고 떠밀 듯이 주인을 강으로 밀었다. 주인은 반쪽이가 말하는 대로 큰 강 속으로 걸어 들어갔다. 점점 물이 깊어지자 손으로 삿갓을 받쳐들고 더 깊은 곳으로 나아갔다. 삿갓은 크고 강바람은 세게 불어, 흔들거리는 삿갓은 마치 뒷사람을 부르는 것 같았다. 반쪽이는

"보십시오. 주인님이 부르고 있습니다. 마님. 어서 가도록 하십시오. 그런데 부인에게는 삿갓이 어울리지 않으니, 키箕가 좋겠습니다. 키를 쓰고 가도록 하십시오."

라고 말하고, 역시 강에 밀어 넣었다. 그리고 키가 강물에 너울거리자, 이를 가리켜

"어머니가 부르고 계십니다. 서둘러 가도록 하십시오."

라고 아들을 재촉해 깊은 강 속에 밀어 넣어, 모두 죽게 했다. 마지막에 남은 아무것도 모르는 딸이 자신도 부모 뒤를 따라 강으로 들어가려고 하자, 반쪽이는

"잠시 기다려 주십시오. 당신은 용궁에 갈 필요가 없습니다. 이

84

세계에서 내가 사랑해 드리겠습니다."
고 끌어안았다. 그리고는 수많은 가재도구를 가지고 강제로 집으로
돌아와, 결국 딸의 신랑이 되었다고 한다.

무법자(無法者)

    지금은 옛날. 서울에 재주가 없는 가난뱅이가 살고 있었다. 하루는 서울의 큰 길을 걷다가 과일 가게 앞에 잣이 놓여 있는 것을 보고 몹시 먹고 싶어졌다. 하지만 돈이 없었기에 사투리로 이게 무엇이냐고 물었다. 그러자 가게 주인은

    "^{잣이오}자시오."

라고 대답했다(한국어로 잣은 "자시"라고 한다[30]). 남자는 "네"라고 대답하고 손으로 집어 입에 넣어 배가 부를 때까지 먹어버렸다. 그리고는 인사를 하고 돌아가려고 하자, 주인은 놀라 남자를 붙잡았다.

    "아니 이런 무법자가 있나. 파는 물건을 먹었으면 돈을 내야지 인사만 하고 가는 법이 어디있소."

라고 했다. 그러자 남자는 시골 사람인척 하며

---

30) 물론 잣은 '잣'이지 '자시'는 아니다. 일본어에 한국어의 'ㅅ' 받침과 같은 음이 없는 까닭이기도 하지만, 다카하시의 한국어 이해가 체계적이지 않았음을 알 수 있다.

"그것 참 이상하구려. 그렇다면 왜 좀 전에 "자시오^{잡수시오}"라고 했소. 아무리 서울이라고는 해도 자시라고 해서 먹었는데, 돈을 내라고 하는 법이 있단 말이오."

라고 하고는, 어이없어 하는 주인을 뒤로하고 자리를 떴다.

잣은 기름이 많아 생콩과 비슷하게 설사를 일으킨다. 잣을 질리도록 먹은 남자는 얼마 못 가서 배가 심하게 아파왔다. 하지만 지금과는 다르게 공중변소가 있을 리 없는 시대였다. 매우 곤란한 상황 속에서도 꾀를 하나 내어, 새파랗게 질린 얼굴을 하고 큰 잡화점 안으로 뛰어 들어갔다.

"지금 불량배에게 쫓기고 있으니, 잠시 여기에 몸을 숨겨주시오."

라고 말하고 돗자리를 하나 얻어 그 아래에 몸을 웅크리고는 마음껏 용변을 보았다. 종이를 가지고 다니는 습관이 없는 이 나라이기에 미주 21, 용변을 보고도 닦을 길이 없었다. 남자는 또 꾀를 내어 가게 주인을 불러

"저를 뒤쫓는 사람은 이미 지나갔소?"

하고 물었다. 주인은 긴 곰방대를 물고 크게 웃고는 이야기했다.

"아니 당신이 누구인지도 모르는 내가 어찌 당신을 쫓아오는 사람이 누군지 알 수 있겠소." "그렇다면 내게 길고 가는 막대기를 하나 주시오. 그럼 돗자리에 구멍을 내어 내가 직접 보도록 하겠소이다."

남자는 이렇게 얘기하고는 막대기를 받아, 엉덩이를 닦고는, 쫓는 사람은 이미 지나갔다고 둘러대고, 인사를 한 후 뒤도 안 돌아보고 도망갔다.

이와 같은 무위도식을 하는 무법자이니, 누구하나 돌봐주는 사람 하나 없었고, 그 가난은 이루 말할 수 없어, 겨울이라고 해도 땔감을 살 방법이 없었다. 남자는 또 다시 곰곰이 생각한 후 마을로 나가 시골의 땔감 장수들이 소에 실어 팔러 다니는 땔감을 유심히 살펴 특별히 잘 마르고 두꺼운 것을 골라 가격을 정해 자신의 집으로 데리고 왔다. 집 안쪽으로 땔감을 나르게 했는데, 문이 낮아 큰 땔감 더미는 그대로 안으로 들일 수 없었다. 힘 좋은 시골 상인은 겨우겨우 땔감을 눌러서 겨우 집 안쪽으로 들여놓았다. 그러는 중에 땔감의 잔가지들은 눈이 내리듯이 우수수 떨어졌다. 그리고는 나머지 땔감 더미들도 안으로 들이니, 상인들은 어차피 팔린 땔감이기에 바닥에 내동댕이치듯 던져 놓았다. 이때도 적지 않은 잔가지들이 떨어져 내렸다. 이렇게 힘들게 세 더미의 땔감을 다 들여놓자, 남자는 담배를 피우면서 곰곰이 땔감을 쳐다보고

"아까는 땔감이 두껍다고 생각해서 가격도 좋게 정했는데, 지금 자세히 살펴보니 그다지 두껍지 않은 듯하네. 그 가격 그대로 산다면 큰 손해를 보는 것이니, 가격을 다시 이야기해 보세."

라고 하고는 터무니없이 싼 가격으로 깎으려고 했다. 시골 사람인 정직한 땔감 장수는 이것이 계략이라고는 꿈도 못 꾼 채,

"이제 와서 가격을 깎는다는 것은 말도 안 됩니다. 아까의 가격

에서 1냥도 깎을 수 없으니, 사고 싶지 않다면 사지 마시오. 가지고 가겠소.”

라고 머리끝까지 화가 나서 열을 내가며 욕을 했다. 남자는 점점 더 여유 있게,

  “가지고 가겠다면 어쩔 수 없지요. 눈뜨고 큰 손해를 보는 것은 서울 사람은 절대 하지 않소이다.”

고 콧방귀를 뀌었다. 시골 사람은 어쩔 수 없이 땔감을 다시 힘겹게 들어 올려 나르기 시작했다. 아까보다 더욱 거칠게 다루니, 문에 이리 부딪히고 저리 부딪혀 더 많은 땔감이 비가 쏟아지고 눈이 날리듯 떨어졌다. 땔감 장수는 땔감을 도로 소에 싣고는 욕을 하며 돌아갔다. 남자는 잘됐다고 혓바닥을 내밀며, 떨어진 땔감을 주워 모으니, 반 다발 정도는 족히 되어 가난한 집안에 3일 정도는 땔 수 있을 양이 되었다.

  가난한 남자는 생선을 쉽사리 먹을 수 없었다. 이 나라의 벌거숭이산에도 조금씩 푸른색이 짙어지는 계절이 되자, 문밖에서는 도미 장수가 소리 높여 도미를 팔고 다녔다. 남자도 도미가 먹고 싶어 집안의 돈을 긁어모아도, 10량 남짓밖에 안 되었다. 그렇지만 이 정도면 충분하다고 여긴 남자는 금세 한 가지 묘안을 생각해 내었다. 남자는 지나가는 생선 장수를 불러 세워 이것저것 오랫동안 물어보아, 가지고 있는 돈을 내어 겨우 가장 작은 도미를 한 마리 사들였다. 이 도미를 부엌에 놓아두고, 다시 생선장수가 오기만을 기다렸다. 얼마 지나지 않아 또 다른 생선장수가 지나자, 불러 세워,

이것저것 생선 가격을 물은 뒤에, 아까 사 놓은 것보다 조금 더 큰 도미를 한 마리 사기로 하고, 이를 가지고 부엌으로 들어가서 좀 전에 산 도미와 바꿔치기를 해서는, 다시 들고 나왔다.

"내 사려고 했지만, 아내가 필요 없다고 하니 돌려주겠네."

라고 이야기하고는 돌려주었다. 또 얼마 지나지 않아 다른 생선장 수가 또 지나가자 역시 불러 세워, 같은 식으로 조금 더 큰 도미로 바꾸어 치기를 대여섯 번, 마침내 1척 정도 되는 큰 도미로 바꾸어 집안 모두가 굶주린 배를 채울 수 있었다.

이렇게 여러 번 잔꾀를 내어 때로는 불법으로 식사를 할 수 있었 다고는 해도 오래 가지는 못했다. 결국에는 어쩔 수 없이 도둑질을 하여, 운이 없게도 포졸에게 잡혀 포도대장捕盜大將에게 끌려가게 되 었다. 끌려가는 길에 포졸들이 잠시 담배를 피우며 틈을 보인 사이 에, 남자는 그 당시 경성에 많았던 거지들에게

"내 너희들에게 돈을 줄 터이니, 모두들 내 뒤를 따라다니며 아 버지, 아버지라고 불러라."

고 이야기했다. 돈을 준다는 이야기에 2,30명 정도 되는 거지들은 아무런 말없이 소리 높여 슬픈 듯이 "아버지, 우리 아버지."라고 남 자 뒤를 따라다니며 외쳤다. 이윽고 포도대장 앞에 앉아 조사를 받 게 되었다. 포도대장은 목소리도 위엄 있게,

"어떠한 놈이길래 겁도 없이 천하의 법도를 어겨, 남의 물건을 훔쳤느냐."

라고 힐책했다. 남자는 슬픈 목소리로,

"도둑질은 법률에 어긋나는 것은 알고 있습니다만, 이처럼 아이들이 많아서, 보잘 것 없는 실력으로는 전부 기를 수가 없습니다. 〈아버지 배고파요. 밥 주세요.〉〈아버지 추워요. 옷 좀 주세요.〉라고 매달리는 바람에 자신도 모르게 눈에 띄는 것에 손을 대고 말았습니다."

라고 진심 어리게 아뢰었다. 문 밖에서는 수많은 거지들이 한층 더 소리를 높여 "아버지", "아버지" 하고 불러댔다. 이 광경을 본 포도대장도 자신도 모르게 측은지심이 들어,

"실로 불쌍한 신세구나. 네가 도둑질을 한 것도 나쁜 마음에서 비롯된 것은 아닐 것이다. 이번 한 번만 용서해 주겠다. 두 번 다시는 용서할 일이 없을 것이다. 어서 물러가거라."

고 방면했다고 한다.

눈뜬 자가 장님을 속이다(明者欺盲者)

　지금은 옛날. 여기에도 이 나라의 서울에 한가한 무법자가 한 사람 있었다. 언제나 맹인들의 모임인 도가(都家)[31]라고 하는 곳에 가서 맹인인 척하고 그들 틈에 섞여 회식 때마다 자신의 배를 채웠다. 하루는 맹인들이 오늘부터 한 사람씩 돌아가면서 모두를 초대해 음식을 대접하자고 합의를 했다. 그리고 순번을 정하기 위해 제비를 뽑아 그 순서대로 매일매일 향응을 했다. 그러는 사이에 이 눈뜬 무법자 차례가 다가와, 다음날 자신의 집에서 맹인들을 초대하여 대접하지 않으면 안 되었다.

　무법자들이 늘 그렇듯이 이 남자도 집은 1년 내내 텅텅 비어 있고, 4명의 일가족은 입에 풀칠조차 여의치 않았다. 그렇기에 옳지 못한 일이라고는 알고 있으면서 맹인들을 속여 남은 밥알을 먹고, 남는 물방울을 핥는 정도였다. 이러한 형편에 그렇게 많은 손님에게 막걸리 한 잔씩 대접하는 것도 불가능했다. 어떻게 하면 좋을지

---

31) 도가(都家) - 보통은 같은 장사를 하거나 일을 하는 사람들이 모이는 사무소를 가리킨다.

아내와 상담하고 궁여지책을 내놓고는 손바닥을 치며 이제 걱정할 필요 없다며 좋아했다. 남자는 도가로 가서

"내일은 내가 모두를 초대해 막걸리라도 한 잔씩 대접하겠소."

라고 정중히 청했다. 이윽고 다음날이 되자 아침 일찍 아내를 보내 주막에서는 버리는 소뼈를, 도자기집에서는 깨진 그릇을 잔뜩 받아 오게 하였다. 그리고 맹인들이 올 시간 즈음에 소뼈를 굽기 시작했다. 이윽고 하나 둘씩 들어오는 맹인들은 눈은 보이지 않더라도, 개와 같이 예민한 후각으로 달콤한 냄새를 맡으며, 오늘은 대단한 대접인가 보다고 서로 이야기하며 즐거워하고 있었다. 남자는 슬슬 손님들이 다 자리 잡은 것을 보고는 막대기 끝에 막 눈 똥을 묻혀 맹인 한 사람 코끝에 갖다 발랐다. 그러자 그 맹인은 갑자기 숨쉬기 괴로워하며

"그것 참. 고약한 방귀로다. 누군가 방귀를 뀌었나보다."

고 했다. 또 그 옆의 맹인의 코끝에 막대기를 발랐다. 그 맹인도 똑같이 얼굴빛이 변하며

"이런. 참을 수 없는 방귀로군. 도대체 누가 방귀를 뀐 것이냐."

고 화를 냈다. 또 그 옆에 있는 맹인의 코끝에 발랐다. 이렇게 해서 모두의 코에 똥을 묻히자, 그중에 참을성이 없는 한 사람이 옆의 아무개를 향해

"자기가 방귀를 뀌어놓고 내 눈이 보이지 않는다고 우습게 보고는 내가 그렇게 고약한 방귀를 뀌었다고 하는 것이렷다. 그대로 둘 수 없다."

고 씩씩거리며 화를 내자,

"내 이름을 부르는 놈이 누구냐. 내가 이렇게 고약한 방귀를 뀌었다고 하는 것이냐. 무슨 증거가 있길래 내가 뀌었다고 하는 것이냐. 분명 네가 뀌어놓고 내게 누명을 씌우려는 꿍꿍이겠지."
라고 보이지 않는 눈을 부라리며 엉덩이를 부딪쳤다. 이쪽에서도 저쪽에서도 난장판이었다. 이제 때는 무르익었다고 생각한 남자는 아내에게 눈짓을 했다. 그러자 아내는 도자기집에서 가지고 온 깨진 그릇 등을 맹인들 앞에 조용히 늘어놓았다. 결국 말싸움만으로는 성이 차지 않았던 혈기 왕성한 한 맹인이 주먹으로 상대를 때렸다. 맞은 맹인은

"죄도 없는 내게 누명을 씌워서 때리는 것은 일찍이 들어본 적이 없다. 이놈."
하며 되받아쳤다. 어둠 속의 근시들의 싸움이나 대낮의 올빼미 싸움보다도 더욱 말도 안 되는 맹인들의 난투극은 소리가 나는 쪽으로 주먹을 날리지만 엉뚱한 사람이 맞는 식이었다. 이윽고 싸움은 모두에게 퍼져, 맹인들은 모두 자리에서 일어나 상대가 누구랄 것도 없이 치고 받으니, 앞에 놓여있는 그릇은 발에 차이고 던져져서 "쨍그랑", "쨍그랑" 하고 울려 펴져, 마치 지금 깨지는 것처럼 들렸다. 그러다가 맹인들은 끝이 없는 싸움에 힘이 다해, 주인 부부가 당황한 듯 말리는 것을 계기로, 모두 힘이 빠져 축 늘어져서 어처구니없는 듯 숨을 몰아쉬었다. 주인 부부는 부지런히 깨진 그릇을 주워 모아 "아이고" 하고 울기 시작했다.

"모처럼 여러분들이 오신다기에 맛있는 음식을 준비했는데, 생각지도 못한 싸움 때문에 여러분들도 들었다시피 그릇과 접시가 다 깨져버렸소. 음식을 내려고 해도 담을 그릇이 없으니, 어찌하면 좋단 말이오."

라고 탄식했다. 맹인들은 자신들이 나이도 생각하지 않고 아이들처럼 싸움을 벌여, 그릇까지 다 깨버린 것이 부끄러워 한 마디도 못하고, 인사도 하는 둥 마는 둥하고 집을 나섰다. 그 다음날 맹인들은 도가에 모여,

"어제는 우리들이 아무개에게 정말 몹쓸 짓을 하고 말았네. 우리들이 조금씩 돈을 모아 적어도 깨진 그릇 값이라도 주지 않으면 인정도 없는 짓인 것 같네."

라고 의논을 하고, 적지 않은 돈을 모아 남자에게 건넸다고 한다.

맹인이 요마를 좇다(盲者逐妖魔)

한 번이라도 경성의 한인 마을에 발을 들인 사람이라면, 앞뒤로 이상한 소리를 내면서 가느다란 지팡이에 의지하고, 무엇인가를 외치며 걸어 다니는 맹인들을 본 적이 있을 것이다. 일본을 떠올리고, "전신 안마 10량32)"과 같은 말을 하고 다니는 것이라고 생각할 테지만, 사실 그 맹인들은 점쟁이다. 눈은 보이지 않지만, 사람들의 생년월일을 듣고, 그 사람의 운세나 길흉화복부터 지금 하고 있는 일의 성패까지 묻는 것에 대해 점을 봐주는 것이었다. 그러니 맹인들에게도 그들만의 기술이 있어, 그 기술을 익혀 경지에 다다르면, 또한 한 사람의 명인으로서 세상 사람들의 존경을 받았다.

얼마 전 민비가 아직 생존해 있던 무렵. 경성의 이李 씨 성의 맹인이 의도치 않게 점을 본 것이 제대로 적중을 하여, 민비의 두터운 신임을 얻어, 그 이후로 궁궐에 드나들며 고위 양반들에게도 초

---

32) 원문은 '按摩上下十錢'. 일본에서 맹인들은 비파(琵琶) 연주자, 안마사 등 특수 직업에 종사하는 경우가 많았다. 안마사들은 지팡이를 짚고, 피리를 불며 손님을 찾아 다녔다.

대를 받아, 한때 산더미 같은 재화를 손에 넣었다고 한다. 그 남자는 신분은 천한 계급이지만, 한왕韓王33)이 이야기를 해주어, 무관학교 입학을 허락받아 사관士官에 임용되었다. 그러니 맹인들도 사회가 발전함에 따라, 이제는 일이 없어져서 생계가 매우 곤란해졌지만, 예전의 그들은 꽤 배불리 먹고, 따뜻이 입고, 첩까지 두는 이도 적지 않았다고 한다.

어느 날 장님 이 씨가 경성의 큰길에 나섰다. 어딘가의 잔칫집에 가지고 가는 듯이 보이는 과자 쟁반 위에 녹색 옷을 입고 분홍색 치마를 입은 요마妖魔가 춤을 추고 있는 것을 느끼고,

"불쌍하도다. 요마가 들린 이 과자를 받는 집안사람들은 요마에게 해코지를 당할 것이 틀림없다. 죄도 없이 요마에게 귀중한 목숨을 빼앗기는 사람이야말로 진정 불쌍한 사람이다. 구하지 않을 수 없구나."

고 생각해, 그 과자를 들고 가는 사람을 뒤따라가니, 어느 부잣집에 이르렀다. 맹인은 이 집의 누군가가 그 요마에게 쓰일 것이라고 짐작하고, 잠시 문 앞에 서서 집안의 분위기를 살폈다. 그러자 곧 집안은 난리가 나더니, 이 집의 딸이 급사했다는 소리가 들려왔다. 맹인은 불쑥 집안으로 들어가

"내가 따님을 살려드리도록 하겠소. 어서 이 말을 주인에게 고하시오."

---

33) 민비(閔妃)나 한왕(韓王), 이조(李朝) 등은 조선을 낮게 보았던 당시 일본인들의 의식이 투영된 낱말이라고 생각되나, 그대로 번역을 하였다.

라고 말했다. 주인은 이미 숨이 끊어진 딸이었기에 다시 살아나지 않더라도 어쩔 수 없고, 만약 맹인의 말대로 되살아난다면 만금을 주어도 바꿀 수 없는 집안의 보물이 되살아나는 것이므로, 달려 나와 공손히 시술을 부탁했다. 맹인은 나지막이 이야기하기를

"나에게 다 방법이 있으니, 걱정하실 것은 없습니다. 이번에야말로 그 악마를 퇴치하겠소이다. 따님을 방으로 모시고 가서, 저도 그 방에서 시술을 하도록 하겠습니다. 단 창문에 구멍이나 작은 틈이 있다면 종이로 전부 막아서, 바늘구멍 하나라도 없어야만 합니다."

고 당부했다. 마침내 준비가 끝나고, 작은 방에 틀어박혀 묘법경妙法經을 외워 한 마음으로 요마를 퇴치하려고 했다. 요마는 안간힘을 다해 죽은 딸의 몸을 빌려 벌떡하고 일어나더니 맹인과 서로 치고받았다. 서로 엎치락뒤치락하는 소리가 방 밖에까지 들릴 정도였다. 하지만 점점 요마는 법력에 맞서지 못하고 패색이 짙어졌다. 이때 딸의 몸종은 맹인이 너무 오랫동안 방안에서 나오지도 않고, 안에서는 무서운 신음소리와 엎치락뒤치락하는 씨름을 하는 듯한 소리만 들리기에, 주인의 몸이 걱정되기 시작했다. 그래서 조용히 문밖으로 다가와 새끼손가락에 침을 묻혀 작은 구멍 하나를 장지문에 뚫어 한 쪽 눈을 대고 안을 들여다보았다. 한순간의 도망갈 틈을 얻은 요마는 총알과도 같이 이 구멍을 통해 밖으로 달아났다. 이 요마의 기세에 마침 안을 엿보고 있던 하녀의 한쪽 눈이 뭉개져서 애꾸가 되고 말았다. 동시에 딸에게 붙어 있던 요마가 도망가니 딸은 마치 깊은 잠에서 깨어난 것처럼 어리둥절해하며 주위를 둘

러보고 놀랄 뿐이었다. 맹인은 이 모습을 느낌으로 알고, 큰 소리로 주인을 불러 되살아난 딸을 넘겼다. 맹인은 주인이 거듭 건네는 인사와 사례를 듣지도 않고 장탄식과 함께

"아아 내 목숨도 오래가지 못 하겠구나. 지금이야말로 그 요마를 퇴치하려고 법력을 다했는데, 누군가 요마를 위해 도망갈 틈을 만들어 주었구나. 결국 허무하게도 도망가게 하고 말았다. 원통하다. 안타깝다. 요마는 반드시 내게 복수를 하려할 것이니, 내 목숨도 길지 않을 것이다."

라고 말하고는 침통한 표정으로 아무 것도 받지 않고 그 집을 나왔다.

맹인의 묘술이 신통하다는 소문이 점점 퍼져서 임금의 귀에도 들어가게 되었다. 이 임금은 매우 총명하여 쉽게 소문을 믿으려 하지 않았다. 왕은

"성인聖人은 이상한 능력과 여러 신에 대해 이야기하지 않고, 야인野人이야말로 요술을 써서 사람들을 홀린다[34]고 한다. 요즘 이상한 맹인이 요술을 부린다는 소문, 아마 속인俗人들을 속이는 교활한 장난일 것이다. 그 놈을 당장 내 앞으로 끌고 와라. 내가 친히 그를 시험해 그 본색을 드러내게 하겠다."

고 신하에게 명을 내려 그 맹인을 불러들였다. 왕은 쥐 한 마리를

---

34) 원문은 '狐狸に迷はさる'. 직역하면 '여우와 너구리에게 속는다'가 된다. 일본 사람들은 고대부터 여우와 너구리가 오래 살면 사람을 속이는 요술을 부릴 수 있다고 믿었고, 그와 관련된 이야기도 많이 전해지고 있다.

맹인의 앞에 두고 물었다.

"네 앞에 무엇이 있느냐."

"쥐가 있습니다."

맹인은 주저없이 이야기 했다.

"그렇다면 몇 마리 있느냐."

왕은 다시 물었다.

"세 마리 있습니다."

고 맹인은 다시 대답했다. 그러자 왕은 껄껄 웃으며,

"네 놈의 정체가 드러났다. 눈이 밝은 우리들 앞에 한 마리의 쥐가 있음에도, 세 마리가 있다고 하는 것은 장님의 추측이다. 어떠냐, 너의 잘못을 인정하겠느냐?"

고 물어도, 맹인은 조금도 동요치 않고, 쥐가 세 마리가 있다는 주장을 굽히지 않았다. 왕도 결국에는 격노하여

"세상을 속이고 사람을 현혹하는 것은 두적蠹賊35)과 같다. 두적은 내 나라에서 살게 할 수 없다. 이 맹인을 사형에 처해라. 당장 동소문36) 밖의 형장으로 끌고 가라."

고 선고했다. 그리하여 옥리獄吏를 시켜 그를 끌고 가게 했다. 왕은 다시금

"그 맹인이 쥐라는 것은 분명히 맞혔다. 쥐라는 것을 맞힌 자가

---

35) 두적(蠹賊)-좀먹는 것처럼 해를 입히는 사람이나 일.
36) 동소문(東小門)-지금의 혜화문(惠化門). 조선시대의 형은 주로 서소문 밖에서 이루어졌다. 동소문 밖의 형 집행은 불명.

그 수를 틀린다는 것은 이해가 안 된다. 혹시 배에 새끼라도 있는 게 아닐까."

고 하는 생각이 들어, 명을 내려 줘 배를 갈라보게 시켰다. 그러자 배에는 이미 다 자란 새끼 두 마리가 작은 소리로 울고 있었다. 왕을 비롯해 군신들은 모두 아연히 할 말을 잃고 앉아 있을 뿐이었다. 왕은

"실로 그 자는 신과 같다. 우리나라의 보물이다. 목숨을 잃게 해서는 큰일이다."

고 당황해서 서둘러 앞의 명령을 거두려 했으나, 이미 멀리 떠난 후였으므로, 어떠한 빠른 말이라도 형 집행 전에 따라잡을 리 없었다. 그렇지만 전제정치였던 당시에는 또 이러할 때를 대비한 응급수단이 있었다. 사형이 정해진 죄수라 할지라도, 왕성王城의 동쪽 끝에 망루를 세워 여기에 하얀 깃발을 흔들어 신호를 보내어, 오른쪽으로 흔들면 특별사면의 표시를, 왼쪽으로 흔들면 칼을 내려치라는 신호를 보내는 것이었다. 왕은 급히 신호수에게 오른쪽으로 흔들라고 명령하였다. 신호수는 큰 깃발을 들어 올려 있는 힘을 다해 오른쪽으로 흔들었지만, 갑자기 요상한 바람이 불어 깃발을 왼쪽으로 보내는 것이었다. 영문을 몰라하는 왕과 신호수는 당황해서 다시금 오른쪽으로 흔들어도, 요상한 바람은 더욱 강하게 불어와 점점 더 왼쪽으로 흔들릴 뿐이었다. 방법이 없었기에 왕은 쓰러지듯 엎드려 안타까워하고 슬퍼했지만, 소용이 없었다. 형장의 망나니는 이제나저제나 신호를 기다리고 있었는데, 큰 깃발이 분명하게 오랫

동안 왼쪽으로 흩날리니, 맹인의 살길은 끝이 났다고 여겨 칼을
들어올렸다. 번쩍하나 싶더니 신인神人의 머리는 땅에 떨어지고 말
았다. 이때 하늘에서 웃음소리가 들려와 요상한 바람이 잦아들어
신호대의 깃발이 오른쪽으로 날리기 시작했다. 동시에 특별사면의
왕명을 받든 사신의 말이 피땀에 범벅이 되어 100보 앞까지 도달
했다.

이 나라의 우민들이 믿는 여러 귀신을 다음과 같이 열거한다. 그
수가 매우 많다.

- 옥황상제玉皇上帝 – 하늘을 가리키는 말로, 모든 귀신의 왕이다.
  그러니 인민人民들은 직접 옥황상제에게 기도하는 것을 두려워
  하여, 대부분은 그 밑의 귀신들에게 기원한다.

- 산신山神 – 소위 산의 신이다. 각 산에 하나의 신이 있다. 그러
  니 산에 묘를 쓸 때에는 먼저 그 산의 산신에게 술과 안주를
  올려 호감을 사도록 한다.

- 관제關帝 – 관우關羽이다. 관우는 옛날 도요토미 히데요시豊臣秀吉
  의 임진 전쟁37) 당시에 그 유령이 경성의 성문에 나타나 일본
  군을 물리쳤다고 하여,38) 이후 한제韓帝의 숭상이 대단했다. 무
  당도 이를 받아들여 귀신의 하나로 삼아 장군신39)으로 모시고

---

37) 원문은 '壬辰役'. '역(役)'은 일본에서는 전쟁이나 내란을 가리킨다.
38) 관우의 유령이 임진왜란 때 조선을 도왔다는 이야기는 여러 『임진록』에 소개되는
   이야기이다. 대표적인 것이 김응서(金應瑞, 1564~1624)의 꿈에 관우가 나타나 여
   러 전술을 가르쳐 주었다는 전설이다. 혹자는 관우를 민간신앙에서 신으로 모시던
   명나라의 조선출병과 함께 관우 사상이 조선에 퍼졌다고 주장한다.

효험이 좋다고 한다.

- 오방신五方神－동서남북과 중앙의 무장신이다. 또한 청, 백, 적, 흑, 황제라고도 한다. 춘하추동으로 배치하기도 한다.
- 성황당城隍堂－이미 앞에서 설명했다.
- 부군당府君堂－일본의 씨신氏神[40]과 같다. 그렇기에 정체가 없다.
- 지도장승指道長承－조선의 수십 리, 즉 일본의 1리마다[41] 길가에 세워 방향을 나타내는 말뚝. 여기에 신이 깃들었다고 전해진다.
- 걸립乞粒[42]－저택신이다. 각각의 집에서는 각각의 신을 모신다.
- 업위業位－한 집의 운기를 관장하는 신. 쌀과 뱀, 족제비, 돼지와 같이 동물을 병 또는 주머니 속에 넣어 신으로 삼는다. 이전할 때에는 이를 들고 간다.
- 산신産神－산産을 관리하는 신으로 노파의 형상이다.
- 성주成主[43]－각 집의 수호신. 종이에 쌀, 돈, 떡 등을 싸서 집의 대들보에 붙여둔다.
- 칠성당七星堂－북두칠성을 모시는 것으로 장수를 빈다. 부처 형

---

39) 원문은 '荒神'. '황신'은 부동명왕(不動明王)과 같이 불법을 수호하는 무장신을 가리킨다.
40) 씨신(氏神)－일본어로는 '우지가미'라고 하고, 그 성씨의 유래가 된 신을 가리킨다.
41) 일본의 1리(里)는 한국의 10리에 해당한다. 현재의 도량형으로 환산하면 약 4km.
42) 걸립(乞粒)－다카하시는 '걸립'이라고 하는 신으로 이해를 했지만, 걸립이란 보통 정월에 행하는 고사를 가리킨다. 걸립을 행하는 무리는 풍악을 치며 각 집을 돌아 굿을 해주고, 곡식(粒)을 얻었다(乞). 지신밟기의 한 형태.
43) 각종 기록에서 성주신은 '成主' 이외에도 '成造', 혹은 '城主'로 표기되어 전한다.

태의 7인이다.

- 최영장군崔瑩將軍 − 고려 말의 대장군이다. 무당이 가장 무서워하고 가장 잘 모시는 신으로 다른 신들에게 기도를 드린 후에 또한 이 장군에게도 기도를 드리는 것이 보통이다. 개성의 덕물산德勿山이 본적이다.

- 말명末命 − 부행浮行의 귀신이다.

- 노인성老人星 − 남극성南極星이다. 북두성北斗星과 마찬가지로 사람의 수명을 관장한다.

- 호구별성戶口別星 − 마마 신이다. 강남江南에서 온다고 해서 이름이 붙었다. 마마 14일 째에 이 신을 보내는 의식을 한다. 나무막대기로 말 형태를 만들어 이 말 등에 밥을 가득 담은 가마를 얹는다. 마부는 이 말을 끌고 무녀가 무용을 하고 이 말을 끌고 간다. 후에 마부는 그 밥을 먹고 말은 버린다.

- 측신廁神 − 변소의 신이다. 변소에 있기 때문에 화장실에 들어갈 때에는 보통 집에 들어가는 것처럼 헛기침을 해야 한다. 또한 밤에 들어갈 때에는 불을 밝히고 들어가야 한다. 그렇지 않으면 측신이 화낸다고 한다. 하지만 이러한 행동은 아마 변소가 은밀한 장소이기에 안에 이미 누가 들어가 있을 때에 모른 채 들어가는 폐해를 막기 위한 전설일지도 모른다.

- 태상노군太上老君 − 도군황제道君皇帝[44]로서 노자老子를 가리키는

---

44) 도군황제(道君皇帝) − 지금은 대체로 북송의 황제였던 휘종(徽宗, 1802~1135)를 일컫는다. 하지만 본서에서는 도교의 황제를 지칭하는 듯하다.

것일까. 실로 조선의 미신은 도교와 불교가 혼합되어 생겨난 것이다. 그 도군을 기리고 부처를 모시는 것도 이 때문이다.

• 태주胎主—마마로 죽은 어린 여아의 손가락을 자르면 내리는 신이라고 한다. 부인婦人에게만 내리는 신이다. 태주가 들어앉은 요녀妖女는 항상 사람 말을 기둥 위나 공중에서 듣는다. 어리석은 부인은 길흉화복의 판단을 태주에게 묻고, 태주가 그 하나하나를 어린 여아의 목소리로 가르쳐주는 것이 정확하게 들어맞는다고 믿는다. 하지만 지금은 사회를 혼란시키는 것으로 금지되었으므로, 공공연히 태주집이라고는 하지 않는다. 단 몰래 미신을 믿는 여인들의 수요에 응해 이를 행하는 요부妖婦가 있을 뿐이다.

이들 귀신을 모시면서 자주 사람과 귀신 사이를 중매하는 이를 무당45)이라고 한다. 조선의 전설에 따르면 이들은 처음부터 무당을 지원했던 사람들이 아니라 중년 쯤 되었을 무렵 돌연 신이 내려와 어쩔 수 없이 무당이 되었다고 한다. 만약 신내림을 받지 않으면 신은 그 사람에게 고통을 주고, 그 사람이 무당이 되는 것을 받아들이고 나서야 용서한다고 한다.

---

45) 원문에는 '覡', 즉, '무ー탕'이라는 발음표기가 있다.

기생 열녀(妓生烈女)

　지금은 옛날. 천한 기생의 몸으로 열녀의 정표를 받고 열녀문烈女
門을 하사받은 정숙한 여인이 있었다.

　한양의 양반은 아니지만 가문이 비천하지 않고 대대로 그 지역
에 살고 있는 양반 가문의 외아들이 있었다. 그는 아버지를 일찍
여의고 홀어머니 손에 자라 좋은 집안에서 아내를 맞이하여 무엇
하나 부족함 없이 살고 있었다. 그런데 그의 집은 삼 대가 외아들
인 불길한 혈통으로 그 증조부, 조부, 그리고 아버지도 혼인해 사
내아이 하나를 낳으면 곧 자신은 죽고 남은 아들이 어머니 손에 자
라는 내력이었다. 그렇기에 그도 같은 운명이라는 것을 일찍이 깨
닫고 부부라고 하는 것은 이름뿐이고 잠자리를 같이 하지는 않았
다. 어머니도 자식의 마음을 잘 알고 있어 강요할 수도 없어 일가
삼인一家三口의 불행을 탄식하면서 울적하게 지내고 있었다. 어느 날
어머니가 아들을 불러

　"괜히 집에 있으면 우울함만 깊어지니 잠깐 바람이라도 쐬러 서
쪽 유람이라도 다녀오거라."

106

며 많은 여비를 주었다. 그래서 하인 한 명을 데리고 여행길을 떠났다. 당시 평양감사가 그의 친척이었기 때문에 우선 평양을 향해, 낮에 걷고 밤에 자면서 가니 곧 도착해 감사 집의 빈객이 되었다. 감사의 친척이라며 백성들의 존경이 이만저만이 아니어서 매일 밤마다 잔치에 초대를 받아 마음껏 즐겼다. 특히 평양은 조선 제일의 기생의 명소여서, 꽃 같고 달 같은 기생들이 그의 시중을 들었고 자신의 여자처럼 마음대로 할 수 있었다. 그는 젊은 나이인지라 미인에게 마음을 빼앗겨 첩이 두세 명은 필히 생길 거라고 모두들 생각했는데, 여자를 싫어하는 촌뜨기는 아닌 것 같은데 무슨 이유인지 마침내 마음을 터놓는 기생이 없었다. 한 점의 바람만 불어도 떨어질 듯한 싸리에 맺힌 이슬 같은 명기名妓들에게도 결국 옷자락도 적시지 않는 매우 엄격한 그의 행동은 평양 불가사의의 하나가 되었다. 어느 날 평양의 관원과 함께 모여 이름 있는 기생이라는 기생을 모두 불러 말했다.

"너희들도 알고 있는 감사 슬하의 귀한 분이 학문적 재능과 풍류를 겸비하고 계시는데 아직까지 한 번도 그분의 천진함을 겉으로 드러나게 못했다. 이대로 돌려보낸다면 기생 명소인 이 땅의 이름이 헛되게 된다. 너희들 중에서 누구든지 어떤 수단과 방법을 써서라도 그로 하여금 마음을 허락하게 할 수 없겠느냐. 성공한 자에게는 우리가 모두 힘을 합쳐 평생 돈독히 보호해주겠노라."

고 이야기했다. 기생들은 모두 근래의 어려운 문제라며 입을 다물고 바로 답하는 자가 없었다. 잠시 후에 기생 중의 명기로 나이 아

직 스물이 되지 않은 한 아름다운 여인이 수줍어하며 앞으로 나와

"제가 그 큰 임무를 받아들여 이 평양을 위해서라도 그 분을 이대로는 놔두지 않겠습니다."

고 맹세했다. 이때부터 아름다운 여인은 밤낮으로 그에게 접근해 스스로 비첩婢妾의 역할을 나서서 하고 가끔 잠을 잘 때 같은 방을 써 거리를 두지 않고 친해지려 하지만, 역시 얇은 장막이 한 자락 늘어져 있어 조금도 신비로움을 보이지 못했다. 아름다운 여인도 마침내 책략이 다 떨어져가던 차에, 신기하게도 딱딱했던 그 남자가 때때로 친숙해진 기생에게 탄식을 하는 일이 있었다.

꽃도 지고 물도 흘러 세월이 빨리 지나갔다. 어느덧 이 년이나 지나 그도 아침저녁으로 고향이 그리워졌기에, 마침내 감사에게 작별을 고하고 고향으로 돌아가려 했다. 아름다운 여인은 특히 이별을 아쉬워하며

"당신 사는 곳은 어디입니까. 저도 꼭 당신을 따라 가렵니다. 그런데 나에게 심하게 대하던 사람이 이렇게도 그립다니."

라고 맑고 아름다운 눈동자에 한 점 이슬을 머금고 매우 원망스러운 얼굴로 말했다. 그도 기생이 늘 쓰는 수단이라며 마음속으로 웃으면서도

"이런 나를 사모해 주다니, 남자로 태어난 보람이 있구나."

라고 말하며 고향으로 가는 길까지 상세히 알려주었다. 이렇게 해서 집으로 돌아와 모친과 아내에게 여행에서 있었던 일 등을 이야기하며 이삼 일 지났는데, 돌연 평양의 예의 아름다운 여인이 가마

를 타고 아름다운 모습으로 찾아왔다. 이에 놀라면서도 그 진심에 감동해 기뻐하며 모친에게도 사정을 말하고 별도로 방을 마련해주며 첩으로 살게 했다. 아내도 열 사람 부럽지 않은 아름다운 모습이었다. 더욱이 첩은 천하의 기생이다. 달과 꽃을 좌우에 나란히 두고 봄과 가을이 일시에 몸치장을 하고 교태를 부리는 행복한 신세가 되었는데, 중도 아니고 중보다도 한층 계율이 엄중해야 할 그의 운명이 슬프구나.

그렇지만 그도 꽃 피는 아침 달뜨는 저녁에 홀로 가만히 앞마당을 바라보며 곰곰이 자신의 신세를 생각하니

"꽃도 필히 지는 것이고 달도 한 번은 이지러지는 법. 오래 지속되지 않는 인간의 삼가는 것도 삼가지 않는 것도 필경 오늘 죽을지 내일 죽을지의 구별이 있을 뿐이다. 이대로 나이 들어 늙으면, 사람으로서 인생의 참맛을 모르는 후회가 얼마나 남을 것인가. 그냥 오늘 밤은 계율을 버려버릴까."

라고 여겨 결심을 한 번 해보지만,

"아니 아니다. 증조부, 조부, 아버지 삼대 선인들도 지금의 나처럼 하다 종국에는 어머니보다 먼저 죽는 불행한 자식이 되지 않았던가. 지금의 일념이야말로 우리 집안의 마魔인 것이다."

라고 생각을 고쳐먹고 여전히 계율을 지켰다. 그렇지만 계율을 지키려는 생각이 자신의 몸 크기와 같은 제방이라면 인간의 즐거움은 큰 강물의 홍수와 같다. 결국 제방은 무너지고 남자는 하룻밤 아내와 참된 정을 나누었다. 남자는 그날 밤 꿈에 머리카락이 온통

백발인 노인이 위풍당당한 모습의 사람 앞에 이마를 조아리고 계속 빌고 있는 모습을 보았다. 그 문답을 듣고 있자니, 백발의 노인이야말로 내 아버지이고 무서운 사람은 목숨을 재촉하는 판관이었다. 아버지는 피눈물을 흘리며 당신의 자식을 위해 연명을 탄원했다. 목숨을 재촉하는 판관催命判官[미주 22]은 완고하게

"천제天帝가 이미 정한 것이어서 이제 와서 어떻게 해볼 수 없다. 올해 안에는 반드시 목숨이 끊어질 것이다."

고 말했다. 하지만 여전히 아버지가 머리를 땅에 계속 조아리며 백발을 피로 물들이면서 탄원하니 판관도 마침내 지극정성에 감동을 받아

"자식을 생각하는 네 정성에 나도 감동했다. 네 아들이 목숨을 연장할 방법을 가르쳐 주겠노라. 네 아들에게 일러라. 이튿날 아침 일찍 네 집 문 앞을 검을 파는 상인이 통과할 테니, 가장 예리한 칼을 사서 잘 갈아 베갯머리에 놓고 자도록 해라. 그리고 한밤중에 창문을 열고 들어오는 자가 있을 것이니, 그 자가 누구든지 상관 말고 곧바로 칼을 들어 그 머리를 베어라. 그 머리를 들고 집을 뛰쳐나와 계속해서 달려라. 이렇게 하면 죽음을 피하고 목숨을 여든까지 얻을 수 있다."

고 말했다. 아버지가 이를 듣고 이마가 땅에 닿도록 조아리며 은혜를 고마워하는 것을 보고 있던 차에 잠이 깨었다.

이튿날 그는 간밤에 이상한 꿈을 꿨다고 넋 놓고 앉아 있는데, 벌써 소리 높여 외치며 문 앞을 지나가는 칼 장사가 있었다. 너무

나 꿈과 일치해 서둘러 불러 세워 훌륭하고 날카로운 검 한 자루를 사서 갈아, 슬며시 자신의 침상 옆에 감춰 놓았다. 그날 밤 자정이 지날 무렵 누군지 모르는 자가 창문을 열어젖히고 잠깐 잠을 붙인 그를 향해 다가왔다. 이것으로 꿈과 사실이 일치함을 알고는 할 말을 잃고 베갯머리의 검을 들어, 놀라는 적의 목을 쳐서 떨어뜨렸다. 그리고 그 목을 소매로 싸서 준비해둔 돈을 꺼내들고 어둠을 틈타 어디 정한 곳도 없이 바로 도망쳤다. 이튿날 남자가 일어나는 것이 너무 늦어지자 어머니를 비롯해 처첩 모두 이상히 여겨 하인에게 명해 침실 창문을 열게 하니, 방 가득히 선혈이 낭자해 있고 남자는 누군가에게 자다가 목이 잘린 듯, 붉은 피로 물들어 베어져 있었다. 어머니, 아내, 첩을 비롯해 많은 하인들이 놀란 것은 이루 말할 수 없고, 특히 마음 약한 어머니와 아내는 쓰러져 소리도 내지 못하고 울고 있었다. 그러나 이렇게 있을 수만은 없기에 부고를 알리고 장례를 치러 아내는 그날부터 과부가 된 운명을 슬퍼했다.

어느 날 첩은 어머니와 본처가 같이 있는 기회를 틈타 매우 작은 목소리로

"부인은 장례를 치른 사람이 남편이라고 확신하나요."

라고 물었다. 아내는

"틀림없이 우리 남편이지요. 우리 남편이 아니라면 누구겠습니까."

라고 대답했다. 첩은 더욱 소리를 낮추어,

"부인은 오랜 동안 남편과 함께 지냈는데 아직 그 분의 몸에 대

해 다 알지는 못하시는 것 같군요. 첩은 잠시 인연을 맺은 사이긴 하지만 배 왼쪽에 매우 큰 검은 점이 분명히 있는 것을 보았습니다. 하지만 장례를 치를 때 그 분의 몸을 살펴보았지만, 결국 검은 점은 발견하지 못했습니다. 이는 필시 그 분이 아닐 것입니다. 그 분은 그날 밤 집을 도망가서 지금은 어딘가에 숨어 계시는 것이 틀림없습니다."

고 이야기했다. 어머니는 곰곰이 듣고 있다가,

"정말로 네가 말한 대로 우리 아들 왼쪽 배에는 큰 검은 점이 있었다. 내가 슬픈 마음에 마음이 산란해 너처럼 자세히 아들 몸을 보지 못해, 결국 눈치 채지 못하고 지나갔구나. 하지만 네 말을 듣고보니 혹시나 하는 기대감도 생기는구나."

고 말했다. 첩은 천천히 무릎을 꿇은 채 앞으로 나아가,

"어머님이 말씀하신 대로 분명 그 분은 아직 살아계신 것이 틀림없습니다. 소첩의 일생 소원은 아무쪼록 오늘부로 여기를 떠나 나라 전체를 빠짐없이 그 분을 찾으러 돌아다니는 것입니다. 그 분이 아무리 깊은 산속에 숨어 계시더라도 그리운 마음 일념으로 언젠가는 찾아내어 다시 여기로 모시고 오겠습니다. 만약 불행히도 생전에 찾아내지 못하거든 저승에서라도 모셔와 반드시 어머니와 만날 수 있게 해드리겠습니다. 아무쪼록 허락해주시기를 진심으로 바랍니다."

고 빌었다. 어머니는 기생 일을 했던 여자에게 어울리지 않는 바른 몸가짐을 가진 그녀의 인격을 믿어 더욱 깊게 감동해서 말했다.

112

"실로 자네는 우리 집안을 보살피는 신인가 보네. 자네라면 어쩌면 잘 할 수 있을 거야."
라고 말하며 그녀가 하자는 대로 허락해주었다. 그녀는 바로 짙은 머리칼을 잘라내고 마로 지은 승복으로 갈아입은 후 모자를 깊게 눌러 써서, 금세 비구니의 모습으로 변해 나무아미타불 목소리도 가련하게 정처 없이 여행길에 올랐다.

어디 먼저 가야 할 곳도 없어 발길 향하는 대로 걸으며 눈에 들어오는 남자란 남자는 모두 눈여겨 바라보았다. 시주해주는 정으로 입에 풀칠하면서, 다행히 병에도 걸리지 않고 벌써 일 년 반이나 꿈속같이 지나갔다. 닮은 사람도 전혀 만나지 못하고 역시 여자 마음은 연약하니 "여기까지가 인연인가 싶다. 내가 북쪽으로 가면 그는 남쪽으로 가고, 내가 서쪽으로 돌면 그는 동쪽으로 가시나. 끝내 만날 날도 없으려나."
고 생각하여, 슬프고 그리운 마음이 가슴으로 밀려왔다. 마침 점심 식사 무렵이 되어 어느 집 문 앞에 서서 밥을 구걸했다. 주인 같은 사람이 이를 듣고 자신의 밥을 나눠주며 가만히 그녀의 얼굴을 들여다보고 조용히
"얼마나 아름다운 비구니인가. 어떤 업보인지는 모르겠으나 이대로 묻히기에는 너무나도 아까운 기량입니다. 내가 작년에 아내를 여의고 외아들 하나와 맘 편히 지내면서 비가 내리는 만큼 혼담이 있었지만 아직 여전히 혼자 지내는 신세입니다. 당신만 마음이 있다면 하늘이 맺어준 인연으로 여기고, 오늘부터 아내로 맞이하려는

데, 어떠합니까."

고 말을 했다. 이때 그녀는 그런 예감이 들었는지 묘하게 마음이 동해 어쩐지 여기에 있으면 남편을 만날 수 있을 것으로 생각되었다.

"그렇다면 말씀하시는 대로 따르겠습니다. 단, 비구니에게는 엄격한 계율이 있으니 승녀의 모습으로는 부부의 연은 맺기 어렵습니다. 이 머리카락은 아마 석 달 지나면 다시 자랄 것입니다. 그때 말씀에 따라 인연을 맺겠습니다."

고 굳게 약속하고 이곳에 여장을 풀어 빗자루를 잡고 그 사람을 섬겼다.

먼저 간 아내가 남긴 외아들은 가까운 서당에 다니며 공부를 하고 있는데 스승에 관한 이야기를 아버지에게 이야기하고 있었다. 여인은 스승의 얼굴 모양이나 풍채가 찾고 있는 자신의 남편과 닮은 것 같다고 생각하고, 하루는 집에 제사가 있는 것을 기회로 남편과 상의해서 스승님을 초대해 식사를 대접하자고 아이에게 말을 해놓았다. 다음날 스승을 데리고 오라고 하고 정성스럽게 준비를 한 다음, 자신은 방구석에 숨어서 엿보고 있는데, 과연 틀림없는 자신의 남편이었다. 하늘을 향해 기뻐하고 땅을 보며 기뻐했다. 임시 남편과 남편을 대접하고는 짬을 내어 자신의 방에서 그동안 힘들었던 상황을 자세히 길게 적고, 이튿날 저녁 무렵 마을 밖의 성황당 근처에서 기다릴 테니 꼭 약조를 어기지 않기를, 그리고 하루라도 빨리 돌아가 어머니의 마음을 편히 해드리자고 종이에 적었

114

다. 그리고 그 종이를 접어서 새 담뱃대 속에 넣어, 다음날 동자를 불러

"이 담배는 어머니가 주시는 선물이라고 스승님께 갖다 드리거라."

고 명했다. 서당 선생님은 동자에게 새로운 담뱃대를 받아들고 정성스러운 마음을 감사히 여기며 이윽고 담배를 채워 피우려 하니 연기가 통하지 않았다. 안을 잘 살펴보니 종이를 접은 것이 들어 있었다. 이상히 여겨 꺼내 펼쳐보니 사정이 자세하여 분명했고, 첩의 정성이 몸에 사무쳐 기뻤다. 이윽고 그날 저녁 만반의 준비를 갖추고 일본이라면 얼굴을 수건으로 싸매고 궁둥이는 말아 올렸을 차림46)으로 출발해서 약속의 장소로 가보니 그녀가 이미 와서 기다리고 있었다. 둘은 손에 손을 잡고 사람들 눈을 피해 무사히 집으로 돌아왔다. 되살아난 몸에는 하늘의 재앙도 없어졌고 이번에야 말로 양손에 꽃을 들고, 인간의 즐거움을 한껏 누리며 아이들도 여럿을 두고 여든 살까지 장수했다고 한다.

이 일이 마침내 사방으로 퍼져 군수가 이를 장례원掌禮院47)에 상신해 조칙을 받아 그녀에게 열녀문을 내리고, 기생 열녀라고 정표를 내렸다.

---

46) 일본의 하급무사나 평민들은 어딘가에 몰래 숨어들 때 두건을 쓰고, 옷자락을 엉덩이까지 말아 올렸다. 두건은 얼굴을 가리기 위해, 옷자락을 말아 올리는 것은 보폭을 크게 하기 위해서이다.
47) 조선 후기에 종중의 의식이나 제향(祭享), 조의(朝儀), 시호(諡號), 종실(宗室) 등을 맡아보던 관청.

훗날에 이르러 예의 밤에 숨어든 적은 어떤 양반 관리로 첩이 기생이었을 무렵에 마음에 두었다 거절당했는데, 멀리서 그녀를 따라왔으나, 다시 또 심하게 거절당해 원한이 남편에게 향해, "남편만 없어진다면"이라고 생각하고 숨어든 것으로 판명되었다.

개선병(疥癬病)[48] 동자 비를 예견하다(癬疥病童知雨)

지금은 옛날. 한양에 유명한 부자가 있었는데 아들은 없고 딸만
하나 있었다. 딸은 얼굴은 마치 봄날 꽃이 아침 바람에 웃는 것 같
고, 가을 달이 구름 사이로 나온 것 같았다. 그야말로 절세의 미인
이라고밖에 부를 말이 없었다. 그래서 그는 어떻게 해서든 천하의
유명한 선비를 사위로 삼아 가문을 훌륭하게 세울 생각에 비보다
잦은 매파의 출입도 모두 사절한 채, 오로지 직접 사위를 찾고 있
었다. 그렇지만 이런 사람이었기에 쉽게 눈에 차는 남자는 나타나
지 않았고 이윽고 딸도 적령기에 접어들어서 어쩐지 마음도 다급
해지기 시작했다.

급한 나머지 허리춤에 도시락을 차고 사위를 찾아 나섰다. 아무
리 시골사람이라고 하더라도 이런 사람이라면 괜찮다 싶은 남자를
발견하고 싶어 매일 걸어 다녔다. 하루는 어느 한촌에 가니 많은
농민들이 밭을 갈고 있었다. 그들 중에 콧물을 흘리고 있던 어린

---

48) 개선충의 기생으로 생기는 피부병의 하나로, 손가락 사이나 팔꿈치, 겨드랑이, 다
리 등이 매우 가려운 병이다.

아이가 맑은 하늘에 구름 한 조각 없는 드넓은 가을 맑은 날에 무슨 생각에서인지 혀를 쳇 하고 차면서 다시 "내일은 비가 내리려나" 하며 중얼거리는 것이었다. 정말 이상한 말을 하는 아이라고 생각하며 돌아왔는데, 과연 다음날은 하늘 전체에 구름이 끼고 큰 비가 퍼붓기 시작했다. 그는 찬탄해 마지않으며,

"그 동자는 신일 것이다. 나를 비롯해 많은 어른들이 누구 하나 생각지도 못한 것을 자기 혼자 미리 내다본 총명함이여. 내 딸의 사윗감으로 삼을 남자는 삼국三國 중에는 이 동자밖에 없다."

고 생각하고, 서둘러 동자의 집을 찾아가, 많은 혼수를 꺼내놓고 신분을 밝힌 후에 사위로 삼고 싶다고 말했다. 부모는 무슨 일인지 놀랐지만, 남자의 매우 진지한 모습을 보고 "늘 가난한 농사꾼의 자식을 버릴 소쿠리만 있었더라면"이라고 생각할 정도여서 바로 승낙을 했다. 남자는 다시 부모의 마음이 바뀌기 전에 그 자리를 나와 동자를 가마에 태워 한양 집으로 데리고 왔다.

의아해하는 아내를 신경도 쓰지 않고 혼자 납득하고 혼자 감탄하며 당장에 사위임을 알리고 사랑하는 딸과 부부의 혼례를 치르게 했다. 네댓새 지나 그는 사위를 가까이 불러 목소리를 낮추어 물었다.

"자네, 내 상相을 봐 보게. 내 상은 어떠한가."

이렇게 말하며 얼굴을 바싹 대었다. 사위는 깜짝 놀라 말했다.

"아버님, 상이란 무엇입니까. 내 상이라는 것을 처음 들었습니다."

118

아버지는 거듭 말했다.

"겸손한 말 그만두게. 숨길 것도 없네. 부모 자식 간에 삼가고 조심할 필요가 어디 있나."

며 인상을 봐달라고 했다. 사위는 점점 더 곤란해졌다.

"저는 시골에서 오랫동안 살아 감자나 무와 같은 것은 아버님보다 잘 알지만, 그 외는 아무것도 모릅니다. 부끄럽지만 일자무식입니다."

라고 금방이라도 울 듯이 말하는 것이었다. 아버지는 어이가 없었다.

"정말로 그렇다면 자네도 그저 보통 사람이란 말인가. 그럼 어떻게 해서 요전 날 맑은 가을하늘에 내일 비가 올 것이라고 예언했단 말인가."

하고 물었다. 사위는 부끄러운 듯 수줍어하면서 말했다.

"아버님, 저에게는 오랜 고질병으로 개선병을 앓고 있습니다. 비가 오기 전에는 반드시 가렵지요. 그날도 마침 가려워 견디기 어려웠기 때문에 긁으면서 내일 비가 올 거라고 중얼거린 것입니다."

고 대답했다고 한다.

쌍둥이 열 번(雙童十度)

지금은 옛날. 어느 마을에 부유하지는 않지만 집안이 비천하지도 않은 양반의 젊은 아들이 있었다. 어느 날 산책을 하는 중에 여행 중의 스님과 만났다. 그 스님은 물끄러미 아들의 얼굴을 들여다봤다.

"이상하게도 자식 복이 있는 사람이구나. 그렇다고 해도 쌍둥이를 열 번 낳게 되면 생계에 허리가 휠 텐데."

하고 혼잣말을 하며 지나갔다. 그는 이 말을 듣고 재미있는 말을 하는 스님이라고 생각했다. 세상에 쌍둥이를 열 번이나 낳는 사람이 있겠는가 싶어 마음에 두지도 않고 세월을 보냈다.

이윽고 아들은 열여섯의 봄을 맞이했다. 인연이 있어 이웃 양반 집의 딸을 아내로 맞아 부부 사이도 화목하게 지내고 있는데, 얼마 안 있어 아내가 임신을 해 낳고 보니 쌍둥이 사내아이였다. 첫 남자아이에 그것도 쌍둥이여서 부부는 매우 기뻐하며 치마에 구슬 싸듯 소중히 키웠다. 그러는 사이에 또 아내가 임신을 해 낳고 보니 역시 쌍둥이 사내아이였다. 아들은

"이것 참 이상한 일이다. 어쩐지 예전의 노스님의 관상이 맞은 것 아닌가."

하고 조금 불안해졌지만 두 번의 쌍둥이로는 그 정도까지는 생각되지 않아 애지중지 키웠다. 다시 얼마 안 지나 세 번째 임신에 낳은 것도 역시 쌍둥이. 네 번째, 다섯 번째도 마찬가지로 쌍둥이여서 이제 사내아이가 열 명이나 되었는데 모두 건강하고 튼튼한 사내아이들로 무탈하게 살쪄갔다. 그러나 아이들이 커가면서 그의 몸은 점점 말라가 안 그래도 부유하지 않던 집은 몹시 살기 어려운 상태가 되었다. 그는 하루 종일 고민해

"우리 부부가 이렇게 있다가는 결국 다섯 번의 쌍둥이를 더 낳게 될 것이오. 그럼 더욱 살기 어려워질 것 아니겠소. 이제 열 명의 사내아이가 있으니 조상에 대해서도 해야 할 임무는 다했다고 생각되오. 앞으로는 아이보다 생활고를 없애는 것이 가장 중요하오. 그러나 내가 이렇게 집에 있으면 괜히 아이 수만 늘릴 뿐 아니겠소."

라고 아내에게 이야기하고, 마침내 정처 없는 여행길에 올랐다.

목적이 있는 여행도 아니었기에, 몸에 익힌 정도의 재주로 입에 풀칠을 하며 어떤 때는 식객이 되고 또 어떤 때는 시골 훈장49)이 되었다. 동쪽에서 서쪽으로, 남쪽에서 북쪽으로 여행을 한 지 벌써 삼 년이나 지났다. 어느 날 인연이 되어 어느 마을의 부잣집에서 신세를 졌는데 이상하게도 그 주인과 마음이 매우 잘 맞았다. 급기

---

49) 원문은 '村夫子'. 시골의 마을에 있는 선생이나, 학식이 낮은 학자를 가리키는 말. 여기에서는 시골의 훈장 정도 되는 의미로 사용되었다.

야 늦게 만난 것을 서로 원망하며, 부자를 상대로 무엇 하나 불편함 없이 몇 달을 보냈다. 봄비가 추적추적 내리는 어느 날, 두 사람은 각별히 마음을 터놓고 신상의 여러 이야기를 서로 나누고 있었다. 남자는 깊이 탄식하며

"세상에 나처럼 끝없는 운명에 갇혀 있는 사람도 드물 것입니다. 집에는 정숙한 아내와 건강한 사내아이가 열 명이나 있습니다. 그런데도 가정의 즐거움을 누리지 못하고 이렇게 세상을 떠돌며 타인의 집에서 비와 이슬을 피하는 신세가 되고 말았지요."

라며 코를 풀었다. 부자는 처음으로 듣는 그의 신세 이야기에 흥미를 느껴 더욱 깊게 그 사정을 물으니, 그는 무엇이든 다 털어놓고 이야기했다. 부자는 놀랐는지 눈을 둥그렇게 뜨고 말했다.

"자네의 신세에 대해 들으니, 이 또한 세상의 불공평함을 한탄하지 않을 수 없네. 보는 바와 같이 나는 나이가 이미 쉰을 넘었고, 입고 먹는 것에는 부족함이 없지만, 아이는 딸자식이 있을 뿐이네. 사내아이는 한 명도 없기에, 이래서는 조상님께 불효가 될 뿐이네. 아내와도 의논해 첩을 들이고 또 첩을 들여 지금은 첩이 네 명 있지만, 첩의 자식도 역시 계집애뿐이라오. 이제 지금은 사내아이를 얻으려는 희망도 없어, 다른 사람의 아들이 부러워 죽을 지경이라오."

이렇게 말하며 서로 탄식했다. 이윽고 세월이 흘러 벌써 일 년 남짓 되는 오랜 시간을 체재했기 때문에, 남자도 슬슬 고향의 일이 걱정되어 부자에게 이별을 고하고 길을 떠나려 했으나, 부자는 남

자를 연신 붙잡으며 떠나지 못하게 했다. 남자는 부자가 무슨 생각으로 이렇게까지 자신을 강하게 붙잡는지 이상했지만, 집에 돌아가도 가난한 생계로 내일의 쌀값조차 걱정해야 할 괴로운 처지임을 잘 알고 있었고, 편히 쉬는 것을 좋아하는 것이 인지상정인지라 만류하는 대로 시간을 보냈다. 어느 날 부자는 방으로 남자를 불러 장지문을 굳게 닫고 결심한 듯한 표정으로 가까이 다가와 목소리를 낮추어,

"나도 이제는 사내아이를 얻는 것은 바라지 않는다오. 그런데 당신은 지금까지 쌍둥이를 다섯 번 낳은 상서로운 복을 가지고 있지 않소. 아무쪼록 나를 위해 나와 함께 여자들 방에 들어가 나와 똑같은 옷을 입고 아내와 첩들에게 씨를 심어주기 바라오."

라고 간곡히 부탁하는 것이었다. 남자는 이를 잠자코 듣고,

"참으로 이상한 부탁이기는 하지만 서로의 사정을 비추어 생각해보면 이상할 것도 없는 이치가 있다. 내가 가진 다섯 번의 쌍둥이는 우리 일가가 얼어 죽을 큰 불상사이지만, 부자에게는 가계를 이을 큰 길상이다. 넘치는 것에서 부족함을 채우는 것은 서로의 이익이 될 것이다."

고 마음을 정하고 받아들였다. 부자의 기쁨은 이에 비할 바 없었다. 다음 날 밤부터 매일 닷새 밤 동안 여자들에게는 조금도 의심받지 않고 부자의 뜻대로 행했다.

남자는 부자를 대신했다고는 해도 결과가 알고 싶어 머물러 있었다. 양유養由의 활50)은 아니지만 단 한발도 낭비하는 화살 없이

처첩 다섯 명 모두 그 달부터 봐야 할 것을 보지 못하니, 드디어 모두 임신이 되었다. 부자는 계획대로 성공했다며 매우 기뻐했다. 남자는 또한 어떤 애가 태어날지, 여자아이가 태어날지 사내아이가 태어날지, 쌍둥이일지 아닐지 알고 싶어서 더욱 발길을 머물렀다. 이윽고 달이 차고 다섯의 여자는 차례차례 아이를 낳았는데, 모두 쌍둥이였다. 놀라운 일에 부자도 남자도 감탄해, 잠시 말을 할 수도 없었다.

열 명의 사내아이 모두 튼튼하게 살이 올라 이제 잘 크리라는 것은 의심할 바 없었다. 또한 남자도 이제 쌍둥이 열 번의 운명도 이루어졌으니 부자에게 이별을 고하고 자신의 집을 향해 길을 떠났다. 헤어질 때 부자는 셀 수 없을 정도의 많은 재물을 이별 선물로 주었고, 남자는 무사히 마을에 도착했다.

아무리 오랫동안 집을 나와 있었다고 해도 자신의 집을 잊어버릴 리가 없다. 남자는 이전에 자신이 살던 집에 도착했지만, 집은 온데간데없고 들풀이 여기저기 나 있었으며, 보리도 군데군데 있었다. 남자는 이만저만 놀란 게 아니었다. 여우나 너구리에게 홀린 것도 아닐 텐데 스스로를 의심하면서 지나가는 마을 사람을 불러 아무개 집은 여기라고 들었는데 어디로 옮겼는지 물으니,

"그 부인은 벌써 삼 년 전까지는 여기에 초라하게 살고 있었지만, 삼 년 전부터 여행을 떠난 남편이 좋은 일이 있었는지, 많은 돈

---

50) 중국 춘추시대 초나라의 활의 명사수인 양유기(養由基)라는 장수에서 유래한 말.

을 보내주었지요. 그때부터 일 년에 네다섯 번 보내주는 돈이 엄청나서, 작년에는 이 집을 팔아버리고 저쪽의 양류문陽柳門에 나뭇가지 드리워진 넓은 새 저택을 사서 갔습니다. 지금은 근방에서 부유한 양반이지요."

라고 알려주었다. 남자는 모두 그 부자가 한 것일지도 모른다는 생각에 새삼 그 은혜에 감탄하면서 새로운 집을 찾아갔다. 넓은 새 저택은 실로 집안이 부유하고 밖으로 드러나는 여유로움이 어디를 둘러봐도 잘 정돈되어 있어서 살기 편해 보였다. 대문을 들어가니 큰 넓이의 마루에는 서로 닮은 튼튼해 보이는 사내아이 열 명이 책상을 나란히 하고 선생님 말을 들으며 독서를 배우고 있었다. 애들이 모두 내 아이라고 생각하니 꿈이 아닌가 싶어 기쁜 나머지 멍하니 넋을 잃고 바라보고 있었다. 그렇지만 남자가 아버지라고 알 리 없는 아이들은 잘 모르는 사람이 왔나 하며 신경도 쓰지 않고 면학에 열중이었다. 그는 웃으면서 조금은 진지하게, "내가 바로 너희들 아버지란다"고 말했다. 그들은 의아해하며 쳐다봤다. 이윽고 가장 나이가 많은 아이가 벌떡 일어서 안방으로 들어가 어머니에게 이를 알리는 것처럼 보였다. 어머니는 창문을 열어 보고는 헤어진 지 오래된 자신의 남편이서 있는 것을 보고, 기뻐 놀라며 손이 춤을 추고 발이 밟을 곳을 모르는 양 눈물을 글썽이며 나와,

"이분이야말로 늘 너희들에게 이야기하던 아버님이시란다."

라고 말했다. 오랜만의 부부와 부모 자식간의 재회는 긴 하루도 짧을 지경이었다.

비로소 내 집에 안정해 귀여운 자식들의 천진난만한 거동과 "아빠, 아빠" 하며 사방에서 달려드는 것을 보니 세상에 자식보다 나은 보물은 없다는 생각이 들었다. 이미 의식주가 충분하니 이런 보물은 많을수록 좋다. 아쉬운 것은 그 부자 슬하에 두고 온 열 명의 애들이었다. 열 명 모두를 데리고 올 수는 없지만 절반인 다섯은 데려오겠다면 부자도 싫다고는 못하겠지. 어느 날 슬며시 편지를 써서 하인을 시켜 갖다 주라고 했다. 조금 있으니 하인이 겸연쩍게 돌아왔다. 그 집은 이미 어딘가로 이사하고 이웃 누구도 행방을 아는 이 없다고 아뢰었다고 한다.

한국 마쓰야마카가미(松山鏡)[51] (韓樣松山鏡)

지금은 옛날. 이 나라에 아직 거울[미주 23]이 만들어지지 않았을 때, 그리고 아직 한漢나라에서 거울 수입이 많지 않던 때의 일이다. 시골 벽지의 한 평민이 서울에 나온 김에 면경面鏡 하나를 사들고 돌아왔다. 거울을 향해 자신의 얼굴을 비춰보니 주름 하나 웃음 하나까지 그대로 비추는 재미가 비할 바가 없었다. 그래서 때때로 꺼내서는 혼자 들여다보고는 웃으며, 남몰래 감춰두고 아직 아무에게도 보여주지 않았다. 아내는 자신의 남편이 뭐가 재미있는지 때때로 이상하고 둥글고 평평한 것을 들여다보고는 즐겁게 웃고 있는 것을 괴이하게 생각했다. 어느 날 남편이 감춰둔 곳을 알아두고 남편이 없을 때를 틈타 살짝 꺼내 들여다보니, 이것이 어찌된 일인가.

---

51) '마쓰야마카가미(松山鏡)' – 에치고(越後) 지방의 전설로 대강의 내용은 다음과 같다. 마쓰노야마(松山)에 사는 한 남자가 양친을 여의고 18년간 정성스럽게 묘를 돌보고 있었다. 이 이야기를 들은 신분 높은 분이 상을 주겠다고 하자 돌아가신 아버지를 뵙고 싶다고 하여 거울을 하사했다. 시골에서 아직 거울이 무엇인지 모르던 그는 그 안을 들여다보고는 거울에 비친 자신의 모습을 젊어 돌아가신 아버지의 모습이 거울에 비친 것으로 생각해 감격해 울며 그리워하지만, 이후의 전개는 여기에 소개되어 있는 한국이야기와 비슷하다.

그 안에 자신과 나이가 비슷한 한 여인의 얼굴이 분명히 보였다. 마음에서 불이 일어 참고 있을 수 없었다.

"바람기 있는 남편이 서울에 가서 첩을 한 명 데리고 왔구나. 이제 나에게는 가을바람이 불겠구나."

라며 무정한 남자 마음에 어둠 속에서 눈물을 삼키고 그대로 거울을 한 손에 들고 시어머니 곁으로 가서 원망스럽다고 이야기했다. 시어머니는 매우 이상하다며 그 첩을 자신에게 보여 달라며 면경을 들여다보았다. 그런데 여자는 여자인데 자신과 닮은 주름진 노파로 도저히 아들의 상대라고 보이지 않는 여자였다. 가가대소呵呵大笑하며,

"며느님 뭘 보았느냐, 아무리 아들이 유별난 것을 좋아한다 해도 이렇게 나이가 든 여자를 일부러 서울에서 첩으로 삼으려고 데려왔겠느냐. 어쨌든 어쩔 수 없는 사정이 있어 어딘가에서 노파를 맡아 데려왔을 것이다. 내 아들만큼은 절대 그런 바람을 피울 리 없다. 다 아녀자의 기분일 뿐이니 걱정 말아라."

라고 말했다. 그러고 있을 때 시아버지가 들어왔다. 며느리가 눈물짓고 시어머니가 웃는 것이 이상해, 이유를 묻고는 그렇다면 나도 한 번 보겠다며 들여다보니 여자가 보이지 않는 것은 말할 것도 없고 자신과 닮은 할아버지가 나타났다. 그렇다면 두 사람이 뭔가를 착각한 것이다. 이웃집 할아버지가 앉아 있는 거라며 시어머니와 며느리의 말이 근거 없다면서 크게 웃었다.

그렇지만 사실은 말보다도 힘이 있는 법. 며느리가 들여다보니

젊은 여자가 보이고, 시어머니가 들여다보니 노파가 나타나니, 역시 이들의 의심 덩어리는 풀리지 않았다.

어느 날 한창 짓궂은 나이인 열 살 정도의 장남이 거울을 발견하고는 이상한 물건이라며 들여다보았다. 그때 마침 구슬을 한손에 쥐고 있었는데 거울 안에도 똑같이 짓궂은 개구쟁이가 구슬을 들고 흔들고 있는 모습이 보였다. 아이는

"저 아이가 내 구슬을 빼앗았어요."

라며 소리 높여 울기 시작했다. 옆에 있던 젊은이들이 무슨 연유로 우는지 물었다.

"아니 어디에 누가 네 구슬을 빼앗았느냐."

며 들여다보니 혈기왕성한 젊은 사람이 비쳤다.

"이 녀석, 나이도 들 만큼 들어서 어린애를 괴롭히다니 나쁜 놈이군."

이렇게 말하며 주먹을 들어 거울을 힘껏 때리니 거울은 떨어져 온돌 위에 심하게 부딪쳐 결국 깨지고 말았다고 한다.

선녀의 날개옷(仙女の羽衣)

지금은 옛날. 강원도 금강산 기슭에 나무꾼 한 사람이 있었다. 약간의 장작을 판 돈으로 누추한 오두막집에서 기거하며, 아직 아내도 맞이하지 못한 채 하루하루를 지내고 있었다. 같은 나이 또래의 친구들이 결혼하는 것을 볼 때마다 "나도 언젠가는" 하고 탄식했다. 그렇지만 본래 마음이 정직해 자신의 생업을 매우 부지런히 했기에, 바람이 불지 않는 날에는 도끼 소리가 들리지 않는 날이 없다고 마을 사람들이 이야기하곤 했다.

어느 날 언제나처럼 열심히 나무를 하고 있었다. 깊은 산속의 정취가 더해질 무렵, 사냥꾼에 쫓기는 듯한 노루 한 마리가 겁에 질려 달려와서는 잠시 숨겨달라고 숨 가쁘게 청했다. 그는 노루를 매우 가련하게 여겨 쌓아놓은 장작 아래에 숨기고, 시치미를 떼고 콧노래를 재미나게 부르며 나무를 베고 있었다. 이윽고 활을 손에 든 다부진 사냥꾼 한 명이 나무뿌리 돌부리를 밟으며, 그야말로 산도 눈에 들어오지 않는 듯 뛰어와서 급한 말투로

"바로 지금 이곳으로 오는 노루 한 마리를 쫓아왔는데 보지 못

했소."

라고 물었다. 그는

"보았소이다. 방금 전에 이곳을 지나 저 계곡을 넘어 사라졌소이다. 방향은 정남쪽이오."

라고 대답했다. "그렇소"라고 덧붙이는 말도 없이 사냥꾼은 더욱 공중을 가르며 달려갔다. 조금 있으니 노루는 장작 밑에서 나와 살려준 은혜를 감사해하며 말하기를,

"당신에게 이 보답은 절세미인으로 하겠습니다. 내일 오후 몇 시에 금강산의 모某 연못으로 오세요, 선녀 세 명이 내려와 목욕을 하고 있을 것입니다. 그중에 날개옷 한 벌을 가져와 감추도록 하세요. 그러면 선녀는 승천을 못하고 결국 당신의 아내가 될 거예요. 같이 몇 년을 살며 사내아이를 낳고, 둘째 아들을 낳아도 역시 날개옷을 돌려주면 안 됩니다. 셋째 아이를 낳고 나면 그 옷을 돌려주세요. 그럼 다시 도망갈 염려는 없을 테니까요."

라고 일러 주고는 우거진 수풀 속으로 사라졌다. 나무꾼은 너무 기뻐서 한 시가 천 번의 가을이 지나는 듯이 길게만 느껴졌다. 다음 날은 보통 때보다 더 빨리 일어나 역시나 일은 쉴 수가 없었기에 도끼를 들고 금강산으로 올라갔다. 금강산은 이 나라의 영산으로, 봉우리가 파란 하늘로 높이 솟구쳐 있다. 수목이 울창하고 초록 이끼로 길은 미끄러웠다. 산봉우리의 영천靈泉에서 물이 솟아 흘러, 콸콸거리는 묘한 소리가 오랜 세월 끊이지 않았다. 두루미가 울며 날아가는 것이 마치 불법을 논하는 것 같았다. 그리고 보니 언제부

터인가 불자가 여기에 가람(伽藍52))을 지었는데 신령스러운 땅에 신령스러운 스님을 배출한 절의 기운이 점점 번창해, 백오십 개의 사원이 봉우리를 사이에 두고 계곡을 마주하며 꾸불꾸불 계속 이어졌다. 온종일 경磬 소리와 법문의 노래가 구름과 하늘 사이로 낭랑히 울려 퍼졌다. 이 암굴, 저 동굴에 조용히 앉아 수행하는 승려가 끊이지 않았다. 실로 조선 제일의 영험한 곳이고 또 동국東國 제일의 절경이다. 금강산을 보지 않고 산수를 말하지 말라는 이 나라의 속담이 있다. 선녀도 여기를 좋게 본 것일까. 산꼭대기의 영험한 연못을 보고 목욕탕을 떠올리다니. 선녀들은 날을 정해 내려와 옥 같은 몸을 물에 담그고 향기로운 피부를 씻는다. 나무꾼은 노루가 일러준 시간 전부터 덤불에 몸을 숨기고 엿보고 있었는데, 과연 펄럭이는 날개옷을 흩날리며 세 명의 선녀가 연못가에 춤을 추듯 내려와 서로 돌아보며 미소 짓고 날개옷을 벗어 나뭇가지에 걸친 다음 주저 없이 향기로운 백설 같은 피부를 드러내고는 첨벙첨벙 영지로 들어갔다. 기뻐하며 웃고 이야기하며 능라綾羅 수건으로 옥 같은 몸을 닦았다. 빼어난 산꼭대기의 영옥천泠玉泉에 매우 아름다운 세 미녀가 한없이 향기로운 몸을 드러내고 목욕하는 아름다운 모습에 나무꾼은 황홀감에 빠져 잠시 멍하니 바라보고 있었다. 그러고 있노라니 자신도 마치 천국의 한 사람이 된 것처럼 생각되었다. 이윽고 제정신을 차리고 조용히 기어 나와 날개옷 한 벌을 끌어안

---

52) 가람(伽藍)−승가람마(僧伽藍摩)의 약어로, 불자들이 수행을 쌓으며 사는 집을 가리킨다.

고 수풀 속으로 숨었다. 잠시 후에 목욕이 끝나고, 세 사람 모두 연못을 나와 전신을 바람에 드러내고 너무나 기분 좋게 담소했다. 선녀들은 돌아갈 시간이 되어 나뭇가지로 가서 날개옷을 내려 몸에 걸치려고 하는데 한 벌이 부족한 것을 알아챘다. 세 선녀는 당황해 풀 속의 나뭇가지 위를 찾아보았지만, 이곳에 같이 벗어 걸쳐놓았던 날개옷 한 벌은 아무리 찾아보아도 결국 발견하지 못했다.

"우리가 목욕하는 중에 바람이 불어 날려간 것일까요. 아니면 백두루미가 물고 갔을까요. 벌써 돌아갈 시간입니다. 만약 늦으면 옥황상제에게 야단을 맞을 것입니다."

날개옷을 입은 두 선녀는

"당신의 슬픔도 슬픔이지만, 우리들도 책망을 받을 것을 생각하면 괴롭습니다. 여태까지 찾아도 없는 것을, 오늘밤 내내 찾는다고 해도 나올 거라고는 알 수 없습니다. 우리가 먼저 승천해 연유를 상제에게 말씀드리고 또 좋은 지혜를 빌려달라고 하겠습니다."

고 말하고 부끄러워하는 한 선녀를 남겨놓고 날개옷을 펄럭이며 승천했다.

남은 선녀 한 사람은 부끄러움과 슬픔에 괴로워하며 붉은 눈물을 흘려 수건에서 물이 떨어질 정도였다. 이윽고 적당한 시간이 되어 나무꾼은 서서히 풀숲을 나와 선녀에게 다가갔다. 선녀는 체면을 생각할 겨를도 없이 놀라서 땅에 엎드려,

"바라옵건대 이대로 보지 말고 지나가 주십시오."

하며 손을 모으고 간청했다. 그렇지만 나무꾼은 따뜻하게 웃으며

말했다.

"아무리 선녀라고 해도 정해진 운명을 따르지 않으면 안 될 것입니다. 당신과 나는 지금의 몸이 선녀와 사람이라는 차이는 있지만 하늘이 허락해주신다면 부부 사이가 될 수 있습니다. 오늘 뜻하지 않게 당신의 날개옷이 내 손에 들어오고 당신이 신통한 힘을 잃은 것은 속세에서 나에게 몸을 의탁하라는 천명일 것입니다. 자, 갑시다. 다행히 저녁이기에 사람 눈은 어둡고 당신 모습도 괴이하게 여기지 않을 것이오. 당신은 아직 인간의 정을 모르지만 세상에 인간만큼 상냥한 것은 없을 것이오. 나는 가난하지만 어머니도 형제도 없습니다. 당신이 온다면 잠자리를 나누고 그릇을 나누어 먹기에 마음 편한 상태입니다. 끝내 애정이 생기지 않으면 그대로 둘이 백발이 될 때까지 벗으로 있어도 좋소이다. 지금도 거절하신다면 나는 이 날개옷을 집에 가지고 가서 영원히 당신에게는 주지 않겠소이다. 선녀의 규율은 모르지만 몸에 입을 옷을 잃고서야 옥황상제도 용서치 않을 터겠지요. 빨리 마음을 정해주시오."

이렇게 말하며 손을 잡을 것을 권했다. 선녀도 하는 수 없이, 사공이 있는 작은 배를 만난 것과 같이 나무꾼에게 몸을 맡기고 터벅터벅 그의 집으로 따라갔다.

선녀이기는 하지만 여자의 도덕은 알고 있었다. 점차 지상에 익숙해지면서 부엌일부터 재봉 일까지 열심히 해 이건 그야말로 삼국 제일의 여자라고 부러워하지 않는 이가 없었다. 부부 사이도 좋아 그달부터 벌써 임신해 빛이 날 정도의 옥동자가 태어났다. 선녀

를 아내로 맞이하고 나서 집안 형편이 좋아지고 생활도 폈다. 부부
는 자식을 손아귀의 구슬처럼 사랑으로 길렀다. 몇 년 지나지 않아
다시 한 명의 옥동자가 태어났다. 선녀도 자신의 아이에 대한 사랑
은 똑같아서 형과 동생을 밤낮으로 쓰다듬으며 길렀다. 아이들 역
시 "어머니, 어머니" 하고 친숙히 따르니, 해가 지날수록 나무꾼도
안도했다. 이제는 다시 하늘나라로 돌아가려는 마음도 없어진 것처
럼 보였다. 날개옷을 감춰 놓고 있자니 어금니에 뭔가 낀 것 같은
기분이 들었다. 어느 날 나무꾼은

"이 날개옷을 꺼내어 주고, 아내의 마음에 맡기도록 하자. 아니
면 찢어버리거나 태워버려야, 친한 부부, 모자 사이가 더욱 허물없
어질 것이다."

고 생각하고, 그 노루의 계율을 깨고 날개옷을 꺼내어 아내에게 보
여주었다. 그러자 아내는 날개옷을 재빨리 몸에 걸치고는 큰 아들
을 왼쪽 겨드랑이에, 작은 아들을 오른쪽 겨드랑이에 끼고 옷자락
을 펄럭이며 승천해버렸다. 남겨진 나무꾼은

"이제 와서 보니 아내는 아직 나보다 천국을 그리워했던 것이구
나. 이래서 노루가 아이 셋을 나을 때까지 날개옷을 꺼내어 보여주
지 말라고 한 것이었구나. 세 명의 아이를 모두 겨드랑이에 끼울
수가 없으니, 누군가를 놔두고 갔어야 할 터, 모자의 사랑에 이끌
려 승천하고픈 마음도 끊어졌을 것이다. 인간의 얕은 마음에 일을
그르치고 말았다. 내일부터는 누구와 함께 살고, 누구와 함께 이야
기를 할 것인고."

라고 불우한 처지를 후회하고 슬퍼했다. 금강산을 바라봐도 우울하고, 손에 익은 도끼도 잡고 싶지 않아 몇 달을 눈물을 흘리며 비통하고 아픈 마음으로 지냈다. 하지만 이렇게 있을 수만도 없는 노릇이기에 다시 도끼를 들고 산에 올랐다. 적막한 산이 오늘은 더욱 적막하고 흐르는 계곡의 물도 만가挽歌를 연주하는 듯했다. 나무꾼은 망연히 풀밭에 앉아 생이별의 슬픔과 고통을 느끼고 있었다. 그때 노루 한 마리가 달려와서 위로하는 표정으로 다가와서 말했다.

"잊으셨나요? 저는 예전에 당신이 살려준 노루입니다. 이번에 당신이 제 계율을 깨서 선녀가 도망갔다고 들었습니다. 그렇게 생각이 얕은 것이 인간의 일상사입니다. 이번만큼은 다시 도와드리도록 하겠습니다. 또 실수해서는 다시는 방법이 없습니다."

라고 이야기 하고, 또

"선녀들은 당신에게 목욕하는 것을 들키고 난 후부터 그 영천靈泉으로 내려오지 않게 되었습니다. 그 이후부터는 천국에서 매우 큰 두레박을 내려서, 영천의 물을 퍼올려 천국에서 목욕하고 있습니다. 그러니 당신은 내일 몇 시경에 그곳으로 가서 두레박이 내려오는 것을 기다렸다가 재빨리 그 물을 비우고 그 안에 앉은 채 천국으로 올라가면 됩니다. 아내였던 선녀도 필시 오랜 세월의 약속을 잊지 않고 있을 것입니다. 하물며 두 아이가 밤낮으로 아버지를 그리워하고 있으니 당신이 가면 매정하게 못할 겁니다."

고 일러 주었다. 나무꾼은 이 말을 듣고 일식이 끝나고 햇빛이 밝게 비추는 것을 보는 것처럼 매우 기뻐하며, 노루에게 감사인사를 했다. 그리고 이튿날 아침 일찍 의복을 갖춰 입고 산기슭을 올라갔다. 때를 기다리고 있으니 과연 몇 되는 되어 보이는 큰 두레박이 스르르 맑은 하늘에서 내려와 연못 가운데로 첨벙 소리를 내며 들어갔다. 찰랑찰랑 물을 떠서 다시 올라가려 했다. 준비하고 있던 나무꾼은 연못 가운데로 뛰어 들어가 재빨리 물을 버리고 두레박 안에 앉았다. 이러한 사실을 알 리 없는 하늘에서는 두레박을 서서히 끌어올려, 두레박은 파란 하늘을 뚫고 하늘문으로 들어갔다. 이에 순조롭게 부부와 부모자식이 재회하게 되었다. 마침내 나무꾼도 천인天人 무리에 들어가게 되었다.미주 24

부귀는 목숨이 있고 영달은 운이 있다
(富貴有命榮達有運)

지금은 옛날. 이 나라의 근대의 성군이라고 일컬어지던 성종왕成宗王이 어느 날 밤 허름한 옷차림으로 경성 성내를 순시하셨다. 여기저기를 돌아다니다가 밤도 이미 깊은 무렵에 남산의 산 아래에 오셨다. 만물이 적막하고 밤기운이 어둡고 쓸쓸한 가운데 여러 채의 초가에서 낭랑하게 독서하는 소리가 들려왔다. 왕은 이상히 여기셔서

"이렇게 야심한 밤에 어느 집 누가 아직도 글 읽는 낭랑한 소리가 멈추지 않는 것인가."

라고 물으셨다. 그리고 시종들은 함께 소리가 나는 집에 가까이 다가가 문을 살짝 두드리시니 책을 읽던 이가 놀라며 책을 놓고 바쁘게 문을 열며 물었다.

"누구시기에, 이렇게 야심한 밤에 무슨 볼일로 찾으셨사옵니까."

이를 들은 왕은 부드러운 표정으로 말씀하셨다.

"이상하게 여기지 마시오. 오늘밤 우연히 이곳을 지나가다가 이

렇게 깊은 밤에 아직 낭랑하게 책 읽는 소리가 들려 매우 기쁘게 생각되어 그 고매한 주인공의 얼굴을 보고, 그 이름을 알고 싶은 마음에 이렇게 당신을 놀라게 하고 말았습니다."

라고 했다. 이끌려 방에 들어가 보니 주인공은 쉰 가까운 반백의 늙은 선비였다. 무엇을 읽고 계셨는지 물으니 주역이라고 했다. 왕은

"나도 오랫동안 이 책을 보고 있는데 학문이 얕아 이해하기 어려운 구절이 있소이다. 오늘밤 뵙게 된 것은 마침 좋은 기회이니 하나 여쭙겠습니다."

고 하며, 그중의 어려운 곳을 물으셨다. 노인의 응대가 물 흐르는 것 같고 유현함이 각별하고 정묘함을 발휘하고 있어, 실로 대선비라고 밖에 칭할 말이 없었다. 왕은 연신 감탄하며

"노 선비의 학문이 정말로 고원高遠하니, 몇 해 전부터 궁금하게 여기던 뜻을 얼음을 녹이듯 해석해주십시오. 그리고 만약 써 놓은 글이 있으시다면 읽어 보고 싶습니다."

고 하고, 노 선비가 꺼내준 십 수 편의 글을 읽는데, 한 자 한 자 모두 금옥金玉과 같았고, 흰 무지개와 같은 빛이 났다. 왕은 계속 무릎을 치면서 감탄해 마지않았다.

"이러한 명문장가가 당대의 우리나라에 몇 명인지 손가락에 꼽을 것이다. 헌데 노 선비는 무슨 연유로 과거 미주 25 에 응하시지 않으셨소이까."

라고 물으니, 노 선비는 얼굴을 붉히며

"어찌된 일인지 운이 없어, 스무 살부터 응시했지만 언제나 떨어
져서 아직 급제하여 방에 이름이 붙는 영광을 얻지 못했소이다. 나
이만 먹어 올해로 쉰, 남은 목숨이 얼마 없으니 끝내 급제하지 못
하고 죽을지도 모르겠소이다. 하지만 학문을 연구하는 것은 학자의
일이니, 더욱 이렇게 연구에 매진하고 있는 것입니다."
라고 말했다. 왕은
"내가 이 나라에 군림해서 과거를 행해 인재를 뽑으려 했어도,
이십 년 동안 이런 사람을 아직도 뽑지 못했구나. 덕이 없도다. 어
리석었도다."
하시며 마음속으로 슬퍼하셨다. 그리고 겉으로는 아무렇지도 않
은 듯
"그런데 모레 또 과거시험이 있다는 것은 이미 들으셨습니까."
라고 묻자, 노 선비는 미심쩍은 듯 눈썹을 찌푸리며,
"모레 과거가 있다는 것은 아직 듣지 못했습니다. 정말로 있다면
저도 응해보겠습니다."고 말했다. 왕은 십 수 편의 글 중에서 특히
마음에 와 닿는 한 편을 자세히 보고 그 제목을 기억했다. 그리고
정중히 인사하고 집을 나섰다.
　집을 나와 걸으며 신하에게 명하기를, 쌀 한 되와 고기 한 근을
담장 너머로 던져주도록 했다.
　환궁한 후에 갑자기 내일 임시 과거를 시행한다고 명을 내리고,
시제는 전날 밤에 노 선비의 글에서 가장 우수한 한 편의 제목으로
내고는 왕은 오로지 이 노 선비의 답안을 기다리고 있었다. 이윽고

산처럼 쌓인 답안 중에서 시험관이 그 문장을 찾아내어 왕에게 바쳤다. 왕이 읽으시니 의심할 바 없이 간밤에 본 문장이라, 비평해 제일의 장원으로 정했다. 즉시 방을 붙이고 글의 주인을 불러들이니 이것이 어찌 된 일인가. 앞에 나온 이는 전혀 닮지 않은 소년이었다. 왕은 매우 놀라

"네 답안은 네 작품이더냐."

고 물으시니 소년은

"아니옵니다. 제 연로하신 스승의 글 중에서 뽑아 쓴 것이옵니다."

고 대답했다. 왕은

"그렇다면 노 스승은 무슨 연유로 시험장에 나오지 않은 것이냐"

고 다시 물었다.

"스승님께서는 간밤에 뜻하지 않게 좋은 쌀과 좋은 고기를 많이 드셔서 복통을 일으켜, 오늘 유감스럽게도 출장하지 못하셨습니다. 하는 수 없어 소신이 대신해서 그 초고를 품에 넣고 출장한 것입니다."

고 하는 소년의 대답을 듣고 왕은 잠자코 있다가 일단 소년을 물리친 뒤, 사람을 시켜 노 선비가 기거하는 곳을 찾게 했다. 슬프게도 노 선비는 굶주린 상태에서 맛 좋은 음식을 과식해 설사가 나서 그날 끝내 돌아가셨다 한다.

이것도 성종 때의 일이다. 어느 날 야심한 밤에 잠행을 하시어

어떤 마을을 지나실 때였다. 한 여자가 사립문을 열고 나오는데 남쪽에 있는 한 그루의 나무 위에서 까치 소리가 들렸다. 그 여자는 주변을 살펴보고 인기척이 없는 것을 확인한 다음, 똑같이 까치 소리를 흉내 내며 나뭇가지 하나를 입에 물고 나무에 올라갔다. 나무 위에는 까치가 있어 계속 울면서 예의 나뭇가지를 받아들었다. 성종왕은 매우 이상하게 여기시어

"이 야심한 때에 무슨 호기심인지, 사정이 있을 듯하다."

고 하시며 사립문 가까이 가셨다. 그 여자는 다른 사람이 있다는 사실에 놀라 허둥지둥 나무에서 내려와, 나는 듯이 문 안으로 숨어들었다. 이어서 사내 한 명도 서둘러 나무 위에서 미끄러져 내려와 재빨리 사립문을 닫으려고 했다. 성종은 가만히 문으로 다가가 조용히 묻기를,

"주인은 무슨 일을 하시는 게요."

고 물으셨다. 남자는 어둠 속에서도 눈에 띌 정도로 부끄러워하며 대답했다.

"저는 어릴 적부터 수도 없이 과거에 응해 왔습니다. 올해로 나이가 이미 50이 되었는데, 여전히 급제를 못했습니다. 속담에 까치가 집 남쪽에 둥지를 틀면 좋은 일이 있다고 해서, 십 수 년 전에 정남쪽에 나무 하나를 심고 까치가 오는 것을 기다렸습니다. 그런데 나무가 성장해 그늘이 우거졌는데도, 아직 까치가 와서 둥지를 틀지 않았습니다. 오늘도 늙은 아내와 함께 처지가 박복함을 조용히 이야기하여, 오늘밤 야심한 시각에 사람의 발길이 끊긴 뒤에,

142

둘이서 까치를 위해 남쪽 나무에 둥지를 만들어 놓게 하자고 이야기했습니다. 바로 지금 시작하자마자 부끄럽게도 손님에게 들킨 것입니다. 이것도 운이 없는 노 부부의 장난이라고 생각하시고 다른 사람에게는 알리지 말아 주십시오."

라고 매우 수줍게 이야기했다. 왕은 차분히 다 듣고 나서 말했다.

"나는 지나가던 손님이오. 어떻게 다른 사람에게 알릴 수 있겠소. 또 사람의 운이라는 것은 한 순간에도 바뀌는 것이니, 오늘까지 박복했다고 해도 내일은 금세 좋은 일이 생기지 말라는 법은 없소이다. 세상은 정직한 사람에게 마지막에는 은총을 내리는 법이니까요. 선생님도 계속 부지런히 면학에 힘쓰도록 하시오."

라고 하시고 환궁하셨다. 이튿날 임시 과거를 명하시고 사람과 까치라는 시제를 내셨다. 그러니 응시를 한 수많은 수재秀才들도 경사백가經史百家의 서책에서 아직 보지 못한 기이한 제목인지라 모두 멍하니 생각이 이르지 못했다. 예의 늙은 수재秀才만이 남몰래 짚이는 것이 있었다. 금세 답안을 작성해 시험관에게 제출했다. 왕이 이를 보시고 이야말로 제목에 적중하는 답안이라고 하시며 고금의 인재라고 즉시 비평하신 다음 장원급제로 명하셨다고 한다.

사람과 호랑이의 싸움(人虎の爭ひ)

　　지금은 옛날. 인심이 여전히 소박하고 사람과 짐승의 구별도 지금처럼 두드러지지 않고 서로 말이 통했을 때의 일이다. 한 사람이 들판을 가는데 함정에 빠져 있는 호랑이 미주26 한 마리를 보았다. 호랑이는

　　"여보시오"

하고 불러 세웠다.

　　"내가 뜻하지 않게 함정에 빠져 몸이 자유롭지 못하니, 목숨이 오늘 내일 하오. 평생의 소원이니 제발 좀 구해주시오."

　　이렇게 말을 하자 그 사람도 과연 불쌍하게 여겨,

　　"생을 아쉬워하고 죽음을 피하려고 하는 것은 생물의 정이구나."

라고 생각하여, 힘들게 호랑이를 구출해주었다. 그런데 호랑이는 구출되자마자 짐승의 왕답게 눈빛을 반짝이며 붉은 물감을 가득 채운 쟁반처럼 큰 입을 벌리고, 지금이라도 은인을 한입에 먹어 죽여 버리려고 했다. 그 사람은 혼이 달아나듯 놀라,

　　"어찌하여 생명의 은인인 나를 오히려 잡아먹으려 하느냐."

며 반문했다. 호랑이는 크게 웃으면서

"은혜는 은혜, 먹을 것은 먹을 것이다. 내가 함정에 빠진 지 벌써 이틀 동안 굶어, 잠시도 견딜 수 없다. 지금 너는 좋은 먹잇감으로 내 앞에 있으니 어찌 만찬을 하지 않겠느냐. 이래도 할 말이 있느냐."

라고 물었다. 그때 인간은

"우리 둘의 싸움은 우리 둘로는 결판이 나지 않으니 저쪽에 보이는 소나무에게 누가 옳은지 재판을 청해보자."

고 했다. 즉시 노송을 불러 양자의 시비곡직을 물어보니, 송공松公이 말했다.

"교활한 인간이여. 네가 하는 짓을, 사람이 하는 것을 왜 반대하느냐고? 봐라, 인간인 너희들이 소나무를 대하고 있는 것을. 우리는 채 다 크지도 않았을 때부터 너희들에게 있어서는 은혜를 베풀었으면 베풀었지, 해를 입히지는 않았다. 바람에 떨어지는 나뭇잎이나 비에 꺾이는 작은 나뭇가지는 너희 온돌의 땔감이 된다. 하물며 겨우 생장해 송로松露와 송이가 나오게 되면 밥상의 진미로 즐기지 않느냐. 그런데 우리가 몇 십 년의 바람과 이슬을 견디며 마침내 드높이 솟은 거목이 되면 금세 도끼를 휘둘러 베어 넘어뜨려 우리의 생명을 빼앗는다. 이렇게 너희는 은혜를 원수로 갚지 않는다고 말할 수 있겠느냐. 호공虎公이 말하는 것은 그야말로 지당한 이치요. 실로 은혜는 은혜이고, 먹을 것은 먹을 것이다. 굶주려 있는데 무슨 사양이 필요하겠느냐."

호랑이는 백만의 아군을 얻은 듯 기뻐하며,

"더 이상 할 말이 없겠지."

라며, 지금이라도 잡아먹으려고 했다. 때마침 우연히 지나던 누런 소가 있었다. 인간은 생각하기를,

"소는 과연 가축이라고 일컬어지고 있으니, 인간에게 동정이 두 터울 것이다. 여보시오, 이러해서 저러해서 말다툼을 하고 있소이 다. 자네는 어떻게 판단하겠소?"

고 물었다. 소도 크게 웃었다.

"물어볼 필요도 없소. 인간이 우리를 대하는 것을 생각해보시오. 본디 어미젖을 뗄 때부터 여기저기 돌려쓰고, 겨우 견딜 정도의 짐 을 지우고, 게다가 채찍질을 해가며, 봄에는 밭을 갈게 하고, 여름 에는 김을 메이고, 가을에는 수확한 것을 짐 들게 하고, 겨울에는 장작에 등이 쓰리오. 1년 내내 쉴 틈 없이 쓸 때로 써서, 나이도 먹 고 힘도 떨어지면 정도 없이 칼로 목을 잘라 죽여서 고기를 탐해 먹어버리지 않느냐. 인간이 하는 짓은 모두 이와 같소. 호공의 말 씀은 지극히 현묘한 이치요. 다 자업자득이요."

라고 매우 통렬하게 재판했다. 인간도

"이제 절체절명의 순간이구나. 이대로 호랑이 밥이 되는 것 인가."

라고 생각하고 있을 때, 우연히 흰 여우 한 마리가 지나가고 있었 다. 여우에게 무슨 동정이 있겠냐고 생각하면서도, 불러 세우고 공 평한 재판을 청하였다. 흰 여우는 눈썹을 찌푸리며,

146

"이는 최근에 들은 괴이한 이야기이다. 도대체 어떻게 된 일이냐. 처음을 모르면 재판도 할 수 없는 것이다. 내 눈앞에 다시 원래대로 호공은 함정에, 인간은 그 위에 서보시오."
라고 말했다. 호랑이는 물론 자신의 승리라고 믿고 여우가 말하는 대로 다시 함정으로 내려가 몸을 구부리고, 사람은 함정 위에 서서 함정 안을 내려다보았다. 그때 여우가 유쾌하게 말했다.

"이렇게 되면 특별히 괴로운 일은 일어나지 않을 것이오. 섣불리 호랑이를 살려주니 골치 아픈 재판도 생긴 것 아니겠소. 모름지기 태평한 처음으로 돌아가야지요. 자, 인간은 이제 가던 길을 가시오."

이렇게 재촉하며 사라졌다.

신령스러운 호랑이(神虎)

　　서화담(徐花潭) 선생 경덕(慶德)53)은 인종(仁宗) 왕조의 대 유학자로 경사
백가는 물론 노불음양점복(老佛陰陽占卜)의 끝에 이르기까지 통하지 않
는 것이 없다. 화담(花潭)54)에 은거하며 장막을 늘어뜨리고 서생을 가
르치는 것이 화담이라는 호가 나온 연유이다. 어느 날 여느 때처럼
서생에게 강의하고 있는데 금세 형색이 몹시 야윈 한 노승이 들어
와 선생에게 깊이 머리 숙여 절을 하고 갔다. 선생은 이를 보고 혼
잣말 말하기를,

　　"가련하고 가엾다."

고 말하니 제자들이 모두 이상히 여겨

　　"무엇을 가엾다고 말씀하시는 것입니까."

라고 물었다. 스승이 이르기를,

　　"방금 전의 노승은 모산(某山)의 호랑이다. 내일 사위를 맞이하려

---

53) 서화담(徐花潭, 1485~1546)－조선 중기의 유학자. 본명은 서경덕(徐敬德). 실제 사
　　물의 이치를 탐구하는 격물치지(格物致知)와 스스로 회의하고 사색하여 깨닫는 자
　　득지학(自得之學)을 강조했다.
54) 화담(花潭)－개성에 있던 지명. 서경덕의 호는 여기에서 유래했다.

고 하는 어떤 마을의 한 여자를 잡아먹으려고 한다고, 오늘 일부러 와서 내게 알린 것이다. 그렇지만 정해진 운명이라고는 하나 가엾 구나.”

고 길게 탄식했다. 때마침 좌중에 있던 눈빛이 정한(精悍)[55])한 기운으로 가득 찬 한 청년이 앞으로 나와 말하기를,

“스승님은 이미 미연에 재앙을 알고 계시니 이를 피할 방법도 알고 계실 것입니다. 어찌하여 구하지 않으시는 것입니까.”

고 물었다. 선생이 빙긋 웃으며 말씀하셨다.

“그렇다. 이를 구할 방법은 틀림없이 있다. 그렇지만 보통 사람에게는 이를 맡길 수 없다.”

제자가 다시 말했다.

“어떠한 일인지 일단 말씀해 주십시오.”

스승이 대답했다.

“실은 불경 한 권을 암송하는 것으로 충분하다. 아무리 무서운 광경을 보더라도 마음에 공포를 조금도 느끼지 않고 한 글자도 틀리지 않게 다 읽으면, 이 피해는 반드시 피할 수 있을 것이다. 단, 만약 잘못 읽는다 하더라도 독경자에게는 결코 해가 없다.”

고 하시며 옆의 서가에서 경문 한 권을 꺼내주셨다. 제자는 분연(憤然)히 맹세하고

“불초한 몸이지만 제가 감히 이 임무를 맡겠습니다. 설령 벽력이

---

55) 정한(精悍) ― 날쌔고 용감하다.

치고, 태산이 무너져도 반드시 무사히 한 권을 다 읽겠습니다."
고 말하여, 선생의 허락을 받은 후에, 쾌마快馬에 채찍질을 하며 어느 마을의 아무개 집으로 달려갔다.

이 마을의 부자인 아무개의 집에는 오늘 초저녁이야말로 고이 모셔두었던 딸의 시집가는 날이었다. 신랑 집에서 보내온 수많은 선물이 들어오고, 수많은 사람들도 왔다 갔다 했다. 아무개 서생은 이에 상관하지 않고 말을 탄 채로 대문 앞에 이르렀다. 화급을 다투는 일이 있다며 무리하게 주인을 만나

"오늘밤은 이 집에 큰 재앙이 있으니 예방하지 않으면 따님이 비명에 죽을 것이오. 이를 막는 방법은 나 혼자만이 알고 있소. 어찌 내가 속인다고 생각해 내가 말하는 대로 하지 않을 수 있겠소."
고 말하니, 주인은 청천벽력보다 더 놀라 처음에는 미친 자의 헛소리로 여겨 상대하지 않았다. 그러나 이 서생이 진심을 다해 완고하게 설득하니 그 기력에 지고 말아, 결국에는 마지못해 받아들였다. 서생은 주인에게 이르기를,

"딸을 한 방에 감금해놓고 문에 자물쇠를 걸고, 밖에서는 건장한 노비 네다섯 명이 지키게 한 후, 무슨 일이 있어도 오늘 하룻밤은 딸을 방 밖으로 나가게 해서는 안 됩니다."
고 명했다. 그리고 자신은 밝은 촛불이 환하게 켜진 큰 마루에 단정히 앉아 예의 경을 읽었다. 한밤중에 홀연히 만 번의 천둥이 일시에 치는 듯한 소리가 나면서 큰 호랑이 한 마리가 담장을 뛰어넘어 정원 위로 뛰어내렸다. 지금이라도 딸의 방을 노리고 뛰어 들어

가려고 하다가 예의 독경 소리를 듣고 힘이 빠져 정원 앞에 웅크리고 앉았다. 이렇게 되니 집안사람들 모두 낯빛이 하얘지고 정신을 잃어 말을 하는 자가 없었다. 서생은 홀로 태연히 낭랑하게 경전을 암송하고 있었다. 순간 다시 늙은 호랑이는 포효를 하고 뛰어들으려고 하자, 방안에 있던 여자가 벌떡 일어서 지키고 있는 하인들을 모두 밀쳐버리고 방에서 나와 호랑이 곁으로 가려고 했다. 하인들은 죽을힘을 다해 이를 제지했다. 잠시 후에 다시 호랑이가 용기를 내어 뛰어들려 하지만 경 읽는 소리를 듣고 나아갈 수 없었고, 여자도 그때마다 미친 듯이 날뛰고 소란을 피워 호랑이에게 가까이 가려 했다. 그러는 동안에 호랑이는 크게 한 번 날뛰더니 딸 방 창문의 나무를 크게 물고 늘어졌다. 그렇지만 결국 돌파해 들어가지는 못했다. 이렇게 하기를 세 번. 그러는 사이에 불경 한 권을 다 읽어가려는 참이었다. 밤도 이미 동쪽이 하얗게 밝아오니 호랑이는 홀연히 사라져 간 곳을 알 수 없었다. 여자는 정신을 잃고 쓰러져 숨소리도 끊어질 듯 했다. 서둘러 물을 뿌리고 정신을 들게 하니 마치 꿈이라도 꾼 것 같다. 주인을 비롯해 집안사람들 모두 서생 앞에 와서 이마를 조아리고, 신령님, 부처님 등, 이루 다 말할 수 없는 대 은인이라고 수백의 돈을 내주고 감사의 뜻을 표했지만, 서생은 손도 대지 않고

"사람 목숨을 구했으니, 제 임무는 끝났습니다."

라고 말하고, 다시 말에 채찍질을 하며 돌아갔다.

돌아와 보니 선생은 빙긋 웃으시며

"큰 임무를 잘 해냈다. 그렇지만 너는 간밤에 세 군데를 잘못 읽었다."

고 말했다. 서생은

"아닙니다. 절대 그런 일은 없었습니다."

고 말했다. 스승은

"아니다. 방금 전에 그 노승이 와서 나에게 사람을 살린 은혜에 대해 감사하다고 말하고 갔다. 그런데 네가 간밤에 세 곳을 잘못 읽어서 방 창문 틀을 세 번이나 물어 표시했다고 했다."

고 말했다. 이 말을 듣고 경문을 꺼내서 보니 과연 세 곳을 잘못 읽었다고 한다.

장화홍련전(長花紅蓮傳)

　지금은 옛날. 평안도 철산군鐵山郡에 그 지역 대대로 양반 집안인
배무용裵無用이라는 자가 있었다. 아내는 마찬가지로 양반 가문인
강姜 씨로 재색을 겸비한 좋은 부인이었다. 매우 아름답고 매우 화
목해서 두 딸을 낳았는데, 언니를 장화長花라 이름 짓고 동생을 홍
련紅蓮이라 불렀다. 둘 다 어머니를 닮아 용모와 재주가 어렸을 때
부터 눈에 띠어, 장래의 아름다움과 현명함을 짐작케 했다. 그래서
부부도 손 안의 구슬처럼 사랑하며 "어떻게 해서든 장래에 문벌 좋
고 재능이 뛰어난 사람에게 시집을 보내, 할아버지, 할머니라는 소
리를 듣고 싶구나."
라고 생각하며 정성껏 가르치고 길렀다.

　인간 세상이 무상함은 무궁화 꽃이 아침에 피었다 저녁에 지는
것과 비슷하다. 아내 강 씨는 가벼운 병이 점차 무거워져 장화가
여섯 번째 홍련이 네 번째로 봄을 맞이하던 해에 불쌍한 남편과 딸
을 뒤로 하고 돌아오지 못할 길을 떠나고 말았다. 강 씨는 아직 이
세상에 남겨둔 미련이 많아 임종 때에도 남편인 무용에게 조용히

유언하기를,

"제가 죽은 후에는 두 딸을 배로 사랑해주어, 딸들이 엄마 잃은 슬픔을 느끼지 않게 해 주세요. 부모 생각이기는 하지만 두 아이 모두 태생이 용모와 재주가 남에게 뒤떨어지지 않 것 같습니다. 바라건대 향기로운 풀이 가을 서리에 시들어가는 비참한 모습을 보여주지 마세요. 인간 생은 죽음의 시작이니, 죽어가는 나는 조금도 아쉽지 않지만 왠지 모르게 두 아이의 신세가 걱정되어 저 세상으로 가는 마음이 편하지 않습니다. 아무쪼록 남편을 믿고 갑니다."

라고 말하고, 붉은 눈물을 창백한 얼굴에 떨어뜨리며, 그대로 숨이 끊어졌다.

이리하여 배무용도 십 년을 같이 지낸 아내를 잃고부터 남은 유품을 그 사람으로 생각하고, 밤낮으로 아이들을 옛날보다 한층 더 사랑으로 키웠다. 아이들은 둘 다 효심을 타고 나서, 죽은 어머니를 그리워하면서도, 살아계신 아버지에게 효도하였다. 마음이 착한 아이들을 보며, 아버지 무용도 남모르게 눈물을 닦았다. 그렇지만 주부가 없는 집은 지붕이 깨진 것과 마찬가지여서 아무리 주춧돌과 기둥이 견고해도 비바람이 새는 것을 막을 수 없고, 꿀 없는 꽃과 같아서 아무리 색이 아름다워도 벌과 나비가 가까이 오지 않는다. 무용도 이삼 년은 딸을 귀여워하며 참고 지냈지만 결국 불편을 참을 수 없게 되었다. 또 아직 아들이 한 명도 없으니 조상의 대를 끊을 우려도 있다. 이에 장화가 열 살 되던 봄에 같은 양반 가문의 허許 씨를 맞아 후처로 삼았다.

허 씨는 용모가 강 씨에 비해 매우 떨어지고 재주 역시 열등했으며, 마음이 매우 간사했다. 그렇지만 처음에는 발톱을 감춘 매, 독수리처럼 장화, 홍련 두 딸을 자신의 자식처럼 귀여워하며 애지중지 키웠다. 두 딸은 원래 어린 아이이기에, 사람의 겉과 속이 다른 것을 몰라 어머니를 친숙하게 따라, 다시 이 집에 봄이 돌아왔다. 그런데 얼마 지나지 않아 허 씨는 임신을 하고 아들 하나를 낳았다. 이어서 또 아들을 낳고 셋째도 사내아이를 낳기에 이르렀다. 이후 점점 마음이 거칠어져, 때때로 눈을 부릅뜨고, 별스럽지 않은 일에 화를 내고 회초리가 춤을 추게 되었다. 그러니 두 딸의 마음 속에 점차 한 덩어리의 그림자 생겨, 사람 좋던 무용도 탄식하는 일이 있었다. 그렇지만 무용은 이름처럼 쓸모없는 인간으로 허 씨에게 완전히 압도되어 마구간 바닥의 늙은 나귀처럼 집안의 권리는 모두 아내에게 돌리고 그저 가슴에 만석萬石의 근심을 담은 채 한 마디도 아내에게 불평을 말하지 않았다. 점차 봄바람이 가을바람으로 변하고 향초香草도 바람에 불려 시들어 가려고 했다. 그래도 두 딸은 밟힌 보리가 오히려 더 뛰어난 것처럼 용모가 더욱 아름다워져 마치 봄날의 꽃과 가을밤의 달 같았다. 그 이름도 언제부터인가 감출 수 없을 정도로 가깝고 먼 곳에 퍼졌다. 이제 언니는 이팔청춘이 되자, 매파를 통해 며느리로 맞이하고 싶다는 이야기가 앞다투어 들어오는 형세였다. 허 씨는 더욱 질투심이 생겼다. 특히 자신이 낳은 장남 장쇠長釗는 태어날 때부터 어리석어, 부모의 눈에도 유별나게 바보 같았으니, 두 의붓딸의 영리함이 한층 더 미워

보였다. 그러니 더할 나위 없이 좋아 보이는 인연은 모두 이러쿵저러쿵 말해 거절했다. 이 나라 여자의 한창 때도 이미 지나, 스물의 봄을 맞이하게 되었다.

하루는 무용이 밖에서 돌아와 보니, 허 씨는 화가 난 듯 무서운 얼굴을 하고,

"아이고, 여보. 평소 장화의 행실이 이상하다고 생각했는데, 결혼이 미뤄지는 것이 견디기 어려워서 어디서 남자를 만났는지, 이것 보시구려. 남몰래 낙태도 했습니다. 지금 그 아이의 침상에서 태아를 발견했답니다."

라고 하면서 태아처럼 보이는 것을 내보였다. 이를 보니 사실인 것도 같았다. 사람 좋은 무용은 금세 화를 내고

"이런 귀신같은 것. 양반 가문에 흠집이 났구나. 그런데 도대체 어떤 악마같은 놈이 홀린 것일까."

며 욕을 하고 매우 원통해했다. 이를 본 허 씨는 눈물을 흘리며 말했다.

"이미 짐승 같은 짓을 저지른 것은 자식이라 할지라도 자식이 아닙니다. 어설프게 불쌍히 여겼다가는 점점 가문의 이름이 땅에 떨어질 것이에요. 이 일이 세상에 알려지기 전에 비밀리에 죽이는 것 외에는 다른 방법이 없습니다."

고 강하게 이야기 했다. 무용은 마음 약하게도 결국 이를 허락하고 말았다. 그날 밤 허 씨는 장쇠를 불러 일을 상세히 알아듣게 말했다. 밤이 이미 깊은데 갑자기 장화에게 장쇠와 함께 돌아가신 어머

니의 집에 다녀오라고 엄명을 내리고는 바로 말을 끌고 오게 하였다. 장화는 때 아닌 외출을 명받아 매우 이상하게 생각했지만, 부모의 명령은 거절할 수 없었다. 뛰는 가슴을 진정시키며 필히 좋지 않은 일이 일어날 것으로 생각하며 동생 홍련에게 넌지시 이별의 말을 건넸다.

"여자로서는 부덕婦德을 지키고, 부모에게 효도를 다 하거라. 특히 아버지는 요즘 점점 연로해지셔서 의지할 곳이 적어 보인다." 는 등의 이야기를 하며 손을 붙잡고 눈물을 흘렸다. 이윽고 말에 올라타고 장쇠에게 이끌려 어딘지도 모르는 곳으로 끌려갔다. 원래 문밖으로 한 걸음도 나가지 않던 처지라 장쇠 한 사람을 의지하고 있는데, 길은 이미 한두 리里 지나고 길가에 넓고 넓은 연못이 나타났다. 장쇠는 말을 멈추고 장화를 내려오게 한 다음 차가운 말투로

"오늘밤 너를 여기로 데리고 온 것은 외가에 데려가려고 하는 것이 아니다. 어머니가 네가 살아 있는 것을 싫어하시니 오늘 큰 쥐의 가죽을 벗겨 천으로 싼 뒤 그것을 네 침구 속에 넣어 네가 낙태한 것으로 꾸며 아버지를 속이고 너를 오늘밤 이곳에서 죽이기로 결정한 것이다. 이제 마지막이라고 체념하고, 스스로 이 깊은 연못속으로 몸을 던져 죽거라."

라고 말했다. 장화는 새삼 가슴이 미어져 뜨거운 눈물을 뚝뚝 흘렸다.

"그렇다면 어머니는 무슨 연유로 이렇게도 나를 미워하시는가. 나는 친어머니를 여의고 지금까지 열네 해 동안, 아직 한 번도 불

효가 되는 행동을 한 적이 없다. 또 양반 가문에 태어나 부덕이 여자에게 제일 중요하다는 것은 태교胎敎를 받아 태어날 때부터 잘 알고 있다. 나를 죽이는 것이 부모의 명령이라고 하니, 내 스스로 불속에라도 뛰어들고 물속에라도 들어갈 것이다. 그렇지만 있지도 않은 오명을 뒤집어쓴 채 아버지를 속인 것이 죽는 것보다 더 괴롭다. 그렇지만 부모의 명이라고 하니 나는 죽을 것이다. 하지만 장쇠야, 너도 형제의 정은 있을 테니, 바라건대 내일까지 하루만 미루어 주거라. 내가 내일 외가에 가서 사촌 형제를 만나 넌지시 동생 홍련의 처지를 부탁하고, 또 어머니 묘에 참배해 영혼이 되어서라도 이 일을 호소하고 불효 죄를 사죄하겠다. 장쇠야, 너는 이대로 돌아가서 장화는 이미 죽었다고 어머니께 말해주지 않겠니. 나는 결코 죽음을 피하려는 것이 아니다. 내가 죽음을 피하면 어머니의 악명을 세상에 알리는 꼴이고, 또 아버지의 명을 어긴 불효자가 된다. 반드시 내일 하루를 끝으로 나는 이 물에 몸을 던져 죽을 것이다."

고 풀밭에 엎드려 애원했다. 실로 무정한 초목도 감동할 것을, 본성이 둔한 장쇠는 고집 세게 움직이려고 하지 않았다.

"무엇 때문에 내일까지 하루를 미뤄야 하는가. 우리 어머니는 오늘밤에 죽으라고 하셨다. 어서 몸을 던져라."

라고 재촉할 뿐이었다. 장화는 이제 하는 수 없이 하늘을 향해 목놓아 울고, 동생을 생각하며 또 울고, 아버지를 생각하고 울었다. 그리고 치맛자락을 들어 올려 얼굴을 감싸고 한 걸음 한 걸음 연못

158

속 깊이 걸어 들어갔다. 우는 소리가 처량해 차가운 밤기운이 음산해 귀신도 울 지경이었다. 이윽고 물이 점차 깊어지며 이제 모습이 완전히 보이지 않았다. 금세 푸른 하늘에 괴이한 바람이 일며, 어디라 할 것도 없이 맹호가 바람을 등에 없고 달려 왔다. 호랑이는 냉정하게 바라보고 있던 장쇠를 향해

"네 놈은 사람도 아니다. 하늘의 이치를 모르느냐. 사람의 도리를 모르느냐."

고 크게 꾸짖으며, 금세 장쇠를 쓰러뜨리고 한쪽 귀와 한쪽 다리를 물어 찢은 후, 다시 또 홀연히 모습을 감추었다. 장쇠는 그대로 인사불성이 되어 쓰러졌다. 장화를 태우고 온 말은 맹호에게 놀라 도망쳐 집으로 돌아갔다.

그날 밤 허 씨 역시 가슴이 뛰어 잠을 잘 수 없었다. 둔한 자신의 아들이 잘 했는지 걱정이 되고, 밤이 이미 깊었는데 아직 돌아오지 않는 것도 괴로웠다. 금심 어리게 기다리고 있는데, 말발굽소리가 처량하게 다가와 문에서 멈추자 말울음 소리가 들렸다. 허 씨는 이를 듣고 서둘러 촛불을 밝히고 나와 보니, 전신에 땀을 폭포와 같이 흘리는 우리집 말이 서 있었다. 게다가 장쇠가 보이지 않았다. 그렇다면 내 아들에게 무슨 변고가 일어난 것이 아닌가 싶어, 하인들을 불러 깨우고 말발굽 흔적을 좋아가니 숲이 울창하고 넓은 연못가가 나왔다. 여기에 장쇠가 한쪽 귀 한쪽 다리를 잃은 상태로 쓰러져 있고, 연못 한가운데에서 슬픈 소리가 들려와 마치 만곡萬解56)의 비원悲冤을 호소하는 것 같았다. 허 씨는 대략 사정을 눈치

채고, 호랑이가 나와 자신의 아이를 물어뜯었다고 생각해 서둘러 데리고 돌아가 치료하려고 하인에게 시켜 업고 돌아와 약을 바르고 먹였다. 장쇠는 이튿날 겨우 정신을 차리고 있었던 일을 이야기했다.

무용은 하룻밤에 난데없이 장화가 죽었다고 하니 아내가 죽인 것으로 여겨 곰곰이 생각해봤다.

"장화에게 부덕57)함이 있을 리 없다. 어쩌면 아내의 독계毒計란 말인가."

고 의심하기 시작했다. 무용은

"그렇다고는 해도, 정말 불행한 딸이구나. 어려서 어머니를 여의고, 젊은 시절에는 혼기를 놓치더니 결국 비명에 죽었구나. 나도 후처를 맞이하지 말았어야 한다고 생각했지만, 집안의 대를 잇기 위해 맞이한 것이다. 생각해보면 딸에게 양자를 맞아들이게 하는 것도 제법 좋은 방법이었다."

고 생각하며, 밤낮으로 우울해 하며, 즐기지 않았다. 부부 사이도 저절로 멀어져 집안 공기도 음울해졌다. 그리고 동생 홍련은 그날 밤 이후로 언니가 보이지 않자 왠지 부모의 안색도 좋지 않은 듯 보였고, 어머니와의 사이도 멀어진 듯이 느껴져 이러한 것들을 어린 마음에도 담아두기 어려웠다. 어느 날 어머니에게 물으니 어머

---

56) 만곡(萬斛)—곡(斛)은 곡식의 양을 나타내는 단위로 10말을 가리킨다. 따라서 만곡
   이란 아주 많은 분량을 뜻한다.

57) 원문은 오덕(汚德).

160

니는 매우 사악한 얼굴로

"언니는 호랑이에게 끌려갔고 남동생도 역시 상처를 입었다."

고만 말할 뿐, 자세히 가르쳐주려고 하지 않았다. 홍련은 역시 의심을 거둘 수 없어 방안에 조용히 앉아 생각해보니, 점점 더 언니가 그리워졌다. 그렇다고 해도 언니는 왜 나를 두고 그 밤에 혼자 가버린 것인지 원망스러운 생각을 하며, 부지불식간에 잠깐 졸았다. 비몽사몽 중에 언니 장화가 숲 속의 넓은 호수에서 선녀와 같은 옷차림을 하고 황룡黃龍에 올라타고 자신을 한 번 보고는 그대로 지나가려 했다. 홍련은 놀라 "언니, 언니" 하고 부르니, 장화는 뒤돌아보며

"오늘은 옥황상제의 명을 받아 삼신산三神山58)에 약을 캐러 가야 해서 매우 바쁘니, 동생과 마음대로 이야기도 하지 못하겠다. 자신을 무정하다고 생각하지는 말아라. 너도 얼마 지나지 않아 내 곁으로 올 사람이다."

고 말을 남기고 지나쳐 갔다. 동생은 더욱 마음이 복잡해 잠시 기다려달라고 언니를 쫓으려 하는데 황룡이 큰 소리를 내어 놀라서 눈을 뜨니, 남가지몽南柯之夢59)이었다. 홍련은 더욱 수상히 여겨 하

---

58) 삼신산(三神山)－중국 전설 속에 신선이 산다고 하는 세 산. 즉, 봉래산(蓬萊山),방장산(方丈山), 영주산(瀛洲山)을 가리킴.

59) 남가지몽(南柯之夢)－중국 당나라의 순우분(淳于棼)이 광릉(廣陵)에 있는 오래된 괴수(槐樹)의 남쪽 가지 밑에서 술에 취해 잠들었다. 순우분은 괴안국왕(槐安國王)을 뵙고 그 나라 남가군(南柯郡)을 20년간 다스리며 영화를 누리었으나, 그 모든 것이 꿈이었다는 이야기. 인생의 덧없음을 이야기할 때 쓴다.

루는 부모가 같이 계실 때 꿈 이야기를 꺼내며 어떠한 일인지 물었다. 아버지는 길게 탄식하며 눈물을 몇 줄기 떨어뜨릴 뿐이었다. 어머니는 눈을 부릅뜨고,

"아이가 무슨 꿈을 꾸겠느냐. 꿈을 꾼다면 뭔가 의미 있는 꿈을 꿔야 한다. 별것도 아닌 일을 이야기 꺼내, 부모의 마음을 어지럽히는 것이 아니다."

고 질타했다. 홍련은

"어머니가 왜 그렇게까지 험악하게 이야기하는 것일까. 아버지도 말을 않고, 어머니는 화만 내니 물어보려 해도 물어 볼 수 없다."

며 방법을 생각한 끝에, 어리석은 동생 장쇠를 속이는 것이야 말로 좋은 방법이라는 생각이 들었다. 어느 날 어머니가 외출한 틈을 타 아직 병상에 누워있는 장쇠를 감언이설로 꾀어내 마침내 모든 사정을 다 듣게 되었다. 홍련은 너무나도 잔혹한 이야기에 가슴이 미어져, 자기 방으로 돌아와 굳게 문을 잠그고 몸을 던져 통곡했다.

"아, 불쌍하고 불행하구나. 다른 사람들보다 뛰어나고 아름답고 똑똑하게 태어났으면서도 이팔청춘을 헛되이 보내고 여자의 역할도 다하지 못했다. 사람들은 천명을 다해도 부족하다고 생각하는데, 언니는 비명에 죽고, 죽어서도 오명을 씻지도 못했다. 슬프도다. 우리나라의 법도에서는 부덕婦德을 잃은 여자는 이미 죽은 것과 마찬가지이다. 오명을 뒤집어씌우고 또 비명에 죽게 한 것은, 사람을 죽이고 그 살을 도려내는 것과 같다. 무서운 계모의 마음이구나.

162

나도 결국은 언니의 뒤를 따르게 될 신세이다. 살아서 무엇 하겠는
가. 하루를 살면 하루 근심이요, 이틀을 살면 이틀 근심이다. 지금
죽어 혼백이나마 언니 곁으로 가서 오래오래 떨어지지 않을 것이
다. 언젠가의 꿈이 들어맞는구나."
라며 몸을 뒤척이며 슬피 울었다.

"언니는 어디에 있는 연못에 몸을 던진 것일까. 문 밖을 한 발자
국도 나가본 적이 없는 처녀가 무엇을 표시로 찾아가야 할지 알 수
가 없다. 무슨 방편이 없을까."
하고 생각하고 있던 차에, 정원 앞의 꽃나무에서 기이한 새 울음소
리가 시끄럽게 들려왔다. 창문을 열어보니, 본적이 없는 파랑새가
꽃나무를 왕래하며 시끄럽게 울어댔다. 파랑새는 쓸쓸함을 호소하
고 있는 듯이 슬프고 처량하게 울어대며, 오랫동안 그 자리를 떠나
지 않았다. 홍련은 잠자코 있다가 문득

"그런데 본적이 없는 파랑새구나. 혹시 이 새가 언니의 영혼일
까. 언니가 몰래 나를 인도하는 것이 아닐까."
라는 마음이 들었다.

"만약 이 새가 내일도 와서 또 울고 있으면, 이는 분명 언니가
부르고 있는 것이 틀림없다. 내 이 새에 이끌려 어디라도 갈 것이
다. 그렇지만 나 역시 집을 나간 것을 아버지가 알게 되면 마음이
어떠하실까. 쌍옥雙玉 중에 이미 한 알이 깨져버려, 마치 한 알만[60]

---

60) 원문은 '떡갈나무 열매와 같이 한 알만(岸のみのひとつの)'. 떡갈나무 열매의 사용
에 대해서는 '풍수선생'의 주 18번 참조.

이 남은 것 같은 우리 자매. 그 한 알만이 아버지의 위로가 되고 있었는데. 적어도 유서라도 남겨 불효의 죄를 빌도록 하자."

고 여겨 운전雲箋61)을 펼쳤다.

"슬프구나. 나를 낳아준 어머니가 일찍 돌아가시고 형제가 서로 도우며 살아왔는데, 하룻밤에 언니는 오명을 뒤집어쓰고 비명에 죽었습니다. 우리 자매가 아버지 곁을 지킨 것도 벌써 이십 년이 되었습니다. 이러한 일을 꿈에라도 꾸었겠습니까. 아버지보다 먼저 자매가 일시에 죽는 것은 대죄大罪입니다. 앞으로 다시는 아버지의 목소리를 듣지 못하고 아버지의 모습을 보지 못할 것입니다. 아버지께서는 오늘로 불효자식 홍련을 잊어버리시고 영원히 생각하지도 마시옵소서. 저는 죽음을 목전에 두고도 아버지의 만수무강을 빌겠사옵니다. 불효자식 홍련. 읍서泣書"

라고 유서를 썼다. 봉해서 "아버님께"라고 위에 써서 벽에 붙여두고는, 다시 준비를 하니 해는 이미 저물어 밝은 달이 동쪽 하늘에 환했다. 때마침 파랑새가 역시 꽃나무를 떠나지 않고 계속 울어대니 마치 자신을 부르는 것 같았다. 점차 언니의 영혼이 틀림없겠다고 생각되었다.

"파랑새야. 파랑새야. 네가 나를 언니가 몸을 던진 연못으로 데리고 가 주겠니?"

라고 물었다. 그러자 파랑새는 대답을 하듯이 고개를 끄덕였다.

---

61) 운전(雲箋)－다른 사람의 편지를 높여 부르는 말.

"자, 나는 너를 따라가련다. 아, 18년 동안 기거한 이 방도 오늘로 영영 이별이구나."

라고 생각하고 집을 몇 번이고 돌아다보며 터벅터벅 걸으니, 여자 발걸음도 불안하게 파랑새 뒤를 좇아 나섰다. 길은 마을을 벗어나 산으로 이어졌다. 산은 적막했고 물소리만 들려왔다. 앵두꽃이 피어 노란 새가 슬피 울고 있었다. 몇 시간을 걸었을까. 파랑새가 멈추어서 나아가지 않았다. 길옆을 보니 연못이 있고 그 주위에 숲이 울창했다. 홍련은

"여기가 바로 언니가 마지막을 맞이한 곳인가. 나도 어서 서두르지 않으면 늦겠다."

라면서 치마를 들어 올리고 들어가려 했다. 때마침 물속에서 이상한 연기가 피어오르고, 푸른 하늘에서 목소리가 들려왔다.

"아 홍련이 너는 어찌 여기에 왔느냐. 인간이 한 번 죽으면 다시 살아나기 어렵다. 아직 청춘인데 너무 목숨을 가벼이 하지 마라. 어서 빨리 집으로 돌아가라."

홍련은 이 목소리를 듣고 언니라고 생각되었다.

"언니, 어째서 나를 버리고 혼자 이 세상을 떠나셨나요. 우리 자매는 같은 날에 태어나지는 않았지만 같이 하자고[62] 빌었는데. 나도 이 세상에 있을 몸이 아닙니다. 빨리 언니 곁으로 가겠습니다."

---

62) 원문은 '同日に生れずとも同時にせんと'. 중간에 '死'라는 글자가 빠진 듯하다. 즉 '同日に生れずとも同時に死せんと'. 뜻은 전자가 '같은 날에 태어나지 않았어도 동시에 하려고', 후자가 '같은 날에 태어나지 않았어도 동시에 죽으려고'이다.

라고 하자, 하늘에서 우는 소리가 들리고, 연못 한가운데의 고운 연기가 계속 흔들렸다. 홍련은 울며 하늘을 우러러 언니의 오명이 벗겨지길 빌었다. 그리고 치마를 들어 올려 얼굴을 감싸고 결연히 깊은 곳으로 나아가니 이제 그 모습은 사라지고 물그림자도 고요해졌다.

두 딸은 죽고 나서 영혼이 구천에 이르러 귀신이 되었다. 그 연못 가운데에서는 매일 밤 억울함을 호소하는 통곡 소리가 들려 마침내 왕래하는 사람이 끊겼다. 또 깊은 밤에 억울한 귀신이 군수의 꿈에 나타나 놀라게 해 모두 놀라 죽어나가니, 서너 번 경질된 후 부임하는 자가 없어 군수가 없는 지경에 이르렀다. 이렇게 되니 국왕도 매우 우려하였다. 때마침 전동호全東浩라는 인물이 있어 강직하고 고명했다. 스스로 천거해 철원 군수를 청했다. 국왕이 즉시 허락해 부임할 때 더욱 세세하게 주의를 주었다.

전동호는 부임하자마자 군리郡吏를 불러

"여러 전임 군수들이 귀신에 사로잡혀 죽었다는 이야기를 들었는데, 과연 그러한가."

라고 물었다. 군리는

"그것 보다 더한 일이 계속되어 지금은 군정郡政도 황폐함이 극에 달했습니다."

고 대답했다. 전동호는 다 듣고 나서

"그러한가. 오늘밤은 군리 모두 불을 켜고, 조용히 앉아서 철야를 하라. 나도 자지 않고 날을 새겠다."

166

고 하고, 객청客廳에 촛불을 밝히고 조용히 앉아 주역을 읽었다. 밤이 삼경三更63)에 이르자, 녹의홍삼의 한 미인이 비틀거리며 나타나 전동호 앞에 엎드려 움직이지 않았다. 그는 조용히

"너는 무슨 연유로 깊은 밤에 군청에 들어왔느냐."

고 물었다. 이 미인은 얼굴을 들어 눈물을 창백한 뺨에 떨어뜨리며 말했다.

"소첩은 군읍의 양반 배무용의 둘째 딸 홍련입니다. 어머니는 제가 네 살 때 일찍 돌아가시고 제 언니 장화는 여섯 살이었습니다. 아버지도 집안일을 하는 데 불편함을 견디지 못해 후처 허 씨를 맞이했습니다. 그녀는 처음에는 우리 자매를 사랑으로 잘 키웠습니다만, 얼마 가지 않아 장쇠 등 세 아들을 낳고부터 점차 마음이 사악해져 우리를 학대하였습니다. 결국 언니가 열여섯 살 때 혼기를 놓치게 하더니 나도 마찬가지로 성장해 열여섯이 되었습니다. 어느 날 계모는 쥐의 가죽을 벗겨 그것을 낙태한 아이로 꾸며 아버지를 속이고 마침내 언니에게 오명을 씌워 연못에 던져 죽게 했습니다. 저도 이 일을 짐작하고 도저히 오래 살지 못할 목숨임을 깨닫고 마찬가지로 그 연못에 몸을 던져 죽었습니다. 원래 제 아버지는 마음이 약하고 또 집도 가난한데, 계모는 부잣집 딸로 하인 열 명과 쌀 천 석을 가지고 시집을 왔습니다. 그래서 아버지는 늘 계모에게 억눌렸고 또 계모는 저희들을 시집보내려면 가산을 나눠줘야 하기

---

63) 삼경(三更)－오후 11시에서 새벽 1시 사이.

때문에 친자식에게 나눠줄 재산이 줄어든다면서 마침내 해칠 마음이 일어난 것입니다. 천제가 저희의 억울함을 가련히 여겨 귀신이 되어 이를 호소할 수 있도록 허락하셔서 이를 군수님께 말해 언니의 억울한 죄를 풀려고 생각하고 있었습니다. 하지만 역대의 군수들은 모두 겁이 많아 결국 저희들의 뜻을 이루지 못했습니다. 이제 다행히 현명하신 분이 오셔서 찾아왔습니다. 바라건대 하늘을 대신해 언니의 오명을 빨리 씻어주시길 비옵니다."

고 애절하게 말했다. 홍련은 소원을 말한 다음 불이 꺼지 듯이 사라졌다. 이튿날 아침 전동호는 서기를 불러 군읍에 배무용이라는 양반이 있는지, 그 가족이 몇 명인지, 남녀가 있는지 없는지 상세히 말하라고 했다. 서기는 알고 있는 전부를 이야기했다. 예의 두 딸의 영혼이 여전히 그 연못에 머물러 매일 밤 억울함을 호소하는 목소리가 연못 가운데에서 들려 밤에 그곳을 왕래하는 사람도 없다고 말했다. 전동호는 즉시 사령에게 명해 배무용의 아내 허 씨와 아들 장쇠, 그 동생 둘을 소환해 법정을 열었다. 우선 배무용을 향해

"네 두 딸은 비명에 죽었다고 들었는데 어찌 해서 누구 때문에 목숨을 잃었는지 소상히 말해 보거라."

라고 했다. 배무용은 초췌하한 낯빛에 눈물을 연신 흘리며

"제 부덕함이 두 딸을 비명에 죽게 했습니다. 그 원인에 대해서는 상세히는 모르겠습니다."

고 대답했다. 그때 허 씨는 스스로 앞으로 나와

"군수님은 새로 오셨기에 세상의 소문만 들으시고 혼란에 빠지신 것입니다. 장화는 열여섯이 넘도록 아직 혼인도 하지 않았는데 참지 못하고 불륜을 저질러 낙태라고 하는 극악한 부정을 저질렀습니다. 우리 부부는 이를 알아채고 가문을 생각하고 아이를 사랑하는 마음에 세상에 알려지지 않도록 했습니다. 그러던 중에 장화는 스스로를 부끄러이 여겨 집을 나가 결국 어딘가에서 죽었다고 합니다. 동생도 언니를 흉내 내어 부정不貞한 흉행兇行을 했고, 어느 날 밤에 집을 나가 돌아오지 않으니 생사도 아직 분명치 아니 합니다."

고 술술 말했다. 이때 군수가

"그렇다면 그 낙태한 것이 분명 태아였는가. 증거는 있는가."

고 따지자 허 씨는 침착하게,

"실로 저도 계모이기 때문에, 후일 뭔가 의심이 생길 수도 있다고 생각되어 낙태한 태아를 몰래 감춰놓았다가, 오늘 여기에 가지고 왔습니다."

라며 품에서 꺼내었다. 군수가 이를 잘 보니 정말로 두세 달 지난 태아 같았기에, 잠자코 생각에 잠겨 아직 판단하지 못하고 있었다. 그리고는 결국

"내가 더욱 알아볼 터이니 오늘은 이대로 돌아가라. 다시 소환하는 것을 기다리고 있으라."

고 하며 퇴청시켰다. 군수는 방으로 돌아와 생각에 잠겨 앉아 있는데, 그날 밤 다시 전날 밤의 미인이 나타나 원망스러운 얼굴로

"명 군수라고 해서 의지했는데 부질없군요. 의붓어미의 죄는 천지 귀신도 모두 알고 있습니다. 어찌하여 그 태아라고 하는 것의 배를 갈라 안을 들여다보시지 않는 겁니까. 또 제 아버지는 인물 됨됨이가 정말로 선해서 아무것도 모르니, 절대 그 죄를 묻지 마소서. 장쇠는 의붓어미의 악행을 도왔으니 법대로 처분해 주시길 바랍니다."

며 거듭 머리를 조아리고 다시 사라졌다. 이에 군수는 더욱 기이함을 느끼고 이튿날 다시 법정을 열어 배무용 부부와 장쇠 형제를 소환해 엄격하게 말하기를

"어제의 태아를 다시 한 번 볼 테니 가져오라"

고 했다. 가져온 태아를 이리 보고 저리 본 후 옆에 있던 사령에게 명했다.

"이 물건 안에 과연 뭐가 있는가. 배를 갈라 확인해 봐라."

사령은 배를 갈라 열어보니, 쥐똥이 창자 안에 가득 들어 있었다. 이에 군수는 눈을 부릅뜨고 노려보았다.

"이놈. 간사하고 요사스러운 꾀를 쓰는 독부毒婦구나. 이렇게 명백한 증거를 보니 변명할 거짓말도 없을 터. 틀림없이 네 의붓딸의 악행도 있지도 않은 오명을 씌워 비명에 죽게 한 것이로구나. 살펴보니 태아라고 한 것은 쥐의 가죽을 벗겨낸 것 아니냐. 이래도 자백하지 못하겠느냐. 뜨거운 맛을 봐야 하겠느냐."

며 소리 높여 꾸짖었다. 아버지 무용은 겁에 질려,

"저도 세상 소문을 모르는 것은 아니지만, 지금 눈앞에서 증거를

170

보니 새삼 제 자신의 생각이 얼마나 부족했는지 부끄럽기 짝이 없습니다. 남편으로서 아내의 악행을 제지하지 못하고 극악무도함에 이르게 했으니 그 책임을 피할 길이 없습니다. 바라옵건대 저도 아내와 마찬가지로 처형해 주셔서, 빨리 두 딸이 있는 곳으로 가서 잘못을 사죄하게 해주십시오."

라고 말하며 죄를 깨끗이 승복했다. 아내인 허 씨는 두려워하면서도, 여전히 변명을 늘어놓았다.

"첩이 장화를 죽이려고 한 것은 딸애의 마음이 너무나 거만하여, 첩을 어머니로도 생각하지 않았기 때문입니다. 장화가 스무 살 되던 어느 날, 몰래 홍련과 밀담하는 것을 들었는데, 저에 대한 악담을 하는데, 이를 말로 다 표현할 수 없었습니다. 이러한 불순한 딸들을 그대로 집에 살게 했다가는 훗날 어떠한 일이 생길지 모른다는 제 몸의 위험을 느껴 결국에는 불쌍하기는 하지만 꽃망울을 잘라 낸 것입니다. 첩은 본래 처형은 각오하고 있습니다. 하지만 장남인 장쇠는 그 성품이 우둔하여 악의는 없습니다. 그저 제가 명하는 대로 움직였을 뿐입니다. 그것도 천벌이 내린 것인지 태어날 때와는 달리 불구자가 되었으니, 바라옵건대 용서해주시고 죄를 묻지 말아주십시오."

극악무도한 여자도 자식에게는 약하기 그지없어, 절실히 애원하는 것이었다. 장쇠 및 둘째 아들은 부모가 처형될 처지에 놓인 것을 보고 모두 눈물을 흘리며 서로 대신 벌을 받겠다며 청원했다. 이야기를 들은 군수는

"이 자리에 와서 강변强辯하는 것을 보니 독부毒婦의 본성이 드디어 드러난 것이라고 할 수 있다. 그렇지만 네 죄악의 극악무도함은 미증유이다. 나 혼자 판단하기 어려우니, 순찰사에게 상신上申해 그 판결을 받은 후에 선고하겠다. 저자들을 모두 옥에 가두거라."

고 명한 뒤 이날 법정은 끝이 났다.

철산 군수의 상신을 받은 평안도 순찰사도 너무 극악무도한 죄악에 깜짝 놀라 철산 군수의 의견과 함께 국왕의 친재親裁를 청했다. 국왕과 대신도 아직까지 들어보지 못한 대죄여서 백성들에게 본보기가 되도록

"허 씨는 마을에 놀림거리를 당하게 한 후 책형磔刑에 처하라.64) 장쇠는 교수형에 처하라. 배무용은 꾸짖은 다음 앞으로의 주의를 주고 방면하라. 벌을 줘야 마땅하지만 하늘에 있는 두 딸의 영혼이 소원하니 특별히 용서하는 것이다. 다른 두 아들은 벌하지 않는다. 장화와 홍련을 위해서는 억울한 누명을 풀어주는 의식을 행하고 비를 세워 그 내용이 영원히 전해지도록 하라."

고 판결했다. 이윽고 판결이 군수에게 하달되어 법대로 집행했다. 그리고 예의 연못 전체를 수색해 두 딸의 시체를 건져 올리니 얼굴색이 마치 살아 있는 것 같았고, 의복이 단정하여 그야말로 양가집 규수였다. 군수를 비롯해 보는 사람 모두 감탄하지 않는 이가 없었

---

64) 원문은 '引廻しの上磔'. 이 형벌은 근세 에도 서민의 일반적인 사형 형태였다. 죄명을 적은 팻말을 목에 건 죄인을 가마에 태워 시내를 한 바퀴 돌며 모욕을 당하게 한 후, 십자가에 메달아 창으로 수십 번 찔러 죽이는 형태였다.

다. 그리고 이 둘을 정성스럽게 입관해 명산에 장례를 치렀다. 세 척의 비를 세워 '해동유명조선국평안도철산군배무용여자장화여홍련불망비海東有名朝鮮國平安道鐵山郡裵無用女子長花與紅蓮不忘碑'라고 새겼다. 비를 세운 날 밤 두 딸이 군수에게 다시 찾아와 깊이 감사인사를 했다.

"얼마 지나지 않아 관직이 올라갈 것입니다. 작지만 은혜에 감사하는 뜻으로 생각해 주십시오."

라고 말했다. 과연 전동호는 그 후 통제사로 승진했다.

재생연(再生緣)

지금은 옛날. 경상도 안동군 양반 이상곤李相坤의 외아들로 선근宣根이라는 풍류 귀공자가 있었다. 용모가 수려하여 옥수교월玉樹皎月을 바라보는 것 같았다. 재주도 역시 이와 같아 남자다운 풍류를 짐작케 했다. 나이가 벌써 이팔청춘에 달해 철이 들 무렵이 되자, 왠지 이성을 좋아하는 마음도 생겨, "소소저蘇小姐와 같은 상대면 좋으련만"이라는 생각이 들기도 했다. 그렇지만 가풍이 매우 엄격해서 아직 화류계에서 노는 맛도 몰랐다. 밤낮으로 서적이 쌓인 속에서 단정히 앉아 면학에 힘썼다. 장차 과거에 응시해 가풍을 일으키려고 뜻을 세웠다.

어느 날 책을 읽다 지쳐 책상에 기대어 깜빡 졸고 있을 때, 비몽사몽간에 매우 아름다운 선녀가 치맛자락을 펄럭이며 나타나서 웃으며 말하기를,

"저는 천상의 선녀이지만 옥황상제가 맺어주신 기이한 인연으로 도련님의 부인이 되어 섬겨야 하는 신세입니다. 그렇지만 아직 천기에 이르지 못했으니 몇 년인가 기다려야 합니다. 도련님도 명심하시고 밤낮으로 몸을 건강하게 지키시어 결코 다른 여자에게는

마음을 주어서는 안 됩니다."

고 볼을 붉게 물들이며 말했다. 그럼 이제 돌아가겠다고 말하며 고개를 깊게 숙여 인사를 하고, 황홀히 바라보는 그를 뒤돌아보며 구름 사이로 멀리 사라졌다. 그는 놀라서 정신을 차리고 보니, 이는 현실인 듯하면서도 현실이 아니고, 꿈인 듯하면서도 꿈이 아니었다. 눈은 감으면 눈앞에 아름다운 모습이 나타나고, 조용히 들어보면 귓속에서 교태스러운 소리가 들렸다. 일어나 창문을 열어보니 해는 아직 오시午時65)로 향기로운 풀 위로 나비와 벌이 한가롭게 날고 있었다. 이로부터 이 수재秀才66)의 사모하는 마음이 가슴에 가득해, 낮에는 정신이 구름 사이를 날아다니고 밤에는 꿈도 평온하지 않았다. 몸이 점점 야위었고 신통한 기운도 역시 쇠퇴했다. 생각에 잠겨서는 눈물을 흘리고 소리 높여 푸른 하늘을 향해 선녀를 불렀다.

어느 날 다시 예의 선녀가 나타났다.

"도련님, 저 때문에 밤낮으로 괴로워하시는 모습이 천상에도 전해졌습니다. 저도 마찬가지로 도련님을 생각하는 마음에 견딜 수 없습니다. 그렇지만 천분天分이 아직 끝나지 않아 옥황상제도 제가 속세로 내려가는 것을 허락하지 않습니다. 그야말로 복숭아와 밤나무를 심어도 열매를 맺으려면 삼 년의 고통이 있습니다. 우리의 인연도 역시 몇 년인가를 기다리지 않으면 안 됩니다. 저를 그리워하

---

65) 오시-오전 11시부터 오후 1시 사이.
66) 수재(秀才)-미혼 남성을 일컫는 말.

시지 말라고는 하지 않겠지만 그리워하다 몸을 상하지 않으시길 빕니다. 그렇지만 잊어버리셔서는 것은 기쁘지 않습니다. 이것은 제 모습을 천상의 화공에게 부탁해 그리게 한 것입니다. 첩이라고 생각하고 문에 걸어놓고 보십시오. 또 이것은 금으로 만든 동자입니다. 당신의 서가 책상에 놓고 제 뜻을 감상해 주시기를 빕니다." 고 하면서 두 물건을 건네니 수재는 눈물이 솟구쳐 그녀의 손을 잡고,

"선녀는 어찌 이리 마음이 강하단 말이오. 속세의 일 년은 천상의 하루라고 말하면 되겠소. 1년 동안 복숭아와 밤의 열매는 열리지 않더라도, 우리들 사이에는 무엇인가 있을 것이오. 그대와 만나는 것을 일 년 늦춘다면 나는 이 세상에서 오래 살지는 못할 것이오. 당신에게도 정이 있다면 이대로 속세에 머물러주시오."
라며 떠나려고 하지 않았다. 선녀도 정이 밀려왔지만, 뿌리치고

"천분이 아직 끝나지 않은 것은 어떻게 해도 어찌할 수 없습니다. 당신이 집에서 심부름을 시키고 있는 매월梅月이라는 시녀는 용모가 제법 아름답고 심성도 현명합니다. 첩과 만나실 때까지 위로 삼아 그녀를 가까이 두십시오."

이렇게 말하며 다시 구름 위로 올라갔다. 수재는 울면서 눈을 뜨자, 꿈속의 두 물건은 정말로 책상 위에 놓여 있었다. 족자를 펼쳐 보니 정말로 명인의 작품으로 보여, 선녀가 바로 그 자리에 서 있는 것 같았다. 이를 문에 걸어놓고 바라보니 모습은 같아도 그리움은 채워지지 않았다. 그림의 떡을 주고는 굶주림을 채우라고 하는

선녀의 다부진 마음이 그대로 느껴졌다. 그렇지만 선녀의 가르침처럼 이를 바라보며 지내고 금동을 책상 위에 놓고 매월을 가까이 하며 우울하게 세월을 보냈다. 이윽고 집안사람은 초상과 금동을 발견하고는 그 내력을 듣고 놀라했다. 그리고 그 사실은 입에서 입으로 전해져 이웃사람들도 이 씨는 고금미문古今未聞의 보물을 하늘에서 받았다며 너도나도 보러 왔다. 그중에는 물건을 가져와 보여 달라고 하는 사람도 있어 이 씨는 생각지도 않은 이득을 보았다.

그렇지만 수재의 상사병이 점점 심해져 이제는 부모의 눈에도 띌 정도로 쇠약해져, 오래 살지 못할 거라며 괴로워할 뿐이었다. 어느 날 밤 꿈에 선녀가 다시 나타나

"그림을 보는 것만으로는 마음이 낫지 않는 것입니까. 첩이 천연天緣이 끝나기를 기다리고 있기 때문에, 당신에게 이러한 근심을 드렸습니다. 첩도 이제는 마음을 정했습니다. 머지않아 당신을 만나겠습니다. 그렇지만 이곳은 속세이니 내려오기 어렵습니다. 저는 옥련동玉蓮洞에서 당신을 기다리겠습니다."

이렇게 말하고 다시 승천해 사라졌다. 수재는 어두운 밤에 등불을 얻은 것처럼 생각되어 부모에게 가서 말했다.

"제가 요즘 몸이 좋지 않아 밤낮으로 괴로웠는데 사람들 말에 연기와 안개를 가까이 하면 울적한 마음이 풀린다고 합니다. 오늘부터 몇 달 정도 휴가를 받아 여행을 다녀오도록 허락해 주십시오." 라고 빌었다. 부모도 사랑스러운 자식이 여행을 가는 것은 견딜 수가 없어, 조금 병이 나으면 떠나라고 만류했지만 듣지 않으니, 시종

을 한 사람 붙여서 여행을 허락했다. 옥련동이라고만 들었을 뿐 무슨 도의 무슨 군이라는 것을 모르니, 그저 여러 명산, 경승지를 찾아다니며 이곳인가 저곳인가 하고 돌아다녔지만, 결국 옥련동을 찾지 못했다. 그러나 장소가 바뀌니 기분도 바뀌어, 우울했던 마음도 점차 풀려 건강이 회복되었다. 여행비용이 넉넉해 동서남북을 더 돌아다녔다.

어느 날 풍광이 매우 뛰어난 산중에 들어가,

"이 세상에 이런 경치가 있을까."

라고 생각하며 감상하며 길 하나를 따라 깊숙이 나아가니 산 쪽으로 계곡물을 등지고 한 채의 풍류 누각이 서 있는데, 비碑에 옥련동이라고 적혀 있었다. 수재는 손뼉을 치고 펄쩍 뛰며

"바로 이곳이구나. 실로 우리 선녀가 살 만한 곳이다."

라며 발걸음을 재촉해 누각 안으로 들어가니, 풍경이 조용히 울고 파란 발이 가볍게 움직였다. 안에 사람이 있는 듯 거문고 소리가 묘하게 울렸다. 안내를 청하니 발을 올리며 절세의 미인이 얼굴을 드러냈다. 그 얼굴을 바라보니 몽매 불망하던 그 사람과 거의 비슷했다. 이 사람이 분명하다고 생각하고 다가가려 하자 미인은 갑자기 화를 내며

"이곳은 신선경인데 어디의 속세 사람이기에 마음대로 들어오십니까. 어서 돌아가십시오."

라고 말했다. 수재는 예상했던 것과 달라

"인연이 있어 여기에 온 나를 어째서 무정하게 대하는 것이오."

178

라며 떠나려 하지 않았다. 그렇지만 미인은 더욱 강하게

"반드시 돌아가도록 하십시오. 들어와서는 안 됩니다."

라고 거절했다. 이에 수재도 하는 수 없어 풀이 죽어 하인을 데리고 원래 왔던 길로 되돌아가려 했다. 그러자 그 미인이 무슨 생각인지 갑자기 크게 웃으며,

"여보시오, 낭군. 돌아가지 마세요. 낭군이 오기만을 기다리고 있었습니다. 들어오도록 하십시오."

라고 하고 웃으며 말했다.

"아무리 당신과 인연이 깊다고 하나 처음부터 허락할 수 있겠습니까. 한 번은 거절하는 것이 여자입니다."

라고 하며, 기쁜 듯 발을 씻겨 주고, 손을 잡고 안으로 들어가 자신의 방으로 안내했다. 실로 가재도구가 아름다워 놀라지 않을 수 없었다. 하물며 그녀의 용모의 아름다움이란 꿈이 아닌 현실에서 가까이 보니 마치 가을 물속에서 나온 옥련과도 같았다. 대체로 세상의 부녀자는 이 여인과 비교하면 부녀자라고 말할 수 없을 것이다. 두 사람은 허물없이 마음껏 이야기했다. 술과 안주가 나오고 때마침 밝은 달이 뜨자 그녀가 거문고를 연주하는데, 솔바람과 계곡물 소리와 어울려 수재의 혼을 빼 놓았다. 그녀가 웃으면서

"당신이 계속해서 원했던 까닭에 잠시 이곳에 내려왔지만 아직 천연天緣이 끝나는 시기가 되지 않았으니, 부부의 연은 허락되지 않았습니다. 이를 어기면 천벌을 면할 수 없습니다. 다만 이렇게 당신과 둘이서 부부도 아니고 형제도 아니며 벗도 아닌 상태로 즐

겁게 몇 달을 보내려고 합니다. 당신도 이를 이해해 주시기를 바랍니다."

이 말을 듣고 수재는 다시 마음이 편치 않았다. 이윽고 술이 두 사람의 볼을 물들일 무렵, 남자 마음의 강건함은 여자를 승복시켜 천시天時가 아직 안 됐는데, 인력으로 이르게 했다.

수려한 옥련동에서 옥련 같은 아내와 살게 된 수재는 세월이 빨리 가는 것이 곤란했지만 집을 나온 지도 오래되어 부모님이 얼마나 나로 인해 근심하실지 걱정되었다. 어느 날 여자와 의논해 탈것을 준비시키고 자신의 집으로 향했다. 부모님은 외아들 수재가 몇 달 동안 묘연히 소식이 없자 밤낮으로 근심했는데, 홀연히 절세의 미인을 데리고 돌아오니 살아 돌아온 것처럼 기뻐했다. 그리고 그동안의 이야기를 잘 듣고 바라는 대로 부부로 맺어주고 따로 저택 한 채를 지어 신혼부부를 살게 했다. 여자는 천상의 사람이지만 여러 재주가 있어 이 세상의 주부가 하는 일은 모두 못하는 것이 없으니 부모도 기쁘기 이를 데 없어 며느리를 애지중지 여기셨다. 하물며 수재는 양귀비를 얻은 현종은 아닐지라도 그녀와 함께 하지 않으면 이 세상 무엇도 즐겁지 않았기에, 밤낮으로 그녀와 같이 다니고 같이 웃고 같이 기뻐하니, 말에 선악이 없던 마을사람도 잉꼬라고 험담을 하기도 했다.

점차 세월도 지나고 이제 그녀는 일남일녀를 얻어 금술이 더욱 좋아지니 수재는 나비요 그녀는 꽃과 같이 잠시도 떨어지지 않고 가문을 세울 생각도 잊고 있었다. 그러던 차에, 아버지는 머지않아

한양에서 과거가 있다는 소식을 듣고 그를 불러

"너도 나이가 제법 들었으니 이번 과거에 응시해 등용문의 길을 열어라."

고 말했다. 그는 조금도 마음이 내키지 않았다.

"주위에 부족함이 있다면 여행도 하고 공부도 해서 과거도 응시할 것입니다. 저와 같이 바라는 바가 이미 다 이루어진 자는 뭘 위해 다시 괴로운 길을 밟으려 하겠습니까."

라고 말하니, 아버지도 매우 난감해했다. 그날 밤 그는 아내에게 그날의 이야기를 하니 아내는 단정히 바로 앉아 말하기를,

"그것은 내 남편이 한 말이라고 생각되지 않습니다. 무릇 남자로 태어나면 용문에 올라 고관을 얻고, 자신의 이름을 빛내 가풍을 드높여 체면을 살리는 법입니다. 가정에 마음이 끌려 이대로 시골에 묻혀버리는 것은 남자 중의 남자라고 늘 자랑하는 첩의 남편과는 어울리지 않습니다. 꼭 결심하고 내일 일찍 서울로 떠나서 보기 좋게 과거에 급제하십시오. 만약 이번에 낙제라도 하면 저는 다시는 당신을 보지 않을 것입니다."

라고 굳게 말했다. 그는 힘없이 "그렇다면"이라고 대답하고, 출발 준비를 마친 후 하인 한 명을 데리고 당나귀에 올라타 서울로 향했다.

그런데 몇 년간 잠시도 떨어지지 않던 아내와 몇 달을 떨어져 있을 생각을 하니 눈물이 흘러넘쳐 손수건을 적시고 한 걸음 떼고는 멈추고 두 걸음 떼고는 돌아보며, 이내 참지 못하고 사 리里 정도에

서 나귀를 내려 숙소를 잡았다. 차가운 객사는 울적한 수재를 더욱 참을 수 없게 만들었다. 슬며시 당나귀를 끌어내 채찍질을 해서 집으로 돌아와 흙담 너머로 아내의 방에 숨어 들어갔다. 아내는 놀라 거절했지만 힘이 없어

"오늘밤만입니다. 내일부터는 걸음을 재촉해 서울로 올라가십시오."

라고 타일렀다. 그는 이튿날 아침 사람들 모르게 다시 객사로 돌아와 비로소 잠이 들었다. 해가 중천에 떴을 때 일어나 천천히 아침 식사를 하고 어제처럼 느리게 걸어 이 리 갔을 때 해가 저물었다. 이날 밤도 역시 당나귀에 채찍질을 해서 아내를 놀라게 하고 다음 날도 역시 이렇게 해서 연속해서 사흘 밤을 아내를 찾아갔다. 나흘째부터는 거리도 멀어진지라, 단념하고 서둘러 서울에 도착했다.

과거가 있을 때의 서울 대로大路의 모습은 그야말로 북적거렸다. 각 도에서 올라온 수만의 수재들이 어깨를 나란히 하고 겨루니, 과연 이 중에서 누가 용문에 올라 승천할 수 있을 것인가. 이선근은 원래 현명한 수재여서 자신이야말로 반드시 장원을 차지할 거라고 학문에 정진해 시험에 임했다. 선근의 문장이 화려해 오채를 띠자 수만의 수재는 얼굴이 어두워졌다. 이에 선근은 경사스럽게도 장원 제일로 급제하니 전국에서 풍채를 우러러봤다. 급제하고 보니 여러 의식들이 있고, 또 임관의 명을 기다려야 해서 마음은 늘 고향의 사랑하는 아내 곁으로 가 있으면서도 하루하루 하다 보니 어느덧 수개월 동안을 서울67)에 머물렀다.

이선근의 집에서는 선근이 출발한 그날 밤에 늙으신 아버지는 가장으로서 걱정이 되어, 자식이 부재한 집을 순시했는데, 뭔지는 모르겠지만 소곤소곤 며느리가 남자와 이야기하고 있는 것이 매우 이상해 정조 있는 며느리가 누구를 불러들여 이야기를 하고 있는 것인지 발길을 멈추고 살펴보았지만, 함부로 문을 열어볼 수도 없어 그대로 돌아왔다. 그 이튿날 밤도 그 다음 날 밤도 순시할 때 남자 목소리가 새어나와 점점 의심이 걷히지 않았다. 한편 수재의 시녀 매월이는 처음에 선녀의 배려로 수재 가까이에 있을 수 있는 것을 더할 나위 없는 행복과 기쁨으로 여겨, 평생 첩으로라도 수재를 섬기려고 생각하고 있던 차에 얼마 지나지 않아 수재가 선녀를 데리고 와서 본부인으로 삼으니, 자신은 금세 가을의 부채처럼 버려지고 말았다. 그 이후로는 매월을 찾는 말도 들리지 않았다. 눈앞에서 펼쳐지는 잉꼬보다 더 짙은 부부의 금슬은 매월의 마음에 불을 지폈다. 그래도 원래 신분이 다르니 가만히 참고 웃고 지내고 있었는데, 수재가 과거를 보러 서울로 떠나고도, 연속 삼일 밤을 수리의 먼 길을 마다 않고 돌아와 아내와 잠깐 만나고 기뻐하는 것을 보니, 너무 야속해 질투가 일어 마침내 계략을 꾸몄다. 이튿날 마을의 한 부랑배에게 많은 돈을 주고 부탁하기를 밤에 젊은 부인의 방 앞의 계단 아래에 웅크리고 있으라 하고, 노부老父를 속여,

"요즘 매일 밤, 부인의 방으로 남자가 몰래 들어가는 것을 보았

---

67) 원문 '京都'. 즉 '교토'. 다카하시의 오역이라 생각되어 '서울'로 번역했다.

습니다. 오늘밤도 분명 같은 사람인 듯한 사람이 부인의 방 앞 계
단에 있습니다."
고 일렀다. 노부는 만약을 대비해 몽둥이를 들고 살펴보니 정말로
그런 자가 있었다. "이놈" 하고 달려드니, 젊은이는 나는 새처럼 뛰
어올라 도망쳤다. 노부는 격노하며

　"이름도 집안도 모르는 천한 여자가 결국에는 우리 집안을 더럽
히는구나."
라며 발소리도 거칠게 안방으로 뛰어들어 며느리의 목덜미를 붙잡
고 죽일 듯이 때리면서 눈물을 흘리며

　"매일 밤 모르는 남자를 끌어들여 부정을 저지른 못된 년."
이라고 욕을 했다. 그녀는 남편이 돌아왔던 것이 알려졌다는 것을
짐작할 수 있었으나, 그 상황을 설명하면 남편의 비행을 들추는 것
이 된다. 이에 그냥 맞고 있으니 거의 숨도 끊어질 지경이었다. 이
때 그녀는 머리에 꽂은 옥비녀를 꺼내 맹세하며 말하기를,

　"제가 만약 정말로 부정을 저질렀다면 옥비녀를 제 가슴에 떨
어뜨려 찌르십시오. 만약 결백하다면 떨어져 계단 돌에 박힐 것
입니다."
라고 말하고 하늘을 향해 던지니, 비녀는 떨어져서 계단 돌을 뚫고
비녀 끝까지 박혔다. 이를 본 노부는 기적에 놀라며

　"그렇다면 내가 잘못했나 보다. 늙은이의 급한 성격을 용서해라."
라며 자신의 방으로 물러났다. 어머니는 한층 며느리를 동정해

　"네 정조는 천지 모두가 알고 있다, 노부의 잘못을 괘념치 말라."

고 정중히 위로했다. 그렇지만 며느리도 여자로서 일단 부정의 오명을 쓰고, 아직 분명한 증거가 없는 이상에야 이대로 편안히 살 수 없다. 사랑스러운 남편의 얼굴을 한 번 보고 싶지만, 이도 역시 정해진 운명이라고 체념하고 작은 검을 꺼내어 목을 찌르려고 하는데, 곁에서 놀고 있던 아홉 살 된 장녀가 놀라

"어머니, 위험해요, 어째서 그런 것을 목에 찌르려고 하십니까. 그만두세요."

라고 하면서 손에 매달리니 어머니는 힘이 빠져 웃으며

"실로 귀여운 너희들이 있는 것을 잊었구나. 내일은 엄마가 가까운 산에 꽃구경하러 데려갈게. 새 옷을 입어보렴."

하고 새로 지은 빨간 옷을 꺼내 언니와 동생에게 입히니, 이윽고 밤도 깊어갔다. "빨리 자고 내일 아침 일찍 일어나자"고 달래어 잠든 것을 살피고 조용히 목을 찌르니 향기로운 혼은 허망하게 하늘로 돌아가고 말았다.

이튿날 아침 형제는 아침에 잠이 깨 어머니의 모습을 보고 놀라 통곡했다. 이윽고 부모가 하인들을 데리고 달려왔다. 특히 노부는

"나의 경솔한 의심으로 정숙하고 절개 있는 며느리를 죽이고 말았으니, 이 일이 서울에 있는 아들에게 알려지면 아들도 도저히 살 생각을 안 할 것이다. 아들을 잃으면 내 여생에 무슨 낙이 있겠는가. 실로 잘못했다. 생각이 짧았다."

고 하며 하늘을 보며 길게 탄식했다. 어머니는 그곳에 엎드려 울며

"삼국의 제일 가는 며느리를 비명에 잃고 말았구나."

라며 오로지 노부를 원망했다. 하지만 이렇게 있을 수만도 없어, 장례 준비도 하지 않으면 안 되어, 칼을 빼내려 하니 단단히 잡고 있어 빠지려 하지 않았다. 그래서 그대로 사체를 옮기려고 힘을 합쳐 들어 올리는데, 마치 반석의 땅에 뿌리를 내린 것처럼 움직이지 않았다.

"정숙한 여인의 일념이 이곳에서 아들이 올 때까지 움직이지 않겠다고 하는 뜻인가. 두렵구나. 경외스럽구나."

흐르는 핏줄기를 깨끗하게 닦고 방의 장식을 청정하게 해 신에게 제를 올리는 것처럼 일가가 공경하며 두려워했다.

서울에 머물러 있던 수재는 이래저래 일이 많아 생각지도 못하게 객사에서 세월을 보내고 있던 중에, 어느 날 밤 꿈에 사랑하는 아내의 목에서 피가 콸콸 솟구치고 안색이 창백한 상태로 베갯머리에 나타나 상세히 있었던 일을 이야기했다. 그리고는

"제 일념은 아직 남아서 당신을 기다리고 있습니다."

고 말하고는 사라졌다. 수재는 꿈처럼 생각됐지만 역시 가슴이 몹시 뛰고 식은땀이 등에 흐르니 마음이 진정되지 않았다. 볼일도 서둘러 정리하고 밤낮으로 달려 고향으로 향했다.

아버지는 자식이 장원에 급제했다는 통보를 받고 가문의 명예를 드날렸다며, 이로써 이 씨 집안은 번창할 거라고 생각하고, 친족에게도 여기저기 알렸다. 한없이 기쁘면서도 며느리 일을 생각하면 금세 차가운 물을 끼얹은 듯했다. 아버지는

"아들이 분발한 것도 절반은 며느리 덕인데. 돌아오는 아들도 아

내가 얼마나 기뻐할지 생각하며 힘차게 올 텐데, 내 잘못이 며느리를 죽음에 이르게 했다고 알게 되면 필시 실망하고 원망할 것이다. 이것 참 큰일이다. 어떻게든 해야 할 텐데."

하고 밤낮으로 늙은 아내와 이마를 맞대고 논의해 마침내 가장 좋은 방법을 생각해냈다.

"불을 구하려면 불을 이용해야 할 것이다. 물을 구하려면 물을 가지고 해야 한다. 부인 때문에 생긴 근심이고 보면 역시 부인을 이용해야 해결할 수 있다."

고 생각해, 경상도 안에서 제일의 미인이라고 소문이 난 대갓집 양반이 애지중지 키운 딸에게 혼담을 건네자, 장원급제한 수재로부터 들어온 혼담이기에 흔쾌히 승낙을 받았다.

또 노부는 한 가지 더 생각한 방법이 있었다.

"아들이 일단 집에 돌아오면 아내의 참상과 아이들의 슬픔을 보고 좀처럼 재혼할 생각을 갖지 않을 것이다. 아들이 절반 정도 왔을 때 이리저리 이야기해서 무리하게라도 혼인을 승인하도록 한 다음, 그 자리에서 곧바로 의식을 올려야겠다. 그러면 신부도 경상 제일의 미인인지라 그녀에게 마음이 옮겨갈 것이다. 이렇게 해서 집으로 오는 도중에서 몇 일 밤을 거듭하여 새신부와 보내고 집에 돌아오면, 슬프더라도 역시 위로가 될 즐거움이 있을 것이다."

고 생각해 이러한 사정을 상세히 상대편에도 알려주고 가마를 아름답게 준비했다. 그리고는 노부도 가마와 함께 몇 명의 종자를 데리고 아들의 출발일자를 조사해 도중에서 기다리고 있었다.

수재는 악몽을 꾼 이후 밥맛도 없고 눈에 여인도, 귀에는 좋은 노래도 안 들어왔다. 달리는 말에 채찍을 더 가해 길을 두 배로 서둘러 오다 중도의 한 역에서 늙은 아비가 마중 나와 계셔서 이상하게 생각되어 견딜 수 없었지만 그래도 예의바르게 인사를 드렸다. 노부는 말을 주저하면서 며느리가 비명에 죽은 일의 전말을 이야기하고,

"정말 내가 소홀히 한 부분이 있으나, 의심이 생긴 것도 신이 아니기 때문에 어쩔 수 없는 것이다. 나도 결코 악의가 있어서 그런 것은 아니다. 너도 이래저래 고생해서 맺은 인연인 아내가 갑작스럽게 죽어 슬플 테지만, 여기까지의 인연이라 생각하고 단념해라. 그 대신에 나도 너에게 지은 죄를 갚기 위해 모某 군의 모 씨의 딸로, 경상 제일의 미녀를 네 후처로 선택해 혼담을 이미 다 나누고 너의 승낙만을 기다리고 있다. 나도 한 번 그녀를 봤는데 태액太液68)의 부용芙蓉인가, 봄비의 배꽃인가, 천인天人은 인간이 아니어서 전처와 비교할 수는 없지만 인간 중에서만큼은 이렇게 이쁜 사람은 또 없을 것으로 생각된다. 하물며 재주도 뛰어나고 정숙하다는 소문도 많다. 죽은 사람은 물과 같으니 다시 좇아서는 안 된다. 생각하지 말아야 할 것을 잊는 것이 현자의 업이다. 너도 전처를 슬퍼하며 아파하지 말거라. 그리고 그 숙녀를 맞이하여 늙은 아비의 마음을 편안하게 해주지 않겠느냐."

---

68) 태액(太液) - 중국 한나라의 산시성(陝西省) 장안현(長安縣)의 건장궁 안에 있는 연못.

며 말을 잘 해서 설득하니, 수재는 찢어지는 마음을 다잡고 아버지를 향해

"아내의 오명은 씻긴 것과 다를 바 없지만 아직 분명히 밝히지 않은 것이 있습니다. 저도 부끄러움을 참고 말씀드리겠습니다."
라며 서울로 길을 떠난 밤부터 사흘 밤을 몰래 숨어들어가 아내를 방문한 일을 이야기했다. 그리고

"전적으로 아내의 죽음은 자신이 정情에 빠져, 음淫에 이르렀기 때문에 생긴 죄입니다. 저 때문에 의심을 받고 저를 향한 정절 때문에 그녀는 자결한 것입니다. 그녀의 묘墓도 아직 정해지지 않은 지금 어찌 재혼 이야기가 귀에 들어오겠습니까. 지금의 제 눈에는 삼천 세계의 여자가 보이지 않습니다. 아버지 어머니와 남은 자식 둘만 없다면 저는 이대로 아내의 뒤를 따라갔을 겁니다. 아버지도 근심에 마음이 어두워지신 것입니까. 평상시 같지 않게 인정을 돌아보지 않는 말씀을 하시는군요. 다시는 결코 이 일을 이야기하지 말아주십시오."
라고 하며, 누르려고 해도 누를 수 없었던 분노마저 얼굴에 나타나니 아버지도 생각했던 것과 달라, 생각해 두었던 것도 바로 떠오르지 않았다. 기둥을 사이에 두고 있던 새색시는

"이제나 심부름이 오려나, 빨리 오면 좋겠다."
고 생각했다. 새색시는 아직 보지 못한 사람이지만 소문은 이미 자주 들어 사모하고 있었던 풍류 귀공자이고 보니, 기다리는 시간이 길게만 느껴졌다. 화장을 하고, 거울을 마주보고 앉아, 발랐던 연지

를 다시 고쳐 바르고, 맨 허리띠를 다시 고쳐 매고, 앉았다 일어났다 하면서 안달이 나있었다. 수재는 생각지도 못하게 아버지가 권하는 것을 듣고 기분이 매우 나빠져 자리에 있을 수도 없어 자신의 방으로 물러가 이불을 덮고 누워 있었다. 아버지는 이렇게 있을 수만도 없어 새 며느리 방으로 가서 어렵게 말을 꺼냈다.

"생각보다 아들의 슬픔이 깊으니, 오늘 갑자기 일을 진행하는 것은 어려울 것 같다. 일은 천천히 진행할 테니 너도 이대로 고향으로 돌아가 기다려라."

고 횡설수설 이야기했다. 신부는 슬프고 또 부끄러워 대답도 못하고 엎드려 울 뿐이었다.

이튿날 아침부터 한층 말을 빨리 달려, 얼마 지나지 않아 집에 도착했다. 신발을 벗는 둥 마는 둥 하고는 이내 아내의 주검 앞에 가서 안고 슬피 우니, 피눈물이 폭포와 같이 흘렀다. 이윽고 일어나 목에 꽂힌 칼을 빼려고 하니 옻칠해 붙인 듯 미동도 하지 않는다. 이상히 여겨 시체를 들어보려 하니 대지에 뿌리를 내린 듯 꼼짝도 않았다.

"슬프도나, 원혼이 여기에 머물러 완전히 죽지 못했나 보다. 그런데 이상한 것은 하녀 매월이다. 그녀를 불러 심문해봐야 겠다."

고 생각해 그녀를 부르니, 독부도 가슴이 진정이 안 되는지 얼굴색이 창백하고 행동거지가 보였다. 이것저것 캐물어도 쉽게 실토하지 않아 회초리를 들어 심하게 고문하니, 그제야 자백을 했다.

"이 여자야말로 내 아내가 남긴 원통함이다. 이 고약한 것."

이라며 격노해 칼을 들어 목을 찔러 죽이고, 그 창자를 꺼내 주검에 바쳤다. 그리고 아내를 향해

"이제야 원수를 갚아 억한을 풀었오. 미련은 남지 않았을 것이오."

라고 말했다.

선녀는 자살한 그날 밤, 영혼은 천국으로 승천해 옥황상제를 알현하고 지금까지의 일을 소상히 말씀드리자, 상제는 유심히 들으시고 나서,

"내가 아직 허락하지 않았는데도 불구하고 속세의 사람과 정을 통해 결국 부부의 인연까지 맺었다면 이것이 바로 대죄이다. 그러한 응보가 나오는 것은 당연하다. 그렇지만 연약한 것이 여자의 성품이라. 죄를 미워하되 사람은 미워해서는 안 된다. 이번에는 특별히 용서해 다시 혼을 속세에 내려 보내 줄테니, 이선근과 백년해로를 하도록 해라."

고 명했다.

이선근은 매월의 창자를 주검 앞에 바치고 고개를 숙이고 있는데, 주검의 닫힌 눈이 다시 열리고 눈동자가 옥쟁반에 달이 뜨는 것처럼 보였다. 창백했던 뺨이 다시 홍조가 돌고, 붉은 장미처럼 되었다. 목에 꽂혀있던 칼은 자연스럽게 빠져 떨어져 나가고 상처 하나 보이지 않았다. 이윽고 살며시 미소 지으며,

"그리운 내 남편 돌아오셨습니까, 과거 시험도 순조롭게 장원에 급제하시고 가문의 명예도 더할 나위 없습니다."

라고 공경하는 마음으로 예를 올렸다. 옆에 있던 모든 사람들이 깜짝 놀라, 귀신이 아니냐, 꿈 아니냐며 소란스러웠다. 선녀는 조용히 옥황상제의 칙명을 이야기하자, 금세 춘풍이 일시에 불어와 부모와 남편, 아이의 기쁨은 이루 말할 수 없었다. 즉 수재 장원의 축하와 아내 재생의 축하를 겸해 큰 잔치를 벌여 연일 친족과 지인을 초대했다.

이때 슬픔에 잠긴 것은 그가 약혼한 양반집 딸이다. 수재의 아버지는 찾아가 선녀의 재생 이야기를 소상히 고하고 약조는 없었던 일로 흘려보내고 하루 빨리 다시 좋은 인연을 정할 것을 권하니, 딸의 부모는 아무런 이의도 없이 받아들이고 정신없이 몰려드는 혼담 중에서 특히 좋다고 생각되는 것을 골라 딸에게 권했다. 그러나 딸은 완고하게 거절했다. "저는 양반의 여식으로 여자의 덕을 목숨처럼 생각하는 몸, 설령 아직 부부의 연을 맺지는 않았지만 이미 내 마음을 허락해버린 이수재 외에는 다른 남자를 받아들일 마음이 전혀 없습니다. 그와 함께 할 수 있다면 이대로 머리카락을 잘라내 평생 비구니로 살 것입니다."

평소에는 온순한 그녀가 부모의 말도 좀처럼 듣지를 않자, 부모는 하는 수 없이 뜻대로 혼자 살게 했다. 그러면서도 한편으로는 젊은 처녀의 독거가 오래 가지는 못할 거라고 생각했건만, 세월이 흘러 어느덧 삼 년. 정조를 지키며 더욱 강건하게 지내 절조가 향리에 가득하니, 이 일은 자연히 이선근의 부인 귀에도 들어갔다. 부인은 매우 감동해 여자의 마음은 모두 같구나. 어찌 평생을 허무하게 마치겠는가. 남편에게 권해 그녀를 맞이해 우부인右夫人으로 삼았다. 두 부인이 서로 화합해 내조의 공이 더욱 커지니 이수재의 관직도 점점 높아져 마침내 대관大官에 올랐다. 두 정숙한 부인의 정절도 포상을 받아 좌부인은 정열부인貞烈夫人, 우부인은 숙열부인淑烈夫人이라는 호를 하사받았다고 한다.

춘향전(春香傳)

지금은 옛날. 전라도 남원 군수 이씨 자식에 이몽룡李夢龍이라는 수재가 있었다. 아버지를 따라 남원군읍에 살았다. 아버지의 옆방에 기거하면서 가정교사와 함께 밤낮으로 학문을 연마하여 재기가 뛰어나 하나를 들으면 열을 알아 종종 교사를 놀라게 하니 아버지도 우리 집안의 가풍을 떨쳐줄 사람은 몽룡이라며 한층 기대를 걸었다.

몽룡이 드디어 성장해 열여섯, 풍채 또한 뛰어나고 정백淨白한 모습의 미소년이 되었다. 그해 5월 5일 단오 절구에 하인 한 명을 데리고 군읍의 교외 작은 언덕으로 놀러갔는데, 때마침 날씨가 춥지도 않고 덥지도 않은 기분 좋은 초여름의 햇빛을 신록 아래에서 쬐며 멀리 언덕 아래를 내려다보았다. 그때, 읍내의 소녀들이 날씨가 좋아서인지 새 옷을 입고 삼삼오오 숲 사이로 그네를 달아 즐겁게 놀며 장난치는 광경이 손에 잡힐 듯했다. 그중에 유독 눈에 들어오는 이가 있었으니, 마치 거적 안에 창포 한 송이 피어 있는 듯이 보이는 여인은 퇴기 월매가 애지중지 키운 춘향이다. 나이는 열여섯이나 아직 열여덟은 아닌 정도인데, 그네를 타고 마음껏 높이 왔다 갔다 하는 모습이 아름다운 새가 나무 사이를 날고 있는 듯했다. 이런 모습에 몽룡의 눈길이 머무니 청춘의 혈기 갑자기 솟아나 하인을 돌아보며 여느 때와 다른 얼굴로 물었다.

"봐라, 저쪽의 나무 사이에 힘 있게 왔다 갔다 하는 것은 무엇이냐. 금 아니냐?"

하인은 매우 둔한 남자로 보이는데, 그 뜻을 이해하지 못했다.

"도련님, 무엇을 말씀하시는 겁니까. 이곳은 여수麗水가 아니어서 금조각이 왔다 갔다 하는 일이 있다고 들어본 적이 없사옵니다."

고 대답했다. 몽룡은 다시,

"그럼 옥이냐."

고 물었다. 이에 하인은

"이곳은 곤강崑岡이 아니어서 옥이 있다는 말을 들어보지 못했사옵니다."

고 대답했다.[69] 몽룡은

"그럼 무엇이냐. 서둘러 여기로 데려오너라."

고 명하니 하인은 빙긋 웃으며 말하기를,

"저 여인은 군읍 제일의 미녀로 이름도 드높은 퇴기 월매의 외동딸 춘향이라고 하옵니다. 지금 이곳으로 데려 오겠나이다."

고 대답하고는 뛰어서 언덕을 내려가 주인의 위세를 빌려 목소리

---

69) 금은 여수(麗水)강에서 산출되고 옥은 곤강(崑岡)에서 채굴된다는 천자문(千字文)의 글귀. 천지의 자연의 혜택을 일컫는 말이다.

를 높여 불렀다.

"춘향아 군수 아드님께서 부르시니 서둘러 올라가봐라."

춘향은 그네에 한창 재미가 붙어 있던 차에 갑자기 귀공자의 부르심을 듣고 놀라기도 하고 한편 내키지 않아 하인을 향해 나긋한 목소리로, "염마대왕이 나를 부르느냐, 유현덕劉玄德이 남양南陽의 높은 꿈을 깨우는 것이냐. 어찌하여 그렇게 서둘러 부르는 것이냐. 또한 나는 나이가 아직 어려 어머니 슬하에서 자라고 있는 몸이라 누가 부르셔도 혼자서 젊은 남정네 옆에 갈 수 없다. 집에 돌아가 어머니의 허락을 받고 나서 말씀하시는 것에 따르겠노라."
고 말했다. 하인은 껄껄 웃으며

"대대로 기생인 네 집안에 혼자서 남자 옆에 가지 못한다니 오리 새끼가 물을 무서워하는 것과 같다. 자, 따라와라. 우리 도련님이 기다리신다."
하며 손을 잡아 끌고갔다. 몽룡이 올라오는 춘향을 자세히 보고 있으니 실로 금으로도 보이고 옥으로도 보이는 것은 당연지사, 마치 으스름달이 구름 사이에 남아 있는 듯하고, 가을 풀이 시냇가에 피어 있는 것과 같았다. 몽룡은 처음으로 자신의 마음을 움직인 여자를 마주하고 갑자기 말도 꺼내지 못하고 있었다. 말을 더듬거리며, "너는 몇 살이냐"고 물으니 "사사 십육"이라고 대답했다. "나도 이팔 십육이니 서로 나이가 마침 좋구나" 하고 혼잣말처럼 중얼거렸다. 몽룡은 다시 물끄러미 얼굴을 들여다보니, 춘향도 썩 나쁘지 않은 남자다움과 더욱이 위세가 하늘과 같은 군수 도령과는 정면으로 똑바로 쳐다볼 수조차 없으니, 시선은 내내 푸른 풀잎에 떨구고 올려다보지 못했다. 조금 지나 작은 목소리로 춘향은

"여기는 사람들 눈이 너무 많고, 우리 어머니가 어떻게 생각할지도 걱정되니 빨리 돌려보내 주십시오."

라고 청했다. 몽룡은 웃으며

"사람들 눈이라니 어디 있다는 것이냐. 여기 백성들은 모두 우리 아버지의 신복이다. 조금이라도 나에게 무례한 일을 하면 내일 당장 그 집을 잃게 될 자들이다. 신경 쓸 것 없다."

고 하며 여전히 돌려보내주려 하지 않았다.

"내가 오늘밤 네 집에 가려하니 너는 어머니에게 잘 전달해 꼭 집에서 나를 기다리고 있거라."

고 말하고 나서야 돌려보내주었다.

몽룡도 이제 흥이 다해 집으로 돌아가 해가 지는 것을 기다리고 있는데, 그것 참 하루의 절반이 길기도 하다. 방에 앉아 서가에서 책을 꺼내 읽어도 눈은 계속 한 줄을 오르내리고 있을 뿐이다. 때때로 나타나는 것은 춘향의 아리따운 모습이다. 그렇다면 이번에는 책 한 권을 펴고 두 줄 세 줄을 음독하고는 다시 다른 서적을 음독했다. 다시 두세 줄 읽고 다른 책을 음독했다. 아직 몇 시간 되지 않았는데 서가 위의 책들이 모조리 다 펼쳐져 있었다. 이제 읽을 만한 책도 없어서 목소리를 내어 "보고 싶다, 보고 싶어" 하고 외쳤다. 옆방에 있는 군수는 자신의 아들이 계속 "보고 싶다, 보고 싶어"라고 소리 높여 외치는 말을 듣고 괴이하게 여겨 사잇문을 열고

"너는 무엇을 보고 싶다는 것이냐"고 물으니 몽룡은 아무렇지도 않은 표정으로

"시경의 칠월편을 보고 싶다고 말한 것입니다."

라고 대답했다. 아버지는 비록 둔하다고는 하나 속아 넘어갔다.

"그렇군, 그래. 너는 이미 학업이 진척돼 칠월편을 보고 싶다고 생각할 정도에 이르렀구나. 오냐, 오냐. 다음에 상경하는 편에 부탁해서 꼭 시경을 사오라고 이르겠다."

고 약조했다. 방에 돌아가 군서기를 불러 자랑하듯이,

"우리 아이가 학업이 진척되어 놀랍기 그지없구나. 이제 벌써 칠월편을 보고 싶다고 말할 정도가 되었다. 그렇지 않느냐."

고 말했다. 아첨하는 것이 유일한 재주인 서기는 솜씨 좋게 맞장구를 쳐서,

"도련님의 학업이 일취월장한 것을 영감님이 이제 아시다니 등잔 밑이 어두우십니다. 군리 누구 한 사람도 경탄하지 않는 자가 없사옵니다."

고 대답했다. 몽룡은 빨리 해가 지기를 기다렸지만 좀처럼 어두워지지 않으니 이내 참지 못하고 하인을 불러,

"지금 몇 시경인지 나가 살펴 보거라."

고 명했다. 하인은 웃으면서 방 밖으로 나가 하늘을 올려다보고 와서

"아직 해가 지려면 조금 멀었습니다."

고 대답했다. 몽룡은 혀를 차면서

"오늘 해는 참으로 느리구나. 나가지 못하도록 누군가 해에 끈을 달아 끌어당기고 있는 것 아니냐."

고 한탄했다. 그렇기는 하나 이제 저녁종이 근처 절에서 울리기 시작하고, 창연하고 어두운 색이 정원수를 물들이니, 옷가지를 챙겨 입고 용모도 산뜻하게 가다듬고, 낮에 같이 있던 하인에게 일러 안내하라고 하고 비단을 들려 조용히 춘향의 집으로 몰래 찾아갔다. 춘향은 이날 돌아와 언덕 위에서 있었던 일을 소상히 어머니에게 고하니 월매는 득이 될 일이라고 여겨, 이런 저런 준비를 하고 춘향에게도 목욕을 시켜, 좋은 옷을 입히고 도련님을 기다리게 했다. 춘향도 이미 이팔청춘의 나이에 달한 몸이어서 어머니가 허락한 사람이라면 기다리지 않을 이유도 없었다. 방을 깨끗하게 정리하고 거문고를 꺼내어 조용히 기다리며 곡을 연주했다. 이윽고 몽룡이 도착해 문을 탕탕 두드리니 월매는 마중을 나와 "도련님은 누구시오"라며 일부러 모르는 척 물었다. "몽룡이오"라는 말을 듣고 월매는 깜짝 놀란 표정을 해보이고는,

"도련님은 과연 영윤슈尹의 아드님이십니까. 아이고, 무서워라. 이 일을 아버님이 아시면 우리 집은 큰 화禍를 입게 됩니다. 도련님은 좋은 방에서 독서와 작문을 하며 계셔야 하는 분입니다. 바라건대 빨리 돌아가시오."

라고 말했다. 몽룡은 예상했던 바와 달랐으나, 이에 대답하기를,

"월매는 결코 걱정할 필요 없다. 내 아버지도 지금은 엄격히 보이지만 젊었던 옛날에는 이 방면에서는 이름 높은 호색가로 기생

창부는 말할 것도 없고 지옥 끝까지 경험하셨다. 내가 오늘 밤 이 집에 온 것을 아버지께 들킨다 해도 오리 새끼에 오리가 태어난 것인데 화낼 소지가 뭐 있겠느냐. 빨리 들여보내주게. 춘향이 기다리고 있을 걸세."

라며 막무가내로 들어가니 상을 정성 들여 차려놓고 춘향은 거문고를 향한 채 몽룡에게 등을 돌려 앉아 있었다. 월매는 웃으면서 말했다.

"도련님, 집요하십니다. 그렇다면 오늘 하룻밤은 마음 가는 대로 놀다 가셔요. 다시는 절대로 오시면 아니되옵니다."

고 말하면서 이윽고 준비한 술과 안주를 내오니 산해진미가 가득했다. 여기에 몽룡은 늙은 기생 월매의 대접에 춘향과 술잔을 주고받으며 혼백이 표표히 구름 위로 날아올랐다. 밤도 깊어져 주연을 끝내고 방으로 들어가니 춘향이

"도련님, 첩과 백년가약을 맺고 어떠한 일이 있더라도 다른 여자에게 마음을 주지 않겠다고 맹세하지 않으면 저를 도련님께 허락할 수 없습니다. 저도 원래 처음에 한 번 도련님께 허락을 하고 나면 바다가 빛바래고 산이 무너져도 다른 남자에게 살을 만지지 못하게 하겠습니다."

고 말하니 몽룡도 이를 굳게 맹세했다. 이로써 몽룡은 매일 밤 이곳을 다니며 정을 나누니 둘은 아교로 칠해놓은 듯 한시도 떨어지지 않았다. 그러다보니 몽룡도 자연히 면학의 마음이 게을러져 서가에 먼지가 쌓여 가고, 세월도 빠르게 흘러 남원 군수는 뜻밖에

전임 명령을 받고, 서울의 관리가 되어 여장을 급히 꾸려 서울로 떠나게 되었다. 몽룡과 춘향은 가슴이 미어지지만 어떻게 해볼 도리가 없었다. 몽룡은 출발하는 날 핑계를 대고 중도에서 길을 되돌아가 읍 밖의 오리정五里町까지 배웅 나온 춘향과 만나고, 말에서 내려 손을 잡고 눈물을 흘리면서 "내년 봄 삼월에 복숭아꽃이 흐드러질 무렵에 반드시 다시 이곳에서 너를 만나러 오겠다. 나를 믿고 기다려 주시오."라고 하며 손에 끼고 있던 금반지를 빼서 그때까지의 정표로 춘향에게 주었다. 춘향은 울면서 말도 하지 못하고 품에서 따스한 거울을 꺼내어 몽룡에게 건넸다. 이렇게 마냥 지체할 수만도 없어 이내 둘은 동서로 헤어졌다.

이미 서울에 도착해서는 날개 없는 몸인지라 남원으로 날아갈 수도 없으니 몽룡도 끝없는 그리움에 더 이상 괴로워하지 않았다. 명성있는 스승에게 문학을 배우고 밤낮으로 학업에 매진해 그해 말에는 과거에 응시해 강위청康衛聽 동요인 시제에 답안을 작성했다. 문재文才는 큰 강의 물을 거꾸로 흐르게 한다는 말처럼 시험관을 놀라게 해, 몽룡은 경사스럽게도 장원에 급제했다. 이어 관습적으로 암행어사에 임명되어 마패를 하사받고 전국의 치정治政을 감찰하기 위해 길을 떠났다.

춘향은 오리정에서 몽룡과 헤어진 뒤, 해어진 옷을 입고 엉클어진 머리카락을 빗지도 않았다. 하인의 일을 친히 하고 과부처럼 행동하면서 낭군이 부르기만을 기다리고 있었다. 여기에 남원군수 이씨의 후임으로 임명된 군수는 색을 매우 밝히고 탐욕스러워, 하는

일이라고는 여색을 쫓아다니고 재물을 탐하는 것이었으니 군수로 임명된 이튿날부터 서기를 불러

"이 고을에 향香이 있느냐."

고 물으니 서기는 그 뜻을 이해하지 못한 듯,

"향이라는 것은 피우는 향입니까? 이 지역에서 향은 만들지 않습니다."

고 대답했다. 군수는 성격이 급해,

"이 얼간이, 향이라는 것은 춘향을 말하는 것이다."

"춘향이를 말하는 겁니까? 춘향은 군읍 제일의 미인으로 퇴기 월매의 외동딸입니다. 그렇지만 전 군수 도련님인 몽룡과 백년가약을 맺어 몽룡이 서울에 가고 난 뒤에는 문을 닫고 정조를 지켜 남자에게 얼굴을 보이는 일이 없습니다."

고 말했다. 군수는 크게 웃으며

"전 군수의 아들은 아들, 지금 군수는 지금 군수다. 또한 대대로 기생집에 태어나 수절은 무슨 수절이냐. 군읍 제일의 미인이라고 들은 한 이대로 놔둘 수는 없지. 서둘러 사령을 보내 내 앞으로 데려와라. 빨리 빨리."

이렇게 말하자 서기는 급히 사령들을 불러 명을 전했다. 사령들은 몽룡이 있던 시절에는 때때로 춘향의 집으로 따라가자는 분부를 받들었었다. 그러면 술과 안주가 나오고 돈도 쥐어 줬었는데 요즘은 발길이 끊어져 그런 것도 없었던 참이다. 사령들은 분부를 받들어 급히 월매 있는 곳으로 가서 군수의 명령을 전했다. 월매는

눈치가 빨라 우선 술과 안주를 내오고 사령들을 극진히 대접하고 게다가 몇 푼의 동전도 주면서 춘향이 요즘 병으로 누워 있다고 말씀드려달라고 부탁했다. 군수는 이제야 저제야 춘향이 올 것을 기다리고 있었는데 심부름 보낸 자들이 돌아오지 않으니 다시 심부름을 보내 이번에는 다짜고짜로 춘향을 끌고 오라고 했다. 청 앞에 앉은 춘향을 보니 꾸미지는 않았지만 타고난 자태가 으스름달과 같으니 좋아하는 마음이 일어 멈추지를 않는다. 이러쿵저러쿵 집적거려보나 춘향은 단호하게

"정숙한 아내는 두 남편을 섬기지 않고 충신은 두 임금을 섬기지 않는 법입니다. 저는 이미 이몽룡과 백년가약을 맺었으니 왕이 명해도 정조를 흐트러뜨릴 수 없습니다. 남원군은 좁다고 해도 밖에 기생과 창부는 여전히 많습니다. 마음에 드는 미인도 적지 않을 터이니 부디 저는 용서해 주십시오."

이렇게 말하며 엎드려 청을 하나 군수는 차갑게 쳐다보고는

"기생년에게 수절이라니 아녀자에게 고환이라는 말보다도 듣지 못한 말이다. 말을 듣지 않으니 호된 맛을 보여 주마. 무엇들 하느냐, 곤장을 쳐라."

고 하자, 사령은 매를 들어 올려 인정사정 보지 않고 때리고는 감옥에 가두었다. 이에 앞서 춘향이 어느 날 밤 거울이 떨어져 깨진 꿈을 꾸니 신경이 쓰여 이를 점쟁이에게 물었는데, 점쟁이가 이르기를 거울이 떨어져 깨지지 않는다면 어떠한 소리도 나지 않을 것이다. 머지않아 반드시 경사스러운 소식이 있을 것이라고 알려 주

었다.

몽룡은 암행어사를 명받아 거지 차림을 하고 혼자 터벅터벅 남원군에 왔는데 마을 가까운 길가 돌에 걸터앉은 하인 같은 남자 한 명이 있었다. 잘 들여다보니 이는 내가 이전에 춘향 집에 갈 때 안내하도록 한 그의 하인이었다. 몽룡은 자신의 행색이 너무 변해 옛 주인이라고는 생각하지도 못하는 하인이 무언가 혼잣말하는 것을 들었다. "아, 불쌍한 춘향이. 이몽룡과 백년을 약속했다고 하면서 지금의 군수 말을 듣지 않아 감옥에 갇혀서 매일 매일 곤장을 맞는구나. 그건 그렇고 믿지 못할 사람은 몽룡이구나. 이 땅을 떠나고 나서 이미 십 수 개월인데 아직 한 번도 소식이 없다니. 춘향은 끝내 고통을 견디다 못해 여기에 글 한 줄을 적어 내게 맡기면서 서울에 있는 몽룡에게 전해주라고 했는데, 그나저나 경성은 여기보다 구름 낀 산이 몇 백 겹이다. 언젠가 과연 몽룡에게 전할 수 있을까. 사실 전한다한들 그는 원래 풍류를 즐기는 도령이다. 시골에서 춘향과 부부의 연을 맺었다 해도 서울에 올라가면 귀부인 따님 또는 기녀 창녀가 나라에 가득해서 세련되고 빼어나게 아름다운 것들을 바라보고 밖에 많은 꽃들이 생겼다면 어찌 할꼬. 실로 가여운 사람은 춘향이로구나. 믿지 못할 자는 몽룡이다. 어디 가볼까." 하며 허리를 일으켜 세우고 떠나려 하는 것을 몽룡이 작은 소리로 불러 세웠다.

"네가 부탁받은 글을 나에게 보여주지 않겠느냐."

고 말하자, 하인은 눈을 크게 뜨고 깜짝 놀라 큰소리로 혼을 냈다.

"너는 어디서 온 거지길래 감히 맡아둔 비밀 편지를 보여 달라고 하느냐."

면서 상대하지 않자, 몽룡이 웃으며 얼굴을 보여주고는

"너는 전 주인도 잊었느냐."

고 말하니 그제야 비로소 알아차리고, 거듭 놀라고 또 탄식했다.

"아, 슬프구나. 춘향은 이 거지를 기다리느라 군수를 거절해 매일 고통을 받고 있는가. 할 말이 없습니다, 도련님. 어찌 해서 갑자기 이렇게 영락하셨소. 그렇지만 받는 사람 본인이니 건네지 않을 수도 없는 노릇."

이라며 품속에서 서찰을 꺼내어 건네주었다. 이를 펼쳐보니 지금 겪고 있는 고통에 대한 내용과 더불어 이미 각오가 되어 있으며, 오로지 몽룡이 와서 구해주기만을 기다리고 있다고 적혀 있었다. 몽룡은 비로소 상경한 후의 춘향의 상황을 알고 놀라 옆의 민가에 들어가 종이를 꺼내 답장을 써서 하인에게 맡기고 춘향에게 전해 주라고 했다. 답장에는 가까운 시일 내에 만나자는 내용뿐이었다. 몽룡은 하인과 헤어져 길가 전답에서 경작하는 농부들이 이야기하는 것을 엿듣고 있자니, 어느 누구 할 것 없이 모두 새 군수에 대한 원성뿐이었다. 새 군수가 온 뒤부터 어떠한 선정善政도 없고 그저 매일 매일 춘향을 때리며 자신의 뜻에 따르게 하려고만 할 뿐이다. 춘향은 기생이지만 수절한 여자이다. 그녀를 책망하고 괴롭히는 것과 군을 다스리는 것이 무슨 관계가 있는가. 전 군수가 재직하고 있던 시절이 정말로 그립다는 등의 백성들의 말을 공평한 성정의 몽룡이 유심히 듣고는, 그렇다면 새 군수는 군을 다스릴 인물이 못

되는구나라고 알게 되었다. 이와 같은 관리를 파면하는 것이야말로 암행어사의 임무라고 마음속으로 다짐했다. 몽룡은 시치미를 떼고 농부들이 모여 앉아 있는 곳을 향해 나아가 밥을 구걸하고 또 담배를 피우면서 계속 그들이 이야기하는 것을 듣고 있자니, 이번 달 모일某日이 새 군수의 생일이라 그 축하연 준비에 여념이 없고, 군의 기생들은 신곡을 만들어 연습 중이라고 한다. 이미 초대장은 이웃 각 군수 및 관직의 사람에게 보내졌다. 필시 성대한 잔치가 될 것이다. 그러나 그 후에 축하연에 들어간 돈을 분부 받는 것이 무섭다는 둥, 어떤 이야기든 새 군수의 나쁜 소리뿐이다. 몽룡은 이에 남원을 떠나 이웃 군의 천안에 이르렀다. 곧장 군수가 일하는 청에 가서 면회를 청하며 마패를 보여주고 비밀리에 군수에게 의탁해 이번 달 모일에 옥졸 십 수 명을 남원군으로 보내달라고 했다. 그러고는 표연히 사라져 남원으로 향해 갑자기 월매의 집을 방문했다.

월매의 집에 가니 오랫동안 쓸고 깨끗하게 해놓던 곳이 여기저기 무너지고 문 안쪽 벽은 먼지가 높게 쌓여 있고, 참새를 잡는 그물이 종횡으로 쳐져 있는 것이 적막하고 찾아오는 이가 없으며 매우 음산했다. "참으로 수인囚人의 집이란 이토록 적막하구나." 하며 몽룡은 한탄했다. 집안은 잘 알고 있어 안쪽 깊숙이 나아갔다. 월매의 목소리 같은 혼잣말이 들렸다.

"아, 미운 사람은 몽룡이다. 외동딸 춘향을 감언이설로 속여 놓고 떠난 뒤에 서신 한 장이 없구나. 밤낮으로 춘향을 걱정시키고 게다가 수절하느라 갇혔으니. 나도 이미 마흔을 넘은 몸, 춘향을 잃으면 어디 의지할 것이 있어 앞으로 살겠는가. 불쌍한 춘향이, 가엽기도 하지, 내 신세."

하며 소리 내어 울었다. 몽룡은 시치미를 떼고 문을 탕탕 두드려 밥이 있으면 달라고 말했다. 월매는 거지가 구걸하는 소리를 듣고 화가 나 일어서려고도 하지 않고 날카로운 소리로

"내 집 같이 불행한 집에 무슨 거지에게 줄 밥이 있겠느냐. 썩 가거라."

고 말했다. 몽룡은 그 자리에서 떠나지 않고,

"그럼 밥이 없으면 술, 술이 없으면 돈을 주거라."

고 말했다. 월매는 거지가 아니라는 것을 알았다. 요즘 춘향이 갇히고 나서 밤낮 할 것 없이 근처의 부랑자들이 와서 어떤 자는 춘향을 구해줄 테니 돈을 많이 달라고 하고, 또 어떤 자는 춘향을 구하려면 춘향을 자신의 아내로 삼아야 한다고 하면서 협박하기도 해, 이 역시 그런 자들의 장난인가 싶어 벌떡 일어나 문을 열어 두드린 사람을 보니, 이 자는 춘향이가 밤낮으로 잊지 못하고, 이 때문에 감옥에 갇히게 만든 장본인인 이몽룡이 아닌가. 그것도 거지 꼴이 되어 초라하고 초췌하게 서있는 모습에 더욱 놀라 눈물이 양쪽 뺨을 타고 흘렀다.

"아, 춘향아, 잘도 기다렸구나. 잘도 수절했구나. 거지꼴로 온 이 사람을 기다리려고 수절했느냐. 그러길래 내가 너에게 늘 말하지 않았느냐. 우리 집은 대대로 기생이어서 나도 내 어미도 할미도 누

구 하나 수절한 사람을 들어본 적이 없다. 물은 흐르는 대로 맡겨두면 결국 모여 연못을 이루는 것을. 이제 몽룡을 잊고 새 군수가 하라는 대로 따르고, 또 새 군수를 잊고 다른 양반을 따른다 해도 마지막에 복을 이루면 되는 거다. 내 말을 듣지 않고 거지를 기다린 신세가 되었으니. 그나저나 자네도 모처럼 이곳에 왔으니 이 길로 감옥에 가서 춘향을 만나 자네를 그만 기다리라고 단념시켜주게."

이렇게 말하며 안으로 들어가 김치＃와 찬밥을 차려주었다. 그리고는 그를 데리고 감옥에 가 춘향을 만났다. 월매는 감옥 문 앞에서 이제 눈물도 거두고,

"춘향아 잘 기다렸구나, 잘 기다렸어. 오늘에서야 네가 기다리는 사람을 데리고 왔는데, 잘 보거라."

이렇게 말하니 춘향은 목에 무거운 형틀을 두른 채 문에 매달려서 보니 밤낮으로 잊지 못한 그 사람이 행색도 초라하고 초췌해져 서 있었다. 원망스러워 말도 나오지 않았다. 또 옆에 어머니도 있으니 애써 눈물을 참고 말했다.

"잘 오셨습니다. 내일은 새 군수의 생일이어서 기생들이 모두 초대되니 어쩌면 저도 끌려 나갈지도 모릅니다. 이 목의 형틀이 무거워 혼자서는 걷는 것도 괴로우니 내일 그 무렵이 되면 오셔서 목의 형틀을 받쳐 주십시오."

이 말만 하고는 슬픔에 견딜 수 없어 입을 다물고 탄식하는 소리만이 새어나왔다. 몽룡은 뭐라고 말도 건네지 않고 월매를 향해,

"그럼 우리는 집에 돌아가세."

하고 말하니, 월매는 괴이한 얼굴로

"집이라 함은 누구의 집이냐."

고 물었다. 몽룡은

"나는 자네의 사위이니 자네 집이 곧 내 집 아닌가."

하며 태연하게 대답했다. 월매는 그만 질려서 눈을 크게 떴다.

"영락해서 얼굴 가죽이 더욱 두꺼워진 것인가. 자네는 앞으로 어느 처마 밑이나 작은 불당이나에 자는 게 어울릴 것이네."

라고 욕보여도 몽룡은 넋이 나갔는지 웃으면서 그림자처럼 월매를 따라가니, 정말이지 때릴 수도 없다. 그대로 집에 들여놓고 이런저런 욕을 하면서 방으로 조찬粗餐을 차려주니 다 먹어치웠다.

　마침내 이튿날 새 군수의 생일이 되자 이웃 군수들이 축하 선물을 가지고 어떤 자는 가마를 또 어떤 자는 말을 타고, 수행하는 사람들을 많이 거느리고 천천히 입장했다. 그 외에 관속들도 축하 선물을 바치니 군수의 권위도 알려지는 매우 호화스러운 의식이었다. 몽룡은 천안 군수와 약속한 시각에 군청에 다가가보니 과연 굉장한 사람들 십 수 명이 모여 있었다. 이에 몽룡은

"내가 군청에 올라 있는 것을 보면 곧장 문을 뜯고 들어와 나를 호위하라."

고 명해 두었다. 바야흐로 기생의 춤과 음악이 성대한 식장에 정문에서 진입하려고 하자 문을 지키는 병사가 크게 꾸짖으며, 너는 어디서 온 거지냐, 여기는 네들이 들어올 곳이 아니라며 곤봉으로 때리려고 하자 이내 도망쳐 후문으로 몰래 들어가 대청마루 앞의 넓

은 정원에 기생들이 나란히 앉아 있는 가운데로 의기양양하게 들어가니, 새 군수가 재빨리 발견하고

"저 녀석 거지 아니냐, 수위들은 낮잠을 자느냐."
고 꾸짖었다.

"게으른 녀석들, 어떻게 해서 이런 놈을 여기에 들여보냈느냐. 누군가 빨리 쫓아내거라."
하며 혼을 내니 좌중에서 별난 것을 좋아하는 운봉 군수가 이를 말렸다.

"저 거지의 용모를 보니 심상치 않은 구석이 있는 듯 하오. 그에게 시를 지으라고 명해 짓지 못하면 즉시 쫓아냅시다. 시를 지으면 기생에게 술을 따라주라고 하면 어떻소."
라고 말하니 모두들 재미있는 명안이고 하면서 그 뜻을 몽룡에게 전하니 몽룡은 즉석에서 수락하고 운을 청해 묵색 아름답게 술술 써서 보여주었다.

> 금잔에 담긴 향기로운 술은 백성의 피요
>
> 金樽美酒 千人血
>
> 옥쟁반에 담긴 맛있는 안주는 만백성의 기름이라
>
> 玉盤佳肴 萬姓膏
>
> 촛대에서 촛농이 떨어질 때 백성이 눈물 흘리고
>
> 燭淚落時 民淚落
>
> 노래소리 높은 곳에 백성들의 원망하는 소리 높더라
>
> 歌聲高處 怨聲高

남원 군수는 기분 나쁜 시라고 생각했지만 약속한 것이니 기생에게 명해 술을 따르게 했다. 수많은 기생들 모두 얼굴을 마주하고 술을 따르려는 자가 없다. 하는 수 없어 좌중 제일 늙고 추한 기생이 일어나 얼굴을 돌리고 술을 따랐다. 이때 문밖에서 소리 높여 "어사 출도요, 어사 출도"를 외치는 소리가 들렸다. 당상에 있던 군수들이 이를 듣고 얼굴색이 창백해져 화가 미칠세라 모두 허둥지둥 당상에서 내려와 시종을 불러 혹자는 안쪽으로 혹자는 말에 올라타고 쏜살같이 달려 돌아갔다. 그중에서도 허둥대는 놈 운봉 군수는 낭패한 나머지 뒤를 향해 나귀에 올라타 열심히 채찍질했다. 나귀는 목을 얻어맞아 놀라 날뛰어 달려나가니 참으로 우스꽝스럽다. 여기에 천안군의 옥졸 십 수 명이 위풍당당하게 들어와 몽룡이 마패를 보여주니 남원 군수는 얼굴색이 창백해지며 몸을 떨면서 급히 자리를 양보하고, 이, 호, 예, 병, 형, 공의 여섯 군관속郡官屬은 옷을 갈아입고 어사는 단단히 군의 창고를 걸어 닫았다. 이어서 옥의 죄수를 불러오라고 했다. 새 군수가 오고 나서 소송이 계속되어 수인이 옥에 넘치니 어사는 형부 관속에게 명해 그 죄안을 읽게 하여 일일이 재판해 대부분은 무죄로 석방되었다. 마지막으로 끌려나온 이가 춘향이었다. 어사는 멀리 춘향을 내려다보며

"너는 무슨 죄가 있어 수인이 되어 목에 형틀을 지고 있느냐."

고 물으니, 춘향은 떨지 않고 있는 그대로 대답했다. 어사는 더 한층 소리 높여,

"너는 천한 기생 신분의 몸으로 어찌하여 이렇게 정절을 지키려

고 하느냐."

고 물으니, 춘향은

"천한 기생일지라도 공맹성인의 가르침을 믿는 사람임에는 다를 바가 없습니다."

고 대답했다. 이에 어사는 품 안의 것을 찾아내어 정표로 받은 면경面鏡을 꺼내서 사령에게 명해 춘향에게 보여주도록 했다. 이를 보고 춘향은 비로소 어사가 몽룡인 것을 알고 너무나 기뻐 땅에 엎드려 울 따름이었다.

여기에 월매는 오늘도 때가 되었다며 그릇에 죽을 넣어 춘향에게 주려고 옥에 왔다가 어느새 여기까지 퍼졌는지 몽룡이 바로 암행어사라는 소문을 들었다. 죽그릇을 땅에 던져놓고 뛸 듯이 기뻐하며 말했다.

"우리 집은 대대로 아들보다 딸 낳기를 중히 여기는 것不重生男重生女을 가훈으로 삼아 왔다네. 오늘 지금에야 비로소 가훈이 좋다는 것을 알았네. 춘향은 우리 집안의 가르침을 따라 수절을 잘도 했구나. 이제 군수도 무섭지 않고 부랑자도 겁낼 것 없구나."

하면서 기뻐 바삐 집으로 돌아가 술과 안주를 준비하고 정성을 담아 몽룡과 춘향을 기다렸다.

어사 몽룡은 여기에서 일일이 남원 군수의 죄상을 지적하고 형벌을 받게 하고 즉시 파직시켜, 운봉 군수에게 남원 군수 대리를 명하고 다시 다른 군으로 향했다.

순시를 마치고 다시 남원을 지나가면서 춘향을 데리고 상경해,

212

장례원掌禮院에 상세히 보고하여 춘향은 절부節婦로 정표旌表되었다고
한다.

춘향전은 이 나라에 가장 넓게 전해지는 이야기이다. 조루리淨
瑠璃,70) 연극, 혹은 초심자 가락으로 춘향전을 연주하지 않는 경
우는 없다. 춘향전, 재생연, 장화홍련전 등의 이야기는 가나假名
문 이삼 전錢의 책으로 서울과 시골 곳곳의 서점에서 판매되어
중류층이상의 부녀자는 서로 모여 이를 열람하고 그 주인공에게
동정하여 여자의 덕 연마에 일조하게 된다. 생각해보면 이 이야
기들이 주는 감화는 일본의 바킨馬琴71) 작품이 막부시대 가정에
게 주었던 영향과 비슷하다. 이들 이야기 역시 이 나라의 남녀
관계 내지는 상류층 부인의 도덕을 관찰하는 좋은 자료로는 충
분할 것이다.

그렇지만 밝은 등불 아래에는 어두운 그림자가 있다. 이 나라
의 상류층 부인이라고 해도 열 명이면 열 명 모두 이와 같이 정
숙한 사람만 있지는 않았을 것이다. 타인이 들여다볼 수 없는 안
방에서 은밀하기 종종 경천동지할 만한 부덕不德을 감히 저지르
는 독부 역시 없지 않았을 것이다. 방패의 양면을 볼 필요가 있
기 때문에 다음에는 반대의 면을 묘출하고자 한다.

---

70) '조루리(淨瑠璃)' - 원래 중세 후기에 유행한 사랑 이야기『조루리히메 모노가타리
(淨瑠璃姬物語)』에서 유래한 말로, 이야기에 비파 소리를 곁들여 맹인 비파법사가
낭창하는 예능 형식을 말한다.
71) 바킨(馬琴) - 일본 에도시대의 게사쿠(戱作) 작자인 교쿠테이 바킨(曲亭馬琴, 1767~
1848)을 가리킴(역자주).

독부(毒婦)

지금은 옛날. 낙방 수재가 한 명 있었다. 이미 문과에 뜻을 접고 무과로 입신하려는 뜻을 다시 세워 활을 배웠다. 어느 날 모화관慕華館에 가서 활을 쏘는데 힘닿는 데까지 쏘고 이윽고 저녁이 되어 다음날 쏘기로 하고 활 도구를 챙겨서 어깨에 메고 집을 향해 돌아가려고 하던 차에, 저쪽에서 금 쇠장식金金具이 찬란하게 녹색 발綠廉에서 굴러 떨어지는 것 같은 마님을 태운 가마 하나가 소녀 하나를 뒤에 따르게 하고서 사뿐사뿐 지나가는 것을 보았다. 어느 높으신 양반 마님이 외출하는 것이라 여겨 지켜보고 있으니, 때마침 바람이 살짝 불어와 녹색 발을 펄럭이게 하자 가마 안의 주인 얼굴이 살짝 보였다. 하얀 비단옷을 겹쳐 입고 단정하게 앉아 있는데, 눈썹과 눈이 실로 아름다워 마치 선녀와 같았다. 수재는 태어나서 아직 이러한 미인을 본 적이 없기에, 참으로 아름다운 부인도 있구나 하는 생각이 들었다. 그런데 이 부인은 과연 누구의 부인이란 말인가. 이러한 미인을 아내로 삼는 남자야말로 삼천 세계의 행복을 자기 혼자 끌어 모은 사람일 것이다.

214

"나도 이제 오늘의 일과도 끝났고 유별난 것을 좋아하기는 하지만, 이 가마 뒤를 따라가서 몹시 아름다운 분의 집이라도 보고 싶구나." 하고 혼잣말을 중얼거리고 웃으며 가마와 앞서거니 뒤서거니 하면서 따라가니 남촌의 대저택 문으로 들어가 다시 나오지 않았다. 그 여인은 이집의 부인이다. 그런데 이대로 돌아가는 것도 왠지 모르게 미련이 남는다. 어떻게 해서든 안방에 들어가 편히 쉬고 있는 그 여인의 모습을 보고 싶었다. 들어갈 만한 곳이 없나 문 좌우를 살펴봤지만 흙 담장이 높아 넘어갈 수도 없었다. 그래서 후문으로 돌아가 보려 하다가 이미 초저녁의 인기척 드문 때라 이때다 싶어 안쪽 문으로 가 보니, 마침 거기에 조금 높은 언덕이 보이고, 언덕에 오르니 담장에 다리 한 번 걸치면 넘어갈 수 있을 것 같았다. 이것 참 잘 됐다 싶어 옷자락을 단정히 잡고 훌쩍 넘어서 저택 안으로 들어가 보니 이미 안방 뒤로 동쪽과 서쪽 두 방에서는 등불이 환하게 빛나고 있었다. 발소리를 죽여 슬며시 동쪽 방에 가까이 다가가 살펴보니 늙은이 하나가 베개에 기대어 있고 그 앞에 조금 전의 미인이 단정히 앉아 있는데, 조붓한 종이에 가나본仮名本72)을 비추어 이를 낭독해 들려주고 있었다. 등불의 하얀 빛 때문일까. 그 여인의 아름다움이 한층 더해 향기가 넘쳐났다. 이윽고 늙은이가 미인을 향해 "오늘은 필시 지쳤을 테니 나머지는 다시 내일 밤을 기약하고 있

---

72) 가나본(仮名本) – 일본어의 가나(仮名)로 쓴 책. 보통 부녀자를 대상으로 하는 교훈서, 또는 통속 소설이 많았다. 여기에서는 한글 소설을 가리키는 듯 하나 원문대로 번역했다.

을 테니 빨리 네 방으로 돌아가 쉬거라."

고 말했다. 미인은 빙긋 웃으면서도, 산길을 오르락내리락해서 그
런지 다소 피곤을 느끼고는,

"오늘밤은 이쯤해서 물러나겠습니다. 어머니도 조용히 주무세요."

하고 매우 예의 바르게 작별 인사를 하고 서쪽의 제 방으로 물러갔
다. 수재는 이 미인이 혼자 자는 것이면 어쩌면 소망이 이루어질지
도 모른다며 공상을 떠올리며 다시 조용히 서쪽 방 창문 아래로 숨
어들어 살펴보니 미인은 발소리 우아하게 돌아와 옆방에 앉아 있
는 소녀에게 부드러운 목소리로,

"너도 오늘 같이 다녀오느라 분명 피곤할 텐데, 오늘밤은 빨리
네 어머니 방으로 가서 자거라. 내일 아침 일찍 다시 오거라."

고 말하고 소녀를 내보냈다. 좁지 않은 별채에 한 사람이 홀연히
앉아 이윽고 이불을 꺼내서 펴고, 차 도구와 담배함을 꺼내 차와
연기를 마시며 묵묵히 이마에 손을 대고 생각에 깊이 잠겨 있는 듯
했다. 수재는 이 미인이 무엇을 생각하고 있는지, 원정 간 남편인
지, 오랫동안 보지 못한 애인인지, 얄밉게 느껴졌다. 이윽고 뒷마당
의 대나무 숲이 살랑살랑 소리를 내고 또각또각 사람 발소리가 들
려 서둘러 어두운 그림자에 몸을 감추고 엿보고 있으니, 밤눈에도
하얗고 반들반들한 까까머리 스님 하나가 대나무 숲을 헤치며 창
문 아래에 숨어들어 탕탕 소리를 내자, 안에서 그 미인이 조용히
창문을 열어 들어오도록 하여 몹시 기뻐하며 손을 맞잡고 이불 위
에 앉는 것이었다. 음란한 동작들을 보는 것조차 화가 치밀 뿐이다.

216

상황을 보고 있던 수재는 지금까지 그리워한 마음이 갑자기 사라져버리고 음란한 여자의 행위에 완전히 질려하면서도, 여전히 무슨 짓을 하는지 지켜보니, 스님의 목소리인 것 같은데, 오늘 성묘는 슬펐는지 물으니 미인은 달콤한 목소리로

"또 질투하는 거냐, 네가 이렇게 이곳에 오니 묘에 참배해도 뭐가 슬프겠느냐. 하물며 묘라고 하는 것은 이름뿐, 죽은 시체조차 없다면 말해 뭐하겠느냐. 오늘밤도 잘 왔다. 나는 오지 않으려나 하고 바로 방금 전까지 원망스럽게 생각하고 있었다."

는 등, 그 아름다운 입에서 이와 같은 말을 스님에게 잘도 하는구나 생각하니 질릴 따름이었다. 이윽고 벽장에서 술항아리를 꺼내어 스님에게 따라주고 자신도 마시며 끝내는 손을 잡고 잠자리에 드는 것이 아닌가. 수재는 노여움이 솟구치는 것을 막을 길이 없었다. 활에 화살을 대고 스님의 벗겨진 머리를 겨냥해 쏘니 빗나가지 않고 화살대가 깊이 박혀 스님은 그대로 숨이 끊어졌다. 미인은 청천벽력이 하늘에서 떨어지니, 맹호보다 더 놀라면서도 과연 독부의 담력은 강해 스님의 시체를 이불에 둘둘 말아 이층으로 옮겼다. 이 움직임을 모조리 보고 나서 수재는 해치웠다고 활과 화살을 메고 다시 담장을 넘어 자신의 집으로 돌아갔다.

그날 밤 꿈에 열일곱, 여덟 정도의 파란색 홑옷을 입은 소년이 얼굴색은 창백하고 행동거지도 음침한 모습으로 나타났다. 수재에게 머리를 조아려 세 번 절하고 오늘 우연히 나의 오랜 복수를 해주셨기에 이곳으로 사례하러 왔다고 했다. 수재는 매우 이상하게

여겨

"그대는 원래 어디 사는 누구시오. 나는 남을 위해 원수를 복수해준 일이 없네. 혹시 사람을 잘못 착각한 것이 아닌가."

하고 물었다. 그 파란 홑옷의 아무개는

"저는 남촌의 모 재상의 자식입니다. 결혼한 후에 산사에서 책을 읽고 있을 때 그 절의 스님이 종종 우리 집에 일하러 와서 언제부터인가 내 아내를 엿보고 음란한 아녀자와 파계승은 간통까지 하기에 이르렀습니다. 나는 부모를 반성시키려고 산을 떠나 돌아오는 길에 뜻하지 않게 간사한 승이 나를 때려죽이고 내 시체를 산악 동굴 속에 감춰놓았는데 호랑이에게 먹혀 부모를 기만하게 되었습니다. 이에 삼 년 동안 여전히 음란한 부인과 간통을 계속하고 있었습니다. 오늘밤 당신의 신령스러운 화살에 맞아 죽은 스님이야말로 그 독승毒僧입니다. 그야말로 내가 삼 년 동안 눈을 감지 못한 억울한 영혼인데, 오늘 밤에 원수를 갚아주어 한순간에 탁 트인 듯합니다. 이 은혜가 매우 깊어 감사 인사를 어찌 드려야 할지 모르겠습니다. 한 가지 당신에게 부탁드릴 일이 있습니다. 나는 늙은 아비의 나이 쉰에 달해 겨우 얻은 외아들이어서 부모의 총애를 한 몸에 받아 초나라 왕의 구슬과도 쉽사리 바꾸지 않을 만큼 큰 사랑으로 길러졌는데, 내가 하루아침에 천한 중놈 때문에 비명에 죽은 것을 모릅니다. 호랑이가 물고 가버렸다고만 생각하고 높은 묘를 지으시고 허망하게 빈 무덤에 눈물을 떨어뜨리고 계십니다. 바라건대 당신이 내일 늙은 아비를 찾아가 이 사정을 설명하고 내 시체가 있는

218

곳을 가르쳐주어 묘에 넣어주길 바랍니다."

고 말하고 사라졌다. 수재는 잠에서 깨어 가여운 마음에 눈물을 금할 수 없었다. 날이 밝는 것을 기다려 그 양반 저택을 찾아가 주인과 면담하고 비밀스러운 일을 전하겠다고 하여 좌우의 사람을 물러가게 했다.

"나는 당신의 아들이 비명에 죽은 시체의 소재를 알고 있습니다."

고 말하자, 주인은 놀라,

"당신은 신이신가, 아니면 신이 말해준 것인가. 아무튼 찾아가서 시체가 있는지 없는지를 확인해 봅시다."

며 말에 안장을 채우고 수재와 올라타 달려갔다. 꿈속에서 들은 동굴을 찾아보니 입구에 있는 큰 바위를 들어내니, 낯익은 옷을 걸친 죽은 아들이 누워있었고, 무참하게 죽임을 당한 흔적이 선명히 보였다. 늙은 아버지는 아들의 얼굴을 감싸고 통곡했다. 이내 기절하고는 다시 정신을 차렸다. 이에 수재는 위로도 하면서 그 뒷이야기를 들려주어, 어떤 자가 이런 대악을 저질렀는지 알고 싶으시면 죽은 아들의 부인 방 이층을 찾아보시라고 말해 주었다. 늙은 재상은 하인에게 시체를 짊어지게 해서 이를 산사에 안치했다. 그리고 나서 서둘러 집으로 돌아가 며느리 방에 들어가서 웃으며 애교를 흘리고 있는 며느리를 향해 말하기를,

"네가 이층에 내 아침 옷을 넣어두니, 내 올라가 찾아봐야겠다."

며 올라가려 하자, 며느리가 당황해하며

"연로하신 아버님께서 어두컴컴한 이층을 찾게 하는 것은 위험

하니 제가 대신해서 찾아오겠습니다."

며 말을 듣지 않았다. 억지로 열쇠를 빼앗아 열어보니 이미 비린내가 났다. 냄새를 쫓아가보니 비단 이불로 싸놓은 것이 있었다. 밝은 방에서 꺼내놓고 보니 한 어린 스님의 피에 물들어 머리에 화살까지 박혀 있었다. 늙은 재상은 화를 내며 소리 높여 이것이 무엇이냐고 캐물어도 며느리는 창백한 얼굴로 몸을 벌벌 떨고 있을 뿐이었다. 이에 급사를 파견해 며느리의 오빠와 아버지를 불러오게 해서 세 사람을 마주 앉게 해 죄를 추궁하자 마침내 며느리가 실토하고 소년의 아비인 노 재상은 칼을 꺼내어 며느리의 목을 찔러 죽여 버렸다. 그 후 아들의 시체를 산사에서 데리고 와 다시 장례를 치르니 일가의 슬픔이 걷혔다.

일이 모두 마무리된 날 밤에 다시 수재의 꿈에 그 소년이 나타나 기뻐하며 감사 인사를 하고,

"나는 당신 덕분에 진심으로 왕생을 얻었습니다. 이 은혜 매우 중해 말로 다할 수 없습니다. 머지않아 과거가 있을 것인데, 그 문제는 내가 왕년에 산사에서 수학하고 있을 때 가장 마음에 들었던 한시에 붙인 제목입니다. 지금 당신에게 나의 옛 시문을 전하니 잊지 말고 마음에 새겼다가 과거 시험 때 답안으로 쓰시길 빕니다."
고 하며 금과옥조의 명문을 낭랑하게 읽기를 두 번 반복하고는 잘 기억할 수 있도록 한 다음 홀연히 사라졌다. 과연 과거의 시제가 예언한 것과 같았으니, 수재의 한시가 제일로 뽑혀, 이에 무예를 버리고 문관이 되어 마침내 크게 입신출세했다고 한다.

● 미주 ●

미주

● 혹부리 영감(瘤取)

1) 혹

한인은 혹을 가지고 있는 이가 꽤 있어, 한인 사이에서는 이를 두고 복(福)
이라고 하는 관습도 있다. 이러한 풍습이 혹부리영감 이야기에서 왔는지
어떤지는 명확치 않다.

2) 조선에서 제일의 악명이 높은 길(惡道)

압록강을 건너 만주로 들어가면 도로라고 할 만한 정해진 형태가 없다. 어
디서든 한 번 둘러보면 만리(萬里) 너머까지 보일 정도로, 임의로 길가는 사
람의 뒤를 쫓아가거나, 탈 것에 타거나 한다. 하지만, 조선에는 만주보다
조금은 도로다운 도로가 있어, 도로는 스스로 행인들을 위한 쭉 뻗은 궤도
를 이루고 있다. 하지만 도로의 수리, 관리를 별도로 하고 있는 것은 아니
라, 자연 그대로 울퉁불퉁하다. 자갈은 굴러다니고, 물은 고여 흐르지 않
는다. 시가지를 한 발짝이라도 나서면 밤길을 돌아다닌다는 것은 상상할
수 없다. 하물며 하루 새에 큰 비라도 오면, 교량도 없거니와 제방도 없어,
사람과 말 할 것 없이 텀벙텀벙, 곳곳에 생긴 시냇물을 건너지 않으면 안
된다.

3) 요괴

조선에는 요괴를 '도깨비'라고 부르며, 귀신과 요마도 도깨비에 속한다. '도
깨비'는 언제, 어디에고 존재하지 않는 곳이 없다. 예를 들면, 노목(老木)에
는 노목의 도깨비가 있고, 주방에는 주방신이, 질병에는 질병신이 있다. 그

222

외에도 산악(山岳), 하천(江川) 등, 도깨비가 없는 곳이 없다. 화복(禍福)의 권위가 있고, 사람을 홀리는 고매(蠱魅)의 기술이 있다. 어리석은 사람들은 도깨비를 지극히 존경한다.

● **성황당**(城隍堂)

4) 총각(總角)

조선은 장유(長幼)의 차별이 심해, 장자(長子)가 유자(幼子)를 대하는 태도가 주인이 노비를 대하는 태도와 같다. 유자란 연령의 많고 적음을 가리키는 것이 아니라, 미혼자를 가리키는 것이다. 미혼 남녀는 총각이라고 해서, 머리를 땋아 길게 등 뒤로 늘어뜨린다. 혼약을 하면 비로소 총각을 올려서 머리를 묶는다. 한번 머리를 묶으면 아무리 젖비린내 나는 소년이라 하더라도, 더 이상 노비처럼 여겨지거나 불리는 일이 없고, 방 하나를 차지하며, 어른과 대할 때에도 거의 대등하게 교제할 수 있게 된다. 이러하니 재산이 있거나 문벌인 가문은 10살 전후에 어린소녀(童女)와 혼약을 시키고, 남자에게는 어른처럼 갓을 씌운다. 하지만 너무 어린 소년(少童)에게는 이 나라 사람들이 존중하는 흑모(黑毛) 갓이 어울리지 않기 때문에 초립(草笠)이라고 하여, 볏짚을 써서 엮은 황색 갓을 씌운다. 이러하니 나이가 들어서도 총각을 늘어뜨리고 있다면 그 보다 더 부끄러운 일이 없어, 자식 같은 어린이들에게 노비 취급을 당해도 화를 낼 수 없다.

● **가난한 군수 돈을 얻다**(貧郡守得錢)

5) 양반(兩班)

양반이란 이 나라의 귀족, 또는 사족(士族) 계급에 속하는, 이른바 명문의 총칭이다. 문반(文班), 무반(武班)의 양반(兩班)이란 의미이다. 즉 그 가문의 문신(文臣)으로서 재상대신까지 오른 자, 무반에 속해 대장에 이른 자가 양반이다. 단 후대에 이르러는 문신의 신분으로 무직(武職)을 겸하는 자, 무반이 문신으로 전향하는 자 역시 매우 많았다. 공명(孔明)은 아니지만, 출장입상(出將入相)[1]이었다.

여기에서 간략하게나마 조선의 사회조직의 대강을 설명하겠다. 조선은 상민(常民) 계급 조직을 크게 3계급으로 나뉜다. 제1계급은 바로 양반, 제2계급은 중인(中人), 제3계급은 상한(常漢), 즉 평민(平民)이다. 양반은 전술한 바와 같다. 대개 명문(名門)이라고 하는 명문은 모두 여기에 속하고, 또 종래의 명문은 아니더라도 대신·재상의 자리에 한 사람이라도 올라 중신이 되면, 그 자손부터는 양반이 되어 사회적 특권을 획득한다. 중인이라 함은 대부분이 전 왕조의 중신 집안 출신으로, 이조(李朝) 시대에 이르러서는 대신이 되기 어렵지만, 평민과는 구별이 되는 한 계급이다. 주로 사역원(司譯院), 전의감(典醫監), 관상감(觀象監), 사자감(寫字監), 도화서(圖畫署), 계사(計事), 율관(律官)등에 출사(出仕)하여, 오를 수 있는 관직이 가장 많았다. 그렇기 때문에 중인은 가계가 윤택하여 집안은 양반보다 떨어진다고 해도, 양반을 업신여기고 항상 중인 계급들과 혼인을 맺어 오만한 구석이 있다. 하지만 그중에는 재능이 있는 자가 매우 많고, 사회적 지위가 낮음에도 불구하고 판서(判書), 즉 대신의 지위에 이른 이도 있다. 지금의 탁지부(度支部)[2] 대신인 고영희(高永喜)[3]는 실로 현재 중인 중에서도 가장 뛰어나다. 제3급인 상한에도 하위분류가 있다. 종로 이서(以西)에 사는 궁내부(宮內府) 액정(掖庭)은 궁 뒤편의 주례(走隸)로서, 대대로 세습해 다른 종들과 비교해 의식(衣食)이 가장 풍족해, 상한 중에서도 우등한 자들이다. 또 동대문 내에 사는 군속은 병졸 및 하사관을 세습하는 상한으로서, 입신출세하면 장군이 되지 못할 것도 없지만, 대부분은 신분이 낮은 졸의 신분으로 평생을 보내게 된다. 하지만 관리의 가장 하급이라는 것은 변함이 없다. 다음으로는 농(農), 다음으

---

1) 원문은 입상출장(入相出將) - 들어와서는 재상, 나가서는 장수라는 뜻, 평시에는 재상으로써 정치를 하나, 전쟁 시에는 장수로써 전장에 임한다는 뜻이다. 다카하시는 조선의 경우 문반인 경우가 무반인 경우보다 더 일반적이라고 생각해서인지, '입상출장'이라는 표현을 썼다.
2) 탁지부(度支部)는 대한제국 및 일본 식민지 시대에 재무(財務)를 담당하던 부서이다.
3) 고영희(高永喜, 1849~1916) - 대한제국의 정치인이자 일제 강점기의 조선귀족(자작). 1909년부터 탁지부 대신을 재임했다.

로 상(商), 최하위가 공민(工民)이다. 그중에서도 농은 나라의 근본이니 천업(賤業)이라고는 인식되지 않는다. 그렇기에 양반이 경성에서 세력을 잃거나 중앙정계의 분주함을 꺼려 고상한 무리들은 전원에 은거를 하니, 폐포파립(敝袍破笠)[4]하여 스스로 농부라 칭해도 조금도 치욕스럽게 생각하지 않는다. 그렇다고 해도 양반은 여전히 양반으로, 보통 때에는 농부에 대해 존엄을 유지한다. 농민은 양반과 같이 전답에서 농사를 짓더라도, 조금이라도 양반에게 실례를 하게 되면, 이에 대해 개인적인 형벌을 받더라도 어쩔 수 없다. 상민(商民)은 계급이 매우 낮고, 공민(工民)은 더 낮아 노예와 거의 차이가 없다. 중인과 상민(常民)은 과거에 응시할 수 없고, 상한(常漢)의 다음에 노예나 천민 계급이 있는데, 이들은 상민이라고 할 수 없다.

6) 군수(郡守)

군수는 인민에 대해 광대무한(廣大無限)한 권세가 있다. 행정사법에 이르기까지 전권에 걸쳐 담당해, 마치 우리들의 예전의 다이묘(大名), 쇼묘(小名)[5]와 같다. 그렇기에 인민은 고양이 앞의 쥐와 같이, 군수를 알현하는 것조차 못했다. 한 사람이 3년 동안 군수를 지내면 일족(一族)이 평생 윤택하게 살 수 있다고 하는 이 나라의 속담이 있다. 군수 위에 감사(監司)가 있다. 감사는 거의 대(大) 다이묘와 같다. 하지만 근대에 이르러서는 군수의 교체[6]가 주마등과 같이 재빠르다. 1년 중에 한 개의 군에 6번이나 군수를 보내는 것이 드물지 않다. 그러니 인민들이 그럴 때마다 석별(惜別)과 환영(歡迎)을 하기에, 시간과 재산이 낭비되는 것은 말도 안 되는 일이다. 대체로 신 군수가 임명되어 그 이름이 군에 알려지면, 군의 관속은 대표자를 선정하여 상경시켜, 초견(初見)의 예를 하고, 며칠에 하향하는지를 물어, 대부분의 경

---

4) 원문은 파립단사(破笠短簑) - '찢어진 갓과 짧은 도롱이'라는 뜻으로, '폐포파립'과 비슷한 뜻.
5) 다이묘(大名), 쇼묘(小名) - 일본의 무사계급 중 영토의 쌀 생산량이 1만석 이상인 무사를 다이묘, 그 이하를 쇼묘라고 했다. 주로 일본 근세시대(1603~1867년)에 일본의 각 지역을 지배했던 영주들을 가리킨다.
6) 원문은 교질(交迭)

우 준비금과 여비를 바친다. 그리고 하향하여 환영의 준비에 바쁘다. 군수
는 유유히 내임(來任)하여 마을 밖 1리부터 3리에 근접하면 의장병(儀仗兵)이
좌우로 정렬하여 군악을 울리고, 일반인의 통행을 금지시키고 군아(郡衙)로
들어갔다. 여기에 큰 연회를 베풀어 군기(郡妓)를 시켜 창가(唱歌)와 춤을 시
켜 연일 주지육림(酒池肉林)을 즐겼다. 또한 물러날 때에 파면된 것이 아니
라면, 상응하는 석별의 연회, 공적비 건비(建碑)가 있었다. 민간의 재산 낭비
는 일일이 열거하기 어렵다.

7) 관속(官屬)

군의 관속은 아전(衙前)이라고 한다. 대부분은 지방의 사호(士豪)가 대대로
세습했다. 그러니 군수는 꼭두각시에 지나지 않아, 실재로는 군치(郡治)는
일절 아전이 관여했다. 주구(誅求)도 아전이 행하였고, 수세(收稅)도 아전들
이 했다. 아전은 따로 그들만의 군내비밀(郡內秘密) 반별첩(反別帖)[7]을 지니고
있어, 군수에게는 이를 보여주지 않고, 기록이 더 적은 반별첩만을 보여주
었다. 아전은 세금을 걷을 때에는 자신의 장부에 맞추어 거둬들이고, 상납
할 때에는 군수의 장부에 맞추어 상납해, 차액은 자신의 배를 채우는 데에
썼다. 이조(李朝) 수백 년의 악정의 과반은 그들의 죄과이다.

● 거짓말 경쟁(噓較)

8) 세도(勢道)

당시의 권세가 제일가는 관리를 가리킨다. 어떠한 주상(奏上)이라도 그를 통
해야만 비로소 위에까지 도달한다. 실로 '세력'(勢)의 '길'(道)이라는 말은 잘
만든 단어이다.

---

7) 반별첩(反別帖) — 반(反)은 단(段)과 같은 뜻으로 논과 밭의 면적을 나타내는 단위이
다. 즉 반별첩은 쌀이 생산되는 토지 면적을 기록한 장부이다. 다카하시가 설명하
는 아전이 이 장부의 기록을 속여 세금의 양을 실재보다 적게 군수에게 보고하였
다는 것은 아전이 그 차액을 자신의 몫으로 챙겼음을 의미한다.

9) 종로(鐘路)에 있는 대종(大鐘)

종로의 대종은 경성 시대의 종이다. 지금도 오시(午時)나 반야(半夜)에 종을 친다.[8] 음은 그다지 맑고 상쾌하지 않다. 인종(人鐘)[9]이라고도 한다. 인종이란 종을 주조할 때 사람을 집어넣었다는 뜻이다. 이는 또 다른 속설이 있다. 옛날 이 대종을 주조하려고 승려들이 각처를 돌아다니며 보시를 받고 있었다. 어느 시골에 이르러 한 집에 기진(喜進)을 부탁하니, 어머니와 한 아이만이 있는 허름한 집이었다. 어머니 되는 여인은

"보시는 바와 같이 가난한 생활에 드릴 것 하나 없습니다. 어찌하면 좋을까요. 어쩔 수 없다면 이 아이라도 바칠까요?"

라며 웃었다.[10] 승려도 방법이 없었기에 빈손으로 돌아왔는데, 종의 귀신이 이 이야기를 듣고, 매우 불쾌하게 생각했다. 이렇게 모은 정성으로 종을 만들기 시작해, 이윽고 완성을 하고, 타종식을 열어 종을 쳤지만, 소리가 나지 않았다. 모두들 이상하게 여겨, 이것저것 알아보아도, 원인을 알 수 없었다. 그런데 그날 저녁 한 스님의 꿈속에 종의 신이 나타나서, 일전에 한

8) 오시(午時)란 오전 11시부터 오후 1시까지의 시간을, 반야(半夜)란 오전0시부터 오전 2시까지를 가리킨다. 조선시대에 보신각은 파루(罷漏, 오전 4시 무렵)에 33번, 인정(人定,오후 10시 무렵)에 28번 쳐서 도성 문의 개폐를 시민들에게 알렸다. 이것을 통해 식민지 시대에는 정오와 자정에 보신각종을 쳤음을 알 수 있다.

9) 인종(人鐘)－원문에는 '인경(インギョン)'이라는 음이 달려 있으나, 여기에서는 한자의 음 '종(鐘)'을 취하였다. 다카하시가 소개하는 속설은 흔히 '에밀레종'이라 불리는 '성덕대왕신종' 설화로 널리 알려져 왔다. 하지만 헐버트(Homer Bezaleel Hulbert)는 『대한제국멸망사』(1906년)에서 에밀레종 설화를 소개하면서 '서울의 한복판에 있는 대종의 주조에 관한 전설'(신복룡 역, 집문당, 1999년, p.389)이라고 하고 있고, 나카무라 료헤이(中村亮平)의 『조선동화집(朝鮮童話集)』(1926년) 과, 이마무라 도모(今村鞆)의 『조선만담(朝鮮漫談)』(1928년) 역시 보신각종과 에밀레종 전설을 연결 짓고 있다. 『대한제국멸망사』 번역자인 신복룡은 서울을 경주의 오기(誤記)로 보고 있으나, 『조선만담』과 『조선동화집』에서도 동 기사가 보이기 때문에, 단순 오기로 치부하기에는 무리가 있다. 그 보다는 종의 주조와 관련해 인신공양 전설이 널리 퍼져 있었다고 보는 것이 타당할 것이다.

10) 성낙주는 '에밀레종 전설 연구사 비판'(『한국어문학연구』 제47집)에서 에밀레종 전설을 '실언형(失言形)'과 '보시형(布施形)'으로 나누어 표로 정리하고 있다. 이에 따르면 다카하시는 실언형 설화를 본 것이 된다.

마을에서 부인이 아이를 종을 위해 보시하겠다고 했는데, 아직 보시를 하지 않았기 때문에, 완성되지 않았다고 고했다. 결국 사실을 조사해 관허를 얻어 재주조(再鑄造)할 때, 그 아이를 넣어 지금의 종을 만들었다고 한다. 하지만 원래 이 속설은 황당무계해서, 야인(野人)들이 재주조의 사적(事蹟)에 기대어 견강부회(牽强附會)해서 만들어내었을 것이다.

10) 영도사(永道寺)

경성 동대문 밖의 작은 사찰로, 지금은 경성 양반들의 연회장이 되고 말았다.

11) 대감(大監)

대감이란 정3품 이상의 지위인 양반을 부를 때 사용하는 존칭이다. 종2품 이하 정3품까지는 영감(令監), 종3품 이하 9품까지, 적어도 관직에 있는 자는 나리라고 호칭해 일반 평민과 구별했다. 관존민비(官尊民卑)를 엿볼 수 있다.

● 풍수선생(風水先生)

12) 풍수(風水)

묏자리를 보는 기술로, 한어(韓語)로는 지술(地術)이라고 한다. 생각건대 지나(支那)에서 유입된 말일 것이다. 『필원잡기(筆苑雜記)』[11]에는 후한(後漢)의 청오자(靑烏子)[12]에서 시작되었다고 기록되어 있다. 미신이 판을 치자 만약 지술가가 선정한 장소가 장지(葬地)로써 금지하고 있는 곳이 아니라면, 어디에 묘를 써도 국법으로 이를 금지하지 못했다. 길 한 가운데라도, 타인의 논밭이라도 누구라도 이를 거부할 수 없었다. 경성 부근 및 개성 등의 분묘에 대해 조사해보니, 풍수가가 좋은 묏자리라고 하는 것에는 대개 일정한

---

11) 필원잡기(筆苑雜記) - 조선전기의 문인 서거정(徐居正, 1420~1488년)이 기록한 설화집. 정사(正史)에 누락된 사실(史實)과 풍속에 관한 글도 수록하고 있다.
12) 청오자(靑烏子) - 한(漢)나라 사람으로 화음산(華陰山)에 들어가 신선이 되었다. 지리학에 능해 지관(地官)의 대명사이다.

형식이 있다. 즉 모두 산허리를 약간 평탄하게 해서 묘를 쓴다. 반드시 남향으로 하고, 가장 좋은 장소는 물이 산을 감싸고 앞 쪽에서 흘러들어와 동남에서 만나고, 나아가 동쪽으로 흐르지 않으면 안 된다. 동쪽 기슭의 물을 주수(主水), 서쪽 물을 객수(客水)라고 한다. 그러니 풍수가는 항상 산수를 발섭(跋涉)하여 이러한 묘지를 조사해서 장부에 기입해 두고, 사람들의 의뢰에 맞추어 교시하는 것이다. 몇 년 전에 핫토리(服部) 박사의 지나(支那)의 풍수설에 대한 기사13)를 보니, 그 형식 대강이 서로 비슷한 것을 알고, 조선이 지나에 틀림없이 뿌리를 두고 있음을 알았다. 어찌되었든 요즘에는 점차로 이러한 미신이 없어지고 있는 추세이다.

예부터 조선의 남녀 간의 도덕은 여자가 정조를 지키게 하는 정도가 심하고, 남자는 정조에 대해 책임이 없었다. 그러니 여자는 일단 머리를 올리고 다른 사람과 약혼을 하면, 이미 그 사람의 부인이라는 낙인이 찍혀, 약혼자가 불행히도 요절하더라도 과부가 되어 평생 정조를 굳게 지킬 것을 강요받았다. 만약 이를 더럽히면 그와 동시에 스스로 진흙탕에 몸을 던지는 꼴과 같아, 창부(娼婦)가 되거나, 노비가 되는 수밖에 없다. 그러니 예전의 양반 집안의 여자에 대한 교육은 엄격하기 그지없어 여덕(女德)을 끊임없이 장려한다.

남편이 지방의 관리가 되어 고향을 비울 경우 부인은 남편의 대리자로서 가사를 돌보고, 시부모님에게 효도를 다해야 하는 의무가 있어, 남편과 동행할 수 없었다. 그러하니 여러 곳에 기생 등 첩이 될 만한 후보자를 두어서 남자의 여정(旅情)을 위로하는 것은 당연했다. 각 감사부(監司府)는 물론 각 군읍에도 또한 관기가 있어, 그 지역의 고관이 자유롭게 즐길 수 있게 했음은 물론, 내빈을 접대하는데 있어 없어서는 안 될 도구14)였다. 그러하니 서울 관리의 유력자는 지방을 순유(巡遊)할 때에 도처에 그 지상의 명기

---

13) 핫토리(服部) 박사의 지나(支那)의 풍수설에 대한 기사ー핫토리 우노키치(服部宇之吉, 1867~1939년)가 1916년에 발표한 『지나연구(支那研究)』를 가리킨다고 사료된다. 『지나연구』의 하편, 6절에는 '풍수론(風水論)'이 실려 있다.

14) 원문은 '具', 도구 또는 배우자 등의 뜻이 있다.

(名妓)를 자유로이 가지고 놀았다. 서로 마음을 주고받은 이들은 이별의 괴로움이 손가락을 자르는 것보다도 괴롭고 도저히 잊을 수 없어, 말에 태워 2일이나 3일 정도 여행했다. 그리고는 살아 있는 짐처럼 경성으로 데리고 돌아와서 평생 첩으로 삼았다. 여자로 태어나서 단숨에 귀한 가마를 타는 출세를 하는 것이다. 때문에 서울의 관리가 지방 순회 정무를 황폐시키고, 지방 관리를 타락시키는 폐해가 적지 않았다. 그러자 이조 세종(世宗) 때였던가, 주읍(州邑)의 창기를 없애려는 논의가 있었다. 당시의 명재상인 허문경(許文敬)공 조(稠)15)는 홀로 이에 반대하여 말하기를,

"이는 누군가의 우론(愚論)이다. 남녀는 인간의 대욕(大欲)으로, 금지할 수 없는 것이다. 고을의 창기는 모두 귀족의 것으로, 이를 취하는 것 역시 별 문제가 없다. 만약 이를 엄금하면 젊은 관리들은 모두 다른 이들을 비난하고, 여염집의 여인을 강탈하여, 많은 영웅호걸들이 죄를 저지르게 말 것이다."

라고 하여 논의를 종식시켰다.

평양은 경성 다음가는 대도시로 재물이 많았다. 고로 이 지역에 부임하는 경성 출신의 관리는 특히 수입이 많았다. 따라서 기생에게 요구되는 기준도 높아서, 재주와 용모를 갖추어야 했다. 이는 모두 평양의 기생이 제일 유명한 까닭이다.

● **대구(對句)를 얻고 반죽음을 당하다**(得對句半死)

13) 좋은 중매(良媒)

조선의 결혼은 남녀 서로 선을 본다거나 할 수 없다. 그러면 어떻게 남녀는 이즈모(出雲) 신(神)의 가교(架橋)를 얻을16) 수 있을까. 대부분의 경우에는 매

---

15) 허문경(許文敬, 1369~1439년) - 세종 때 중용된 관리로, 호는 경암(敬菴), 시호는 문경(文敬), 이름은 조(稠). 유교적 윤리관이 뚜렷해 태종·세종을 도와 예(禮)와 악(樂)을 숭상하는 예악제도(禮樂制度)를 정비하는데 공헌했다.

16) 이즈모(出雲) 신(神)의 가교(架橋)를 얻다 - 원문 '出雲の神の架橋を得る'. 이즈모의 신은 일본신화에 나타나는 오쿠니누시노 미코토(大國主命)로, 천하를 다스리고 신은 주술이나 의약 등을 가르쳤다. 이후 이즈모 지방(지금의 시마네[島根縣])에 모셔졌

파(媒婆) 중매쟁이의 힘을 빌린다. 이 노인은 항상 좋은 집안의 안방에 드나들어 그 집의 자녀들에 대해 숙지하고 있어, 어느 집에는 시집갈 나이의 여자가 있고, 생김새는 이렇고, 재주는 이렇고라고 하나하나 기억하고 있다가 기회가 있을 때 이야기를 꺼낸다. 그러면 그 여자는 우리집 며느리로 좋겠다든지, 그 남자는 우리 사위로 삼고 싶다든지 하면, 대개는 문별이 서로 비슷한 집안끼리 자세히 중매쟁이에게 이야기하니, 실력 있는 중매쟁이는 이를 받아들여 쌍방이 잘 되도록 교섭하고, 다소간의 과장을 섞어서 어찌되었든 둘을 엮어 준다. 이러하니 중매쟁이는 때때로 천연두 흔적을 보조개라고 둘러댈 때도 있다. 상류 사회에서는 오히려 중매를 천하게 여겼다. 대부분은 봄 숲에 매화가 있으면 그 향기는 자연스럽게 퍼진다는 식으로, 안팎으로 아무리 엄중하게 보호를 해도, 자연히 어디에 누가 재주가 이러이러하고, 용모가 저러저러하다는 평판이 세상에 퍼졌다. 그러면 이를 듣고 자녀의 양친이 직접 상대방의 자녀와 만나, 뜻이 맞으면 그 양친과 교섭을 통해 약혼을 하는 것이 보통이다. 이 나라의 풍습에는 결혼은 있지만, 이혼은 없다. 때문에 부인이 어떠한 학대를 받아도 다시 친가로 돌아가는 법은 없다. 울고 울다 자살을 하더라도 도울 수 있는 방법이 없다. 그렇기에 부인의 친가에서 여간 신경을 쓰는 것이 아니다. 결혼 후에도 항상 의류와 선물을 보내고, 오로지 남편 집안의 마음을 사려고 노력한다. 조선부인의 위치는 정말 불쌍하다. 지금은 점차 새로운 바람이 조선의 가정에도 불어 닥치고 있다. 머지않아 구습에 대한 파괴의 기운이 가정에 혁명을 일으켰으면 한다.

다. 일본은 음력 10월을 간나즈키(神無月)라고 하는데, 이는 매년 10월에 신들이 모두 이즈모에 모여들기 때문이라는 속설(俗說)과 연관이 있다. 이즈모 신은 모여든 남녀 신들을 엮어주기 때문에, 남녀의 인연의 신으로 추앙을 받기도 한다. 따라서 여기서 '이즈모 신의 가교를 얻다'는 뜻은 남녀가 서로 만나 인연을 맺는다는 뜻이다.

14) 산사(山寺)

조선의 조혼(早婚) 폐해는 전술한 바와 같다. 이는 위생사상이 발달하지 않은 미개사회의 연소자(年少者)의 부모가 허락을 했기에 결혼하는 것인데, 기운이 넘쳐나서 학업을 소홀이 하는 것은 피할 수 없다. 이를 막기 수단인 것인지, 이 나라에는 옛날부터 양반 자제는 결혼하자마자 산사에 가서 독거생활을 시작해, 소나무 바람에 귀를 씻고, 계곡물에 입을 헹궈, 성욕을 잠시 망각하고 전력으로 학업에 정진하는 풍습이 있다. 길게는 수년, 짧아도 일 년. 학업을 대강 마치고 과거에 응시할 수 있다고 생각할 때가 되어야 산을 내려와 비로소 가정으로 돌아온다. 하지만 산사에 동자승이 있어 용양(龍陽)[17]이 매우 많았다.

● **말하는 남생이**(解語龜)

15) 시간을 개의치 않는 한인[18]

서양인은 동양인의 시간관념이 부족하고, 느긋한 것에 대해 언제나 매우 놀라한다. 동양 안에서 문명국이라고 믿고 있는 우리 일본인도 이 점에 있어서는 확실히 홍모종(紅毛種)[19]에게는 뒤진다. 하물며 동양의 고풍(古風)을 2000년이 넘게 유지해 온 이 나라의 사람들은 부모가 위독할 때도 술잔을 손에서 놓으려 하지 않는다. 완완(緩緩)하게 생활하고, 유유(悠悠)하게 나날을 보낸다.[20] 곰방대 길이와, 얼굴 길이와, 마음의 여유의 정도는 실로 정

---

17) 남색을 일컫는 말. 중국 전국시대에 총신을 용양군(龍陽君)이라고 했다는 데서 유래했다. 일본은 남색의 전통이 오래되어, 전국시대를 거쳐 근세시대, 근대에 이르기까지 남색이 공공연했다. 특히 스님이나 무사들 사이에서 남색이 있었다.

18) '풍수선생'에서도 그렇지만, 다카하시는 조선인이 일본인과 비교해 문화적으로 뒤떨어져 있다는 지적을 반복하고 있다.

19) 홍모종(紅毛種) – 홍모는 네덜란드인을 가리키는 말이다. 일본은 근세시대(1603~1868년)에 쇄국정책을 취하고 있었는데, 서양과는 유일하게 네덜란드와 교역을 했다. 네덜란드만이 종교색을 배제하고 무역에 중심을 두고 있었기 때문이다. 근세시대 후기가 되면 네덜란드를 통해, 의학, 천문학, 역학(曆學), 물리학, 화학 등의 신지식이 일본의 지식인에게 알려져, '난학(蘭學)'이라는 학파를 이루었다.

비례한다. 그러니 도시, 지방을 떠나 만약 신기한 볼거리가 있다면, 왕래하는 사람들은 물론, 경작하고 있던 농부, 장사를 하던 상인과 일하던 공인(工人), 주인 심부름을 가던 노비까지, 구름처럼 몰려들어 더할 나위 없이 흥미를 가지고 구경하고 즐거워하여 해가 짧은 것을 아쉬워한다. 느긋한 것이 기다란 다리보다도 길고,21) 신기한 것을 즐기는 것은 파리가 밥알에 꼬이는 것보다도 더 모인다. 이는 일력(日曆)이 없는 사람들이었기 때문이라고 할 수 있다.22)

● 귀신이 금은 방망이를 잃다(鬼失金銀棒)

16) 안방(內房)

남녀 구별이 엄격한 조선에서는 표면적으로는 극단적으로 남자가 여자를 범하는 듯한 행동은 금하고 있다. 예를 들어 변소만 해도, 안방 전용과 남자방(男房) 전용 변소가 있어, 아직 철이 없는 어린이를 제외하고 남자는 결코 안방 변소에 들어가면 안 되었다. 만약 고의든 과실이든 안방 변소에 들어가는 것은 실로 파렴치하고 몰상식한 행위로, 사회 질서를 어지럽히는 것이다. 그러니 안방은 남자가 전체를 엿보아서는 안 되는 세계로 정해져

---

20) 완완(緩緩)하게 생활하고, 유유(悠悠)하게 나날을 보낸다 - 걱정이 없고 느긋한 모양을 나타내는 '유유완완(悠悠緩緩)'과 같은 표현.

21) 느긋한 것이 기다란 다리보다도 길고 - 원문은 '마음이 긴 것이 장교의 길이보다도 길고(氣の長きこと長橋の長きより長く)', '마음이 길다'는 느긋하다는 뜻으로, '길다'와 '긴 다리(長橋)', '길이' 등 같은 음이나 뜻에서 연상되는 단어를 연속해 쓰는 일본의 수사법 '연어(緣語)'를 사용하고 있다.
'긴 다리'는 길이가 긴 다리를 뜻하는 일반명사일 수도, 교토의 궁안에 있는 '나가하시(長橋)'를 가리키는 고유명사일 수도 있으나, 여기에서는 일반명사로 해석했다.

22) 원문은 'これや日曆なき人民達とこそ云ふべけれ'. 의미불명. 일본에 일력(日曆)이 생긴 것은 1903년으로, 오사카(大阪)의 부채업자 노무라야(野村屋)라고 한다. 일본은 1873년에 구력(舊曆)을 폐지하고 신력(新曆)을 실시했다. 이때 신력만 표기되는 달력과 달리 구력이 병기되었던 일력이 인기를 끌었다고 전해지고 있다. 당시 일력이 없었던 것이 어떤 의미인지, 다카하시가 어떤 의도에서 느긋한 성격과 일력을 연관 지었는지 알 수가 없다.

있고, 남자는 실수라도 봐서는 안 된다. 또한 남자 방과 안방 사이에는 흙담이 있어, 쉽게 안을 들여다 볼 수 없다. 그러니 지붕에 오르거나 나무에 오르고, 아니면 높은 곳에서 남의 집 안방을 내려다보는 자가 있다면 처벌을 했다. 그런데 일본인 중에는 거리낌 없이 안방 모습을 살펴보는 것을 즐기는 이가 있다. 한인은 이에 화를 내지만, 한인들에게 하듯이 두들기거나할 수 없는 노릇이라, 분노하여 왜놈들은 예의를 모른다고 화를 낸다. 이는 일본인의 잘못된 점으로, 이러한 작은 일 때문에 일인과 한인의 융화를 해하는 일이 많다는 것은 개탄할 일이다.

● 가짜 명인(贋名人)

17) 가정교사(家庭敎師)

양반 자제는 가정교사를 따로 모셔 학문을 배운다. 이 선생은 대부분 과거에 떨어진 수재(秀才)로, 다시 과거를 보기에는 용기도 없기에 세력이 있는 양반에게 기식(寄食)하며 그 자제를 가르친다. 다년간에 걸쳐 주인의 후원을 받아 마침내 말단 관리라도 얻어 보려고 꾀를 부리는 게 전부인 사람들이다. 그러니 주인인 양반에 비하기 어려울 정도로 낮은 신분이지만, 장유유서가 엄격한 나라이므로, 자신이 가르치는 제자에 대해서는 상당한 권력이 있다. 회초리를 들어 매를 때리더라도 아무런 제재가 없고, 오히려 때리는 선생이야말로 좋은 지도를 하고 있다고 여겨질 정도이다.

18) 교지(敎)

조선은 신라 시대 이래로 계속해서 지나(支那)의 속국이었다. 그러니 국왕의 말씀도 '칙(勅)'이나 '조(詔)'라 하는 법이 없고, '교(敎)'라고 한다.[23] '조칙(詔勅)'이라 함은 청일전쟁 이후의 일이다.

---

23) 칙(勅)과 조(詔)와 교(敎) — 황제의 명령은 '칙', 또는 '조'라 하고, 제후의 명령은 '교'라 한다.

19) (대국)

명(明)이 조선을 제어하는 것은 실로 교묘하기 그지없다. 명은 이미 300여 국을 영토로 하고 있으니, 따로 의복의 주름과도 같이 작은 이 나라를 영토로 하여, 그 내정의 사호(絲毫)24)와 같은 일까지 간섭할 필요가 없다. 요컨대 단순히 신하의 복장을 하고, 속국으로서의 예의를 갖추기만 하면 된다. 이는 대명황제의 위엄을 높이려는 까닭이다. 그러니 조선이 신의 예의를 다하는 것에 대해 엄중한 요구를 하고, 조금이라도 불경스런 점이 있다면 천황의 노여움을 사서 천벌을 내려 조금도 용서 없이 꾸짖었다. 이를 역사에서 보건데, 조선으로부터 연 1회 조공사(朝貢使), 조선에서는 소위 동지사(冬至使)25)라고 하는 이들이 준비하는 주문(奏文)은 국학자와 문장가들이 가장 고심하고 초려(焦慮)하는 부분으로, 한 자 한 자를 소홀히 하지 않았다. 만약 조금이라도 예를 벗어나거나, 조금이라도 타당하지 않은 문자가 있다

24) 사호(絲毫) - 가는 실(絲)과 터럭(毫)과 같이 매우 작은 일. 다카하시는 미주의 역자 주석 23번과 같이 조선이 중국을 의식해 칙과 조, 교의 사용을 구분하고 있었다고 하고, 여기에서는 조선이 중국의 속국이었다고 강조하고 있다. 그리고 그 경계를 청일전쟁으로 삼고 있다. 일본 제국이 청일전쟁을 승리함으로써 조선침략을 본격화할 수 있었던 것을 고려하면, 다카하시의 조선의 중국속국 등등의 강조는 일제의 조선침략 정당화와 연장선상에 있는 발언이라 할 수 있다.

25) 동지사(冬至使) - 조선시대에 동지를 전후로 하여 명나라와 청나라에 보내던 사신. 보통 동지를 전후해 출발해서 연내에 북경에 도착, 40~60일 정도 머문 후, 2월이나 3월에 돌아왔다. 통상적으로 250명 내외의 인원으로 구성되었으며, 경우에 따라서는 500명이 넘는 사절단이 구성된 때도 있었다. 이러한 사절단 파견은 중국을 중심으로 하는 조공무역의 시스템 안에 편입되었다는 것을 의미한다. 세계 무역의 중심지였던 중국과 무역을 하기 위해서는 조공무역 시스템을 받아들일 수밖에 없었다. 명나라와 청나라로서는 조공을 받은 이상 답례를 하지 않으면 안 되었으므로, 될 수 있는 한 조공 횟수를 줄이려고 했다. 하지만 중국과의 무역에 열심이었던 조선으로서는 앞 다투어 사절을 보내었다. 한편 일본은 임진왜란 등의 영향도 있어 명·청으로부터 조공무역 상대로서 인정을 받지 못하고, 류큐(琉球) 왕국을 통한 간접 조공을 할 수밖에 없었다. 다카하시가 조공무역을 해 왔던 조선을 중국의 속국으로, 그렇지 않았던 일본은 독립국가로 언급하고 있는 것은, 당시의 무역 사정에 대한 잘못된 이해가 바탕이라고 할 수 있다.

면 즉시 각하되어 정정하거나, 너무 정도가 심한 경우에는 죄를 물어 형벌에 처해지는 경우도 있다. 이조(李朝)의 태조에 오른 명고황제(明高皇帝) 29년의 설날의 하정표(賀正表)26)에는 청성군(淸城君) 정탁(鄭擢)27)이 황제에게 올리는 표(表)를 작성했고, 광산군(光山君) 김약항(金若恒)28)이 전(箋)을, 서원군(西原君) 정총(鄭摠)29) 길창군(吉昌君) 권근(權近)30)이 이를 윤색(潤色)하였다. 그런데 고황제가 이 표전의 말이 대국을 희롱하고 모멸하였다 하여 김약환과 정총 등은 노여움을 사서 유배를 당하고, 결국 그 유배지에서 생을 마쳤다. 또한 고려시대의 최보순(崔甫淳)31)이 지은 금황제(金皇帝)의 등극을 축하하는 표(表)도 역시 불경스런 부분이 조금 있어 견책을 받았다. 이러한 사례는 지나가 대국의 위엄을 나타내기 위해 얼마나 힘을 썼는지 보여주는 것으로, 천둥이 치는 듯한 위엄이 이 나라를 제대로 습복(慴伏)시켰는지 알 수 있게 해주기에 충분하다. 그리고 이러한 위엄에 감복(感服)했던 이 나라의 국민성 역시 지식인들의 주의를 끌기에 충분하다.

---

26) 하정표(賀正表) - 중국의 황제에게 올리는 신년 인사를 적은 문서. 명고황제 29년이란 1396년(태조5년)으로, 이 시기에 이른바 표전문(表箋文) 사건이 일어났다. 명나라는 당시 요동정벌을 생각하고 있었던 정도전을 처리하기 위해, 조선이 명나라에 보낸 표전문의 문구에 명나라를 모독하는 문구가 있다고 트집을 잡아 정도전을 명나라로 송환하려했다. 하지만 조선은 여러 이유를 대어 정도전을 보내지 않았고, 표전문 작성자인 정탁과 권근(權近) 등이 압송을 당했다.

27) 정탁(鄭擢, 1363~1423) - 고려 말에서 조선 초에 활약했던 문신. 1415년에 청성부원군(淸城府院君)에 진봉되었고, 1421년에는 명나라에 다녀왔다.

28) 김약항(金若恒, ?~1397) - 고려 말, 조선 초의 문신. 표전문 사건으로 명나라에 억류되었다 풀려나 광산군(光山君)으로 봉해졌다. 후에 다른 사건으로 인해 다시 양쯔강(揚子江)으로 귀향을 가 유배지에서 사망했다.

29) 정총(鄭摠, 1358~1397) - 고려 말, 조선 초의 문신. 정탁의 형. 정도전과 같이 『고려사(高麗史)』를 편찬하고 그 서문을 썼다. 표전문 사건으로 명나라에서 유배되어 유배지에서 사망했다.

30) 권근(權近, 1352~1409) - 고려 말, 조선 초의 문신. 표전문 문제로 명나라에 송환되어 갔다온 후 화산군(花山君)에 봉해졌다. 『입학도설(入學圖說)』, 『오경천견록(五經淺見錄)』 등을 지어 후대 이황(李滉) 등 유학자들에게 큰 영향을 미쳤다.

31) 최보순(崔甫淳, 1162~1229) - 고려 후기의 문신. 1208년 금나라 황제 즉위 축하문 작성에 실수를 하여 파면되었다. 1227년 『명종실록』 편찬에 참여했다.

● 음란한 중이 생콩 넉 되를 먹다(淫僧食生豆四升)

20) (생콩을 쟁반이 넘치도록 담아 내놓았다)

이 나라의 승려는 매우 가련한 위치로 평민 이하의 대우를 받는다. 그러니 농부가 경작하는 앞을 말을 타고 지나가서는 안 된다. 경성의 관리 등이 절을 방문하면 승려는 대문 밖까지 마중을 나와 고개를 깊이 숙여 예를 다하고, 절에 들어오면 술과 나물을 내어 극진한 환대를 했다. 이를 고려 시대에 승려를 우대하고 국사라고 칭했던 것과 비교하면 실로 천지차이이다. 그러니 홀대를 받으면 자연히 저절로 심성이 타락하여 지금의 승려들은 도심(道心)이 없고, 정심(精心)을 잃었으니, 실로 언어도단(言語道斷)³²'인 것이다. 대개 모두 아내를 얻어 음(淫)을 마음대로 즐기고, 요리집처럼 손님을 숙박시키고 술과 안주를 제공하여 돈을 받고, 심한 경우에는 기도를 빌미로 하여 궁녀(宮女)를 들여 듣기 싫은 소리를 내는 등, 실로 평민 이하의 성(性) 행태를 보여준다. 경성 부근의 승려가 특히 심하다고 한다. 과연 조선 제일의 도장이라고 하는 금강산에는 승려다운 승려들이 적지 않아서, 속세를 끊고 정행(淨行)을 쌓아 적막히 속세를 벗어난 수행자들이 있다고 한다. 하지만 이와 같은 승려들은 새벽녘의 별의 숫자와 비슷할 뿐이다. 그러하니 불교는 전혀 종교로서는 소멸된 것과 같아서, 시천교(侍天敎)³³'나 천도교, 그 외의 음사(淫祠), 사교(邪敎)가 백성들의 마음을 사로잡아 조선의 종교의 지위를 차지하고 있다. 생각하건데 조선이 불교를 박해한 것은 뿔을 바로 잡으려다 소를 죽이는 어리석은 짓과 같았다.

---

32) 언어도단(言語道斷) – 불교의 깊은 도리는 언어로 설명하기 어렵다는 뜻이다. 이것이 변화하여 '어이가 없다', '말도 안 된다'는 뜻으로 쓰이기도 하나, 여기에서는 다카하시가 불교와 관련된 사례이기에 일부러 이용한 사자성어라고 여겨진다.

33) 시천교(侍天敎) – 천도교에서 분파된 종교로, 친일파 이용구(李容九, 1868~1912)가 세웠다.

● 무법자(無法者)

21) (종이를 가지고 다니는 습관이 없는 이 나라이기에)

얇은 막대기로 엉덩이를 닦는 것은 일본인으로서는 상당히 이상한 일이 아
닐 수 없다. 하지만 이 나라에서는 지극히 보통인 일이다. 내가 종종 목격
한 바로는 조선 하등 사회의 아이들은 용변을 보고 엉덩이를 닦는 것이 오
히려 드문 일이다. 훌륭한 수염을 기른 성인들도 우리 일본인과 같이 화장
실에 갈 때 종이를 준비하는 것이 아니라, 대체로 화장실 근처에 떨어져 있
는 지푸라기를 한웅큼 집어서 화장실에 가서 어떻게든 해서 잘 닦는다. 그
러니 하물며 손을 씻는다거나 하는 것은 꿈도 꾸기 어렵다. 조선의 학교 등
의 변소를 신식으로 만들어 세면장을 같이 만들어도, 소수의 일본인이 이
를 사용하는 법을 알 정도이고, 한인은 왜 그런 필요 없는 시설을 만드느냐
며 조롱하고는 이를 이용하지 않는다. 원래 한인과 일본인은 청결에 관한
표준이 다르다는 점은 누구나 하는 이야기이지만, 특히 대소변에 있어서는
그러함이 눈에 보인다. 우물 옆에 그대로 흐르는 변소가 있는 것은 이 나라
에서는 보통이고, 경성의 만 채 정도의 거대 공중변소 구역 내의 하수구에
는 매일 아침 양치를 하는 수백 명의 사람들이 있다. 또는 소아의 소변을
묘약으로 여겨서, 궁중에서는 묘약을 제조하는 아이인 변동(便童)을 길렀다.
만약 국왕이 예기치 못한 질병의 경우에는 우유를 짜내듯이 소변을 방출시
켜 드셨다. 정말 도저히 일본인은 상상하지 못할 정도이다. 내 경험에 의하
면 이 나라의 학교에 변소를 1주일 동안 청결이라고까지는 못해도, 불결하
지 않게 유지시키는 것은 지극히 어려운 일이다. 나는 몇 번이나 시도해 보
았지만 결국에는 실패로 끝났다. 혼자서[34] 생각해 보건데 한인은 청결한
변소보다 청결하지 않은 변소에 들어가기 쉽고, 용변을 편히 본다고 느끼
는 듯하다. 몇 년 전에 우리 집에 2,3명의 한인을 숙박시킨 적이 있는데, 그

---

34) 원문은 '密かに'. 즉 '몰래', '다른 사람에게는 비밀로'라는 뜻이다. 여기에서는 '心
密かに'와 같은 뜻으로 판단해, '입 밖으로는 내지 않고 자신의 마음속으로만 생각
하는 것'으로 해석했다.

들에게 아무리 윗변소를 쓰라고 해도, 모두 지저분한 아래변소[35]를 선택하는 것이었다. 그들의 경우를 생각해 보면, 한인과 같이 사는 일본인들의 곤란함과, 결국에는 그러한 곤란함을 극복하고 지금의 거류지의 기초를 만든 선봉(先鋒) 도한자(渡韓者) 들[36]의 공은 위대하다고 해야 마땅하다.

● 기생 열녀(妓生烈女)

22) (목숨을 재촉하는 판관)

조선은 예로부터 북두(北斗) 남두(南斗) 두 별이 인간의 수명을 관장한다고 믿었다. 이는 어쩌면 지나(支那) 고래의 천문가가 별과 인간의 운명을 연관시킨 데에 기초한 미신일지도 모른다. 그래서 예전부터 목숨을 북두 남두에 빌게 된 것이다. 또 북두 스님이 사람의 목숨을 기록한 장부를 관리하고 남두성(南斗星)이 기입하는 일을 맡아 종종 서로 만나 상담하는 일이 있다는 속설도 있다. 실제로 모 서적에 경성의 남산에도 때때로 양 별이 서로 만나는 것을 간파한 점쟁이가 이를 요절할 운명의 사람에게 발설해, 그로 하여금 남산에 올라 승복을 입은 양 별에 탄원하게 해 그의 결국 목숨이 십 년이나 더 이어졌다는 이야기도 전해진다.

● 한국 마쓰야마카가미(韓樣松山鏡)

23) (거울)

거울은 원래 일본에 없던 것으로 중국에서 건너왔다. 고대는 모두 인수경(人水鏡)이어서 쟁반이나 화분 같은 평평한 그릇에 물을 넣어 웅크려 들여다

---

35) 윗변소(上便所)와 아래변소(下便所) - 일본의 무사들은 가장과 남자들은 윗변소를, 여성들은 아랫변소를 사용하는 것이 일반적이었다. 이것이 평민들에게도 받아들여져, 부유한 상인이나 농민들의 저택에도 화장실을 구분하는 문화가 나타났다.
36) 일본인의 식민지 거주는 조선의 개항이후의 자율적 정착과, 1908년 일본 내각이 만주와 한국으로의 이민을 주도한 관주도형 정착으로 나눌 수 있다. 당시 식민지에 정착한 일본인, 즉 재조일본인(在朝日本人)에 대한 인식은 부정적이었다. 그들이 일본에 경제적, 사회적 기반이 없었기 때문이다.

보며 자신의 모습을 비추게 했다. 지금도 여전히 가가미[37]라고 말이 같은 것은 이를 증명한다. 조선 역시 마찬가지로 아주 오랜 옛날에는 거울이 아직 없어 이를 가지고 있던 한나라에서 전해진 것이 시작이다. 그렇다면 옛날에는 사람들이 모두 웅크리고 수경(水鏡)에 비춰보는 것이 일본과 같았을 것이다. 이는 지금의 한어(韓語)에서 말하는 '거울'도 웅크리다는 의미의 '거울'[38]과 전적으로 같은 말이니, 일본어와 완전히 부합하는 것을 보면 이를 단언할 수 있다. 이렇듯 한일 양 언어의 취향이 많은 부분 서로 통해 있는 것은 양국의 문명 내지는 풍속을 연구하는 데 매우 귀중한 자료임을 믿는다.

● **선녀의 날개옷**(仙女の羽衣)

24) (마침내 나무꾼도 천인 무리에 들어가게 되었다)

선녀가 날개옷을 빼앗기는 전설은 일본에서도 미호노마쓰바라(三保の松原)[39]와 아마노하시다테(天の橋立)[40]에 전해지고 있다. 조선에서도 금강산 이외에 또 다른 곳에서도 전해지는 것과 같다. 그렇지만 양자를 비교해보면 다음과 같다. 일본 전설은 어느 것이나 해변으로 바다가 주된 배경이다. 조선의 전설은 산중으로 산이 배경을 이룬다. 이 특징은 매우 주의할 점으로 일본이 얼마나 고대부터 바다에 친숙한 나라인지, 그리고 조선은 대륙과 이어져 바다보다도 오히려 산을 영지로 하여 좋은 풍경을 이루고 있다는 것을

---

37) 가가미 - 일본어로 거울은 'かがみ(가가미)'라고 한다. 한편 일본어로 앞으로 웅크리다를 'かがむ(가가무)'라고 하는데, 다카하시는 두 단어 음이 비슷함을 근거로 웅크리다에서 거울이라는 말이 나왔음을 유추하고 있다.

38) 거울 - 다카하시는 '기울이다'와 '거울'의 음을 둘 다 'コウル(고우루)'라고 표기하고 있다. 앞서 '잣'의 경우도 그러했지만, 한국어의 음운에 대한 지식이 깊지 않았음을 엿볼 수 있는 부분이다.

39) 미호노마쓰바라(三保の松原) - 시즈오카현(靜岡縣)의 해변에 위치한 소나무 숲. 날개옷이 걸쳐있었다는 소나무 등이 있다.

40) 아마노하시다테(天の橋立) - 교토(京都)의 북부, 동해의 미야즈(宮津) 만의 해변. 일본 3대 절경 중의 하나.

증명해주는 하나의 자료이다. 또 일본의 전설은 어느 것이든 모두 담백하고 한가로우며 짙은 느낌이 없어, 선녀를 아내로 맞이하여 선녀를 좇아 승천하는 것과 같은 이야기는 전해지지 않는다. 이 역시 조선인과 일본인과의 국민성의 차이를 엿볼 수 있는 점이다.

● 부귀는 목숨이 있고 영달은 운이 있다(富貴有命榮達有運)

25) 과거(科擧)

과거는 문관시험으로, 이 나라에서 갑오년 이전까지 계속되어, 청운의 꿈을 품은 청년은 반드시 한 번은 이를 통과해야 할 난관이다. 지금 과거에 대해 간단히 적어 놓겠다.

과거에는 초시(初試), 진사(進士) 및 급제(及第)의 세 종류가 있다. 초시는 즉 첫 번째 시험으로 예비시험이라고도 한다. 진사는 문관 자격은 얻지만 역시 직위가 낮아, 급제 시험에 합격하는 자야말로 비로소 용문(龍門)에 오를 수 있다. 과거를 행하는 것은 정해진 시기가 없다고는 하나, 자(子), 오(午), 묘(卯), 유(酉)의 네 해는 이를 식년(式年)이라 칭하고 반드시 조선팔도에 초시의 과거를 행하는 것을 법으로 정했다. 이를 바로 감시(監試)라고 한다. 이때 팔도 중에서 삼남(三南) 즉 경상, 전라, 충청도에는 특별히 경성에서 시험관을 파견하여 시험을 치렀다. 삼남은 문화의 땅으로 칭송받아왔고, 그 중에서도 경상도는 크게 깨어 있어, 나라 인재의 절반이 여기에 있다고 일컬어졌다. 초시에도 미리 급제자의 인원을 각 도별로 정해놓고 그 수를 넘길 수 없었다. 식년의 이듬해를 회시(會試)라고 하여 초시의 합격자를 모아놓고 경성에서 시험을 치러 그 합격자를 진사라고 칭했다. 회시의 합격자 수는 항상 이백 명이었다. 이백 명의 진사 중에 행운이 있는 자는 즉시 관직을 얻을 수 있었지만, 대부분의 진사는 경성의 대학교인 성균관에 입학할 자격을 부여받았다. 그들은 궤를 짊어지고 서울로 올라와 성균관 교수가 되어 계속해서 면학에 힘썼다. 면학 중에 다시 급제시험에 응시해 합격해서 관리가 되는 것이 보통이다. 성균관은 정해진 학년이 없고, 몇 년까지라고 정해놓지도 않아 여기에 재학하며 먹는 것은 모두 관리의 급봉이니, 소위 서생 혹은 처사(處士)로서 저잣거리에 나가 마음대로 논의하고 국왕도 역시 이를 포의재상(布衣宰相)으로 우대하고 종종 어가를 타고 납시어 주찬을 베푸는 일도 있었다.

자, 오, 묘, 유의 식년의 고시는 4년에 한 번 있는 셈이므로, 그 외에는 국왕의 사정에 따라 임시로 행하는 과거도 매우 많았다. 즉, 정시(庭試), 알성(謁聖), 응제(應製), 증광(增廣)이 있는데, 모두 국왕이 친히 고시하는 것으로 이중에서도 알성은 국왕이 공성묘(孔聖廟)를 배알하는 때에 행하는 과거이다. 이상으로 정시, 알성, 응제, 증광의 네 과거는 초시, 진사, 급제의 세 시험이 모두 있어 한 번에 급제까지 응시할 수 있다. 그렇지만 어느 것이나 합격자 수를 미리 정하고 이를 넘기지 않았으므로, 미리 일반에게 이번 고시는 초시 몇 명, 진사 몇 명, 급제 몇 명을 뽑는다고 게시했다. 초시, 진사의 수는 꼭 소수가 아니더라도, 급제에 이르면 실로 극소수로, 어떤 때는 세 명, 또 어떤 때는 두 명, 그리고 어떤 때는 한 명인 적도 있었다. 따라서 과거급제의 영광을 얻는 것은 지극히 어려운 일 중의 어려운 일로 대개의 독서인은 진사까지에서 만족하고 한직을 얻어 종신한다. 특히 벽지에 이르면 초시에 합격하는 사람조차 매우 드물어, 초시라고 하면 엄연한 시골학자였다.

다음으로 과거의 실태에 대해 기술하겠다. 동방예의지국, 동방문명국이라고 자부하는 조선이다 보니, 서울 시골 할 것 없이 조금 가계에 여유가 있는 집은 자제에게 독서를 부과해 반드시 과거에 응하도록 했다. 이리하여 몇 년 전부터 최근까지 경성에 과거가 있을 때는 팔도의 독서가가 파도처럼 밀려와 그 수가 몇 만 명인지 모를 정도였다. 이들을 광장에 몰아넣고, 그 전면에는 목책을 걸었으며, 한층 높은 곳에는 고시관이 아래에는 역정(役丁)이 앉아 답안을 걷고 모으는 일을 했다. 답안이 완성되면 앞을 다투어 목책 너머의 시험관 앞에 놓인 탁자를 향해 던졌다. 사역관이 이를 주워 시관 앞의 테이블 위에 종이를 펼쳐 쌓아놓는다. 시험관은 여기에 접수 순서대로 일천(一天), 이천(二天), 삼천(三天)부터 십천(十天)까지, 일지(壹地), 이지

(二地), 삼지(三地)부터 십지(十地)까지, 일현(一玄), 이현(二玄), 삼현(三玄)부터 십현(十玄)까지, 일황(一黃), 이광(二黃), 삼광(三黃)부터 십광(十黃)까지 이하 천자문의 순서로 부호를 적는다. 일천의 답안은 설령 그 문장이 조금 떨어진다 해도 관대하게 급제시켜 주었다. 이리하여 수만의 수험자가 파도처럼 앞을 다투어 좋은 위치를 점하려고 해서 서로 경쟁을 하니 사정(使丁)이 방망이를 손에 들고 이를 막았다. 혼잡함이 점차 심해져 매 과거 때마다 몇 사람 씩 죽는 사람이 늘 나올 정도였다. 그렇지만 여기에 이 나라가 예로부터 인심이 돈독한 것을 느끼게 하는 점이 있다. 위와 같이 수많은 수험자의 답안이기에 소수의 시관(試官)이 삼면육비(三面六臂)[41]라고 해도, 각각의 답안을 일일이 정독해 검사할 수 없는 것은 자연의 이치이니, 수험자에게 행운과 불운이 생기는 것은 물론이다. 그러나 처음에 조선에 과거제도를 시작했을 때의 기록에 의하면 당시 수험자는 불과 서른 명이었다고 한다. 생각건대 사람의 마음이 여전히 돈후(敦厚)해서 보통의 독서가는 응시할 자격이 없다고 스스로 겸손하게 생각해, 매우 자신 있는 학자만 비로소 응시한 것이다. 그 후에 어중이떠중이 누구 할 것 없이 한 번은 과거에 응시하는 폐풍(弊風)이 생겨, 심할 때는 남의 과거를 떠맡아 동반입장해서 시제에 응해 문장을 작성해 수험자 본인의 이름으로 이를 던지는 자도 있고, 나이 열다섯에 이미 과거에 응시하는 자도 있었다. 행운이 따라 급제해도 타인의 힘인 경우도 드물지 않았다. 이에 수만 명이 입장하는 기이한 경관을 보기에 이른 것이다. 사람 마음의 타락은 물론 시관에게도 전염되어, 시관들 역시 수재를 선발하려는 성의가 없고 무의식적으로 산더미 같은 답안 중에서 열 개, 스무 개의 예상 급제자 수를 표준으로 선발해 이를 사독하고 조금 뜻에 맞으면 이를 합격시켰다. 점차 말세가 되어 경성의 권세 있는 양반은 과거에 정직함으로 응대할 필요 없다는 것을 깨달은 결과, 서로 논의하고 꾸며 조직했다. 각자 순차적으로 자신의 아들을 급제자로 선정해 이를 시관에게 통보해 거의 단순히 형식적으로 응시하게 해서 즉시 합격시켰다.

---

41) 삼면육비(三面六臂) - 세 개의 얼굴과 여섯 개의 팔을 가진 불상.

이는 인심의 부패와 법에 어긋나는 죄라고 하지 않을 수 없다.

내가 알고 있는 노학자는 말하기를, 내가 급제한 과거는 수만 명의 응시자 중에서 오로지 나 혼자만 급제자를 냈을 뿐이라고 했다. 그렇지만 그도 역시 소론의 대 양반으로 거의 소론 당파를 좌지우지하는 가문의 자식이고 보면 이미 조합의 결의로 합격자로 예정된 것 아닌지 알 길이 없다. 또 그는 원래 시문을 빨리 짓기로 이름 있는 자로, 한 번 응시해서 급제한 뒤에 종종 다른 사람의 촉탁을 받아 대신 입장해 어떤 때는 네다섯 명을 위해 답안을 작성한 적도 있었다고 한다. 대필은 물론 보수가 있다. 보수에 정해진 액수는 없지만 요컨대 문벌이 천한 자일수록 보수가 많을 터이다. 초시, 진사의 호칭을 갖고 싶어 상놈을 대신해서 시험을 쳐준다면 수백 원의 보수를 내놓지 않을 수 없을 터였다.

국왕은 마음 내키는 대로 수시로 과거를 행할 권리가 있었다. 임시 과거가 빈번해서, 심하게는 몇 달에 한 번 있던 적도 있었다. 특히 선제(先帝)는 왠지 특별히 과거를 좋아하셔서 매달 거의 과거가 없는 일이 없을 지경이었다. 과거는 경성에는 큰 이익이 되고 지방에는 큰 손해가 된다. 과거가 있다고 하면 지방의 독서가는 실로 천 리를 마다하지 않고 당나귀에 채찍을 휘두르며 상경해 동소문 부근을 중심으로 경성의 각 부에서 투숙했다. 그수가 매번 수만 명이었다. 그들은 반드시 다소의 노잣돈을 갖고 오지만, 경성에 빠지면 어찌 수만 원 뿐이겠는가. 경성의 상인이 이들을 단골로 생계를 유지하는 자 수백 집이다. 특히 동소문 부근 즉 성균관 근방의 인가는 모두 과거 응시자의 객사로 도쿄의 혼고(本鄉), 간다(神田)를 방불케 한다. 그러니 과거가 끝난 후에 이 부근의 인가는 모두 생업을 잃고 다른 곳으로 이전해 지금은 동소문 일대는 송림의 푸른 하늘만 점점이 보이는 빈가의 한촌이 되어버렸다. 앞선 황제는 어쩌면 경성을 풍요롭게 하려는 경론(經論)이 있어 과거를 종종 시행했는지도 모르겠다. 혹은 많은 사람들이 군집하는 장관을 기뻐해 그렇게 했을까. 이를 연구해보니 실은 폐하의 진정한 뜻은 과거 때마다 초시, 진사, 급제를 팔려고 하는 곳에 있었는지도 모르겠다. 그렇다면 정직한 시골의 독서가 등은 백리를 궤를 지고 공명을 꿈에 그리며 상경해 머리를 짜내어 응시하지만 실제로 합격자는 이미 빨리 손을 써서 내관이나 그 외의 과거 중개업자의 손을 통해 이미 계약이 끝나있는 것이다. 이들 무수한 정직한 사람이 내미는 답안은 시관의 손에도 닿지 않고 모아온 관중(官中), 내관(內官), 승지(承旨) 등의 개인적인 휴지가 되고 만다. 그중에는 이 답안을 시정 사람에게 파는 관노조차 있다. 지질이 두껍고 튼튼하니 한 장에 몇 푼을 주고 사는 자도 있어서 온돌 종이 아래에 바르거나 벽지, 장지문의 중심에 바른다. 실로 물고기는 삼단을 뛰어 용이 되건만 어리석은 이는 밤새 연못의 물만 푸는 꼴이다.42) 이들 과거의 시세는 때에 따라 고저가 있지만, 요컨대 문벌 있는 양반이 사려고 하면 싸게, 평민에게는 매우 비싸다. 그렇다면 이를 사는 자에게 무슨 이익이 있는가 하면 전혀 없다. 옛날과는 달라 급제했다고 해서 임명되는 일도 없었고 진사, 초시는 원래 그러했다. 다만 얻는 것은 급제, 진사, 초시라는 호칭뿐이다. 이를 문호(門戶)를 얻는다고 말한다. 그래서 오래 전부터 이미 과거의 무용을 논하고 이를 폐지하자고 주장한 사람도 있었는데, 일본과 지나(支那)의 간섭이 점차 심해짐에 따라 마침내 폐지된 것이다. 과거가 폐지되었지만 매관매직은 더욱 성행해 관료의 부패는 여전하다.

이상은 문과의 과거를 말하는데, 무과의 과거도 그 폐단이 전적으로 이와 마찬가지이다. 무과 과거에는 처음에는 검(劍), 봉(棒), 사(射), 어(御), 병서(兵書) 등의 과목이 있었는데, 근대에 이르러 단지 사(射), 한 과(科)만 시험을 보고 있을 뿐이다. 국왕이 친히 납시어 시험을 보는데 사장(射場)은 거리 삼백 보로 했다. 대개의 무관은 활을 가운데에 맞추지 못했다. 그렇다면 양반의 자제는 어떻게 해서 이에 합격하는가 하면, 미리 활 선생을 준비해 자신

---

42) 원문은 '三級波高魚化龍 癡人猶汲野塘水'. '삼급파고어화룡(三級波高魚化龍)'은 중국의 하(夏)나라의 황제 우(禹)가 황하(黃河)를 치수하였을 때, 3단 폭포가 생겨, 이를 오르려던 물고기가 용이 되었다는 고사에서 유래한 말로, 입신출세를 나타냈다. '치인유급야당수(癡人猶汲野塘水)'는 본래 '치인유호야당수(癡人猶戽夜塘水)'가 더 널리 알려져 있다. 뜻은 물고기가 이미 용이 되었음을 모르는 어리석은 이가 물고기를 찾기 위해 물을 푸고 있다는 뜻.

이 쏠 순서가 되면 대신해서 쏴 맞추게 한다. 이를 대사(代射)라고 한다. 국왕은 멀리 앉아 있으니 과연 누가 쏘는지 얼굴을 판별할 수 없다. 대사를 시켜서 적중하면 이에 급제해서 무관직에 오르는 것이다. 활 선생의 명장(名匠)은 경성에 많지는 않지만 한 사람이 많은 양반의 대사를 태연하게 행하지만, 무과에 매매라는 말을 듣지 못했다. 마치 활은 눈에 직접 보이는 것이어서 맞추지 못한 것을 맞췄다고 속이지 못하기 때문일 것이다.

어찌되었든 이렇게 몇 사람인가 급제자가 나왔을 경우에는 시험 후 사흘 혹은 이틀, 아니면 당일에 방을 붙여 발표한다. 제1위를 장원(壯元)이라고 하는데, 지나에서 말하는 장원(狀元)에 해당한다. 급제자는 이에 홍패(紅牌)를 받고, 또한 국왕을 만나 뵙고 꽃을 하사 받았다. 꽃은 가는 대나무에 붉은 꽃을 점점이 붙인 것으로 갓 뒤쪽에 꽂아 앞으로 드리우게 하여 걸을 때 부드럽게 상하로 움직인다. 사화(賜花)를 꽂아 은혜를 감사하고 또 악공(樂工)을 받아 악공급제자를 앞뒤에 거느리고 아악을 취주하며 거리로 나가 사흘간 지인과 친족을 만나고 돌아다니는데, 이를 유가(游街)라고 한다. 유가가 끝나고 궁내부(宮內府)에 출두해 사령(辭令)을 받아 곧바로 청관(淸官)에 임명된다. 관에 당상(堂上), 당하(堂下)가 있다. 일본의 간다치메(上達部), 덴조비토(殿上人)43)와 비슷하다. 당상은 정삼품 이상을 말한다. 당하는 종3품부터 9품까지를 말한다. 당상 제관 중에서 급제생이 즉시 임명되는 것은 참의(參議)이다. 승지(承旨), 태사성(太司成), 이의(吏議) 등이 있다. 당하관에는 주서(注書), 대교(待敎), 한림(翰林), 교리(校理), 직도(直圖) 등이 있다. 특히 장원급제자는 종종 암행어리에 임명된다. 암행어리는 국왕이 직접 파견한 시정관으로, 마패를 받아 허름한 옷으로 변장하고 지방 정치를 시찰해 감사 내지 군수의 치적을 몰래 시찰한다. 즉시 군수를 파할 권리가 있어 매우 중요한 관직이다.

---

43) 간다치메(上達部), 덴조비토(殿上人) - '간다치메(上達部)'는 3품 이상의 벼슬아치를, '덴조비토(殿上人)'는 6품에서 4품까지의 벼슬아치를 가리킨다.

●사람과 호랑이의 싸움(人虎の爭ひ)

26) (호랑이)

조선은 과연 호랑이의 본고장답게 호랑이 이야기가 100가지가 넘을 정도로 많다. 이들은 모두 어떻게 호랑이의 무서움을 나타낼 것인가 하는 이야기이다. 특히 속설에 의하면, 조선의 삼림을 다 베어버린 것은 그 원인이 호랑이의 피해에 있다고 한다. 즉, 삼림이 무성하면 자연히 호랑이가 출몰하여 사람과 가축을 살상한다. 그러니 관령(官令)을 내려 많은 삼림을 베어내게 장려하고 호랑이 소굴을 없애는 것이다. 혹자는 다르게 말한다. 우거진 삼림이 백성 개인의 소유라면, 국왕이 이를 듣고 훌륭한 묏자리로구나. 공신 아무개 양반 아무개의 묘소로 빼앗으려고 무리하게 헌상을 시킨다. 이런 바보 같은 짓 때문에, 백성들은 미리 나무를 전부 베어낸다는 것이다. 소위 학정이 호랑이보다 무서운 것이 원인이 되어 다 베어내게 되었다는 설이다. 아무튼 지금보다 수 년 전까지는 경성의 동문 밖에서는 일 년에 2, 3회 맹호의 표호가 들렸고, 지금 역시 지방에서 호랑이 피해 소식에 관한 신문 기사가 한 철 겨울에 4, 5회 이상 등장한다. 그러니 이 나라의 호랑이에 관한 이야기를 깊게 연구해 보니, 처음에는 그저 단순히 금수로서 호랑이의 맹렬함을 이야기하는 것에 머물렀지만, 점차 호랑이에 대한 백성의 관념이 변하기 시작해, 마침내 호랑이를 인격화하고 더욱 나아가 영격화(靈格化)·신격화(神格化)한다. 신으로 변한 호랑이는 신기한 영능력을 가지게 되어, 사람의 말이야 물론 자유롭게 하고, 단지 무서운 대상에 머무르는 것이 아니라 숭배해야 할 신령스러운 동물에 이르게 되는 것이다. 그 실증은 이하에 더 적는 이야기 수칙에 따라 살펴봐야 한다.

호랑이에 대한 관념의 발전은 일본이 뱀을 대하는 관념과 비슷한 점이 많다. 어렴풋하지만 태곳적에 이 나라에서는 호랑이에 의한 피해가 실로 심했고, 일본에서는 뱀 피해가 매우 심했던 사실을 고하고 있는 것이 아닌가 추측할 수 있다.

Why, 다카하시 도루

왜?

1. 다카하시 도루는 왜 한국에 건너왔는가

다카하시 도루는 1878년 12월에 한국과 바다를 마주하고 있는 니이가타현新潟縣에서 태어났다. 이후 제4고등학교第四高等學校, 도쿄제국대학교東京帝國大學校와 같이 관리를 양성하는 엘리트 코스를 거쳐 1902년에 졸업. 이후 규슈九州의 신문사에 취직하였다. 그러던 중 1904년 조선의 관립중학교官立中學校의 교사로 취임하게 되었다.[1]

조선은 갑오개혁甲午改革(1894~1895)으로 과거제를 폐지하고, 관료제를 도입하게 되었는데, 관료양성을 위해서도 교육개혁의 필요성

---

[1] 다카하시 도루의 도한(渡韓) 시기에 대해서는 1903년과 1904년의 두 설이 있으나, 여기에서는 1909년에 간행된 『한어문(韓語文典)』의 회상을 근거로 1904년으로 하는 김광식의 주장을 따랐다(「高橋亨の『朝鮮の物語集』における朝鮮人論に關する研究」 『學校教育學研究論集』, 2011년).

을 느꼈을 것이다. 1895년 한성사범학교를 시작으로 다수의 고등
교육기관을 설립하게 된다. 여기에 일본인 고문 및 교사로 참여한
사람이 도쿄제국대학에서 사학史學을 전공한 시데하라 다이라幣原坦
(1870~1953)였다. 시데하라는 1900년 관립중학교 창설과 더불어 외
국인 교사로 입국하게 되었다.

시데하라를 초청할 당시 초빙조건 및 자격요건은 다음과 같다.[2)]

> 1. 보수는 월액 은화 2백 원 내외, 3년 기한.
> 2. 보통학문을 한 사람으로 교육상 경험이 있는 자.
> 3. 외국어(영어)를 할 줄 알고 외국사정에 밝은 자.
> 4. 한학의 소양이 있는 자.
> 5. 고빙되는 교사는 해당 중학은 물론 당국의 학제상에 참여할
>   경우도 있음.

시데하라는 3년 동안 관립중학교에서 근무하면서, 조선의 역사
에 대한 논문을 수십 편 발표하기에 이르고, 임기를 마치고 1904년
는 도쿄제국대학에서 박사학위를 취득하기에 이르렀다. 그리고 그
후임으로 다카하시 도루가 한국 땅을 밟게 된 것이다. 다카하시가
한국에 온 이유는 위 조건의 4번과 같이 한학에 소양이 있었기 때
문으로 생각된다.

---

2) 최혜정 「시데하라(幣原坦)의 顧問活動과 한국사연구」(『國史館論叢 第79輯』, 1998년)

2. 다카하시 도루는 왜 조선의 옛날이야기를 수집했는가

다카하시가 관립중학교의 교사로 근무하면서, 가장 먼저 출판한 것은 『한어문전韓語文典』(1909년, 博文館)이라는 한국어문법 책이었다. 『한어문전』의 저자 서문은 다음과 같이 시작하고 있다.

우리의 대한對韓 경영經營은 정부가 주도하던 시대는 점점 과거가 되고, 앞으로는 혼연일체가 되어 국민 전체가 해야만 하는 시대가 도래하고 있다. 우리는 반드시 이 국민들과 같이 손을 잡고, 같이 발을 맞추어 계발유도啓發誘導의 열매를 거두어야 하겠다. 국민적 경영의 가장 중요한 조건은 무엇인가. 말하자면 경제적 상호이익交益, 말하자면 일한 언어의 교환이다. 경제적 상호이익은 천하의 공론公論이다. 잠시 이 문제는 접어두도록 하자. 일한 언어 교환에 관해서는 오히려 한 마디 할 말이 있다.

가까운 과거까지는 재한일인在韓日人 잘못된 생각이 있었다. 즉 한인이야말로 학습할 필요가 있지 일인이 왜 한어를 배울 필요가 있단 말이냐고 하는 생각이 있었다. 도요토미 히데요시를 들먹이며 말도 안 되는 생각으로 새로운 외국어 학습에 대한 번거로움을 벗어나려고 한다. 하지만 이는 감정이 대화에 개입하는 힘, 그리고 통역자의 능력부족과 부도덕함을 방관해 버리는 잘못된 생각이다. 각각의 방에서 아무리 큰 소리로, 아무리 열심히, 아무리 교묘하게 이야기해도, 벽을 허물어서 얼굴을 마주하고 손을 잡고 이야기하는 것에 비하면 반쪽 말에 불과하다.

다카하시는 지금까지는 일본 정부가 일방적으로 한국의 기초를 닦아 왔다면, 이제부터는 일본 국민 전체가 한국을 개발시켜야 한다고 생각했음을 알 수 있다. 그리고 그 방편으로 경제적 이익의 상호 교환과 같이 들고 있는 것이 언어교환이었다. 다카하시가 한국에 왔을 때 한국어를 알았을 리 만무하다.[3] 그러나 다카하시는 위 서문에 이어 '6번의 봄과 가을을 지나면서, 감히 한어를 깊이 안다고는 하지 못하더라도, 회화의 자유로움을 거의 얻었다'고 밝히고 있어, 『한어문전』을 출간한 1909년에는 회화에 자신을 가지고 있었다. 다카하시는 한국을 경영하는 데에 있어 언어의 중요성을 깨닫고, 일찍부터 어학습득에 열심이었던 것이다.

다카하시가 한국어를 습득하는 방법으로는 학생들을 이용한 자유회화가 중심이 되었을 것이다. 이러한 외국어를 눈이 아닌 귀로 습득하는 방법은 본문에서 '진고개'를 '진코우가이'로, '잣'을 '자시'라고 표기하고, '거울'과 '기울이다'를 헷갈리는 결과로 이어졌을 것이다.

그리고 다카하시가 전공이 한문학이었다는 점을 살려서, 적극적으로 한국의 한적을 읽었음을 쉽게 상상할 수 있다. 본서에 수록된 「재생연」은 일반적으로는 「숙영낭자전淑英娘子傳」으로 알려진 작품이다. 이 작품을 「재생연」이라고 기록한 것은 국립중앙도서관에 소장되어 있던 한문본이 유일하다[4]는 점을 고려하면, 다카하시가 한국의 한문서적을 폭넓게 읽고 있었음을 알 수 있다.

---

3) 다카하시의 전임자 시대하라도 통역을 동반해 수업을 했다.
4) 김일렬 『조선조소설의 구조와 의미』(1984, 형설출판사)

결국 본디 이 책과 같이 수록되어 있던 속담과 옛날이야기는 한국어 학습과정에서 자연스럽게 얻어진 부산물일 것이다. 아니면 속담과 옛날이야기에 대한 관심에서 한국어를 습득할 필요성을 느꼈을지는 모르겠다. 결과적으로는 이 두 분야에 대한 관심이『한어문전』과『조선물어집급이언朝鮮物語附俚諺』이라는 책으로 정리가 되고, 후자의 이야기부분이 이번에 번역되게 된 것이다.

3. 다카하시는 왜『조선물어집급이언』 (일본인이 본 조선의 모노가타리)를 출간했는가

다카하시는 처음의 의도야 어찌되었든, 옛날이야기와 속담을 접하고 모으면서 '사회 관찰자'라는 입장을 고수하고 있다. 저자 서문을 다시 봐보자.

> 사회 관찰자는 있는 그대로의 생활 속에서 움직이지 않는 풍속과 습관의 특색을 인식하지 않으면 안 된다. 풍속과 습관을 연구하는 것만으로는 불충분하다. 더욱 그 풍속과 습관을 일관하는 정신을 파악해서 그 사회를 통제하는 이상理想으로 귀납歸納시켜야만, 비로소 사회연구를 마쳤다고 할 수 있다. 이 사회정신과 이상을 완전히 발견하는 것은 그물의 대강大綱을 내리는 것과 같아, 위정자와 사회정책자의 경영 시설에도 큰 공헌을 할 것이다. 즉 민중의 마음의 근원을 헤아려서 그 위에 인재를 육성하는 궁리를 할 수 있게 되었으면 한다.

다카하시는 외국인의 입장에서 한국의 사회와 인물을 항시 일본과 비교하고 있다. 외국인이었기에 더 잘 보이는 부분도 분명 있었을 것이다. 다카하시는 서문의 처음에서 옛날이야기와 속담을 백두산에서 흐르는 물에 떠내려 온 사금이 모인 금괴라고 표현하고 있다. 흐르는 물을 시간이라고 한다면, 금괴는 옛날이야기, 속담이고, 백두산은 사회정신과 이상을 가리킨다. 다카하시는 한국의 사회정신과 이상을 발견하기 위해, 옛날이야기와 속담을 채록했고, 주석을 단 것이다.

이 주석이야말로 관찰자인 다카하시가 할 수 있었던 일이다. 주석의 곳곳에는 조선보다 일찍 서양문명을 받아들인 일본의 국민으로서의 자부심이 엿보인다. 한국에서의 다카아시는 관립학교 교수라는 한일 양국을 대표하는 엘리트로서 한국을 계발하고 계몽시켜야 할 입장이었다. 그러했기에 한국의 뒤떨어진 점이 부각되어 보였을 것이다. 다카하시는 「무법자」의 미주 21에서 공중위생 개념이 매우 부족한 한인에 대해 포기하고 있는 듯한 말투로 설명하고 있다. 하지만 불과 40여 년 전만 하더라도, 일본 역시 서양과 비교해 극장과 같은 대중시설이 비위생적으로 관리되고 있다는 비난과 자조를 피할 수 없었다. 그럼에도 다카하시가 그렇게 느꼈던 것은 그가 1868년 메이지 유신 이후에 태어난 세대로, 근대 이전에 대한 경험이 없었기 때문이다.

반면 서양과 비교하면 일본 역시 아직 부족한 점이 많다고 생각하는 다카하시였다. 「말하는 남생이」의 '시간을 개의치 않는 한인'

이라는 미주에서 「서양인은 동양인의 시간관념이 부족하고, 느긋한 것에 대해 언제나 매우 놀라한다. 동양 안에서 문명국이라고 믿고 있는 우리 일본인도 이 점에 있어서는 확실히 홍모종紅毛種에게는 뒤진다」고 하는 부분은 한국인을 대할 때와는 사뭇 다른 다카하시의 어투를 느낄 수 있다.

4. 『조선물어집급이언』 이후

한편 일본총독부는 한국의 설화에 대해 관심을 가지기 시작해, 각 지방에 공문을 내려 설화를 수집시키기에 이른다. 이 결과는 최근 이시준·장경남·김광식 『전설동화조사사항』(2012, 숭실대학교 동아시아언어문화연구소)와 강재철 『조선전설동화』 상, 하(2012, 단국대학교 출판부)에 영인 소개되고 있다. 또한 총독부의 조사결과는 관련인물들의 손에 의해 미와 다마키三輪環의 『전설의 조선傳說の朝鮮』(1919, 博文館), 다나카 우메키치田中梅吉의 『조선동화집朝鮮童話集』(1924, 조선총독부) 등의 출판물로 이어졌다.

한편 심의린 『조선동화대집朝鮮童話大集』(1926, 漢城圖書), 정인섭 『온돌야화溫突夜話』(1927, 日本書院), 손태진 『조선민담집朝鮮民譚集』(1930, 鄕土研究社) 등 한국인의 손에 의한 민담 채록집 출판도 잇달았다.

이러한 점을 볼 때, 『조선물어급이언』이 얼마나 이른 시기에 조선의 옛날이야기를 번안해 소개하고 있는지를 알 수 있다. 따라서 근래에 많은 연구가 되고 있으며, 그 대강은 권혁래 「근대 초기 설화·고전소설집 『조선물어집』의 성격과 문학사적 의의」(『한국언어문학』제64집, 2008)와 김광식·이시준·장경남『조선이야기집과 속담』
(2012, 숭실대학교 동아시아언어문화연구소)의 해설에 정리가 되어 있으므로,
여기에서는 생략하도록 하겠다.

다카하시 도루는 1941년에 일단 일본으로 귀국하지만, 1945년 다시 한국을 찾았다. 그러나 곧 광복을 맞이해 이듬해 일본으로 돌아갔다. 이후 1950년 덴리대학天理大學에 교수로 재임하면서 '조선학회朝鮮學會'를 발족시켜 조선연구에 평생을 바치게 된다.

다카하시에 대한 한국의 평가는 어용학자라는 부정적인 평가가 일반적이지만, 대체적으로 초기의 근대적인 한국학의 기초를 마련했다는 데에는 이견이 없는 상태이다.

역자도 이 책을 처음 접하였을 때에는 근대이전 조선에 대한 부정적인 언급이 많아 불편한 마음이 들었던 것도 사실이다. 하지만 객관적으로 자료를 분석하고 대해야 하는 연구자의 자세로 돌아가 최대한 원문을 살려 번역하려고 했다.

한국어로 되어 있었을 이야기를 일본어로 옮기고, 다시 그 일본어를 한국어로 옮기는, 얼핏 다람쥐 쳇바퀴 같은 작업을 했다. 번역에서 느꼈던 몇 가지를 적으면서 후기를 대신하려 한다.

우선 문장과 구성 자체가 일본의 근세소설, 특히 고칸合卷이라고 불리는 장르의 소설과 비슷하다는 점이다. 예를 들면 대화와 지문이 구분이 없이 "~라고 했다"라는 표현으로 이어지는 점이다. 본문에서 번역할 때 가장 고민했던 부분이다. 일본에서는 근세 연극에서부터 이러한 서술 방법이 발달하기 시작해, 산문으로 영향을 미쳤다. 결국 근세 후기의 통속 소설의 대부분은 이런 "~라고 했다"의 서술형식을 취하게 된다. 다카하시 도루가 메이지 시대에 태어났다고는 하나, 아직 근세시대의 소설들이 일반적으로 읽히던 시대였기에 이러한 문장이 되었을 것이다.

문장과 관련한 또 하나의 특징은, 한문 투의 단어와 일본 고유의 고어적인 표현이 같이 쓰이고 있다는 점이다. 다카하시가 한문학 전공자인 점을 고려하면 전자는 납득이 되지만, 후자는 갸우뚱하게끔 만든다. 가장 대표적인 것이 '지금은 옛날'이나 '떡갈나무 열매 같은'이라는 표현이다. 둘 다 일본의 옛날이야기 같은 느낌을 독자에게 주기 위해 사용했다고 생각되어진다.

다카하시 도루는 서문에서 자신을 '관찰자'라고 표현하고 있다. 그런데 수록된 내용을 보면 조선은 뇌물과 비리가 판을 치고, 과거 제도와 같이 불합리한 제도가 있었으며, 무법자가 활개 치는 이야기가 많다. 여성들은 남편을 위해 희생해야 했으며 이혼이라는 제도도 없는 사회적 약자로 다카하시의 연민을 자아내고 있다. 과연 다카하시의 눈에 관찰 대상인 조선은 어떤 모습이었을까. 이러한 부분이 이 책을 읽으면서 내내 느꼈던 불편함이었을지 모르겠다.

역자 씀.

일본인이 다시 쓴 옛날이야기

조선의 모노가타리物語

초판 인쇄　2016년 3월 23일
초판 발행　2016년 3월 30일

저　자　다카하시 도루高橋亨
역　자　편용우片龍雨
펴낸이　이대현
편　집　권분옥
펴낸곳　도서출판 역락
주　소　서울시 서초구 동광로 46길 6-6 문창빌딩 2층
전　화　02-3409-2060(편집부), 2058(영업부)
팩　스　02-3409-2059
등　록　1999년 4월 19일 제303-2002-000014호
이메일　youkrack@hanmail.net

정　가　16,000원
ISBN　979-11-5686-317-5 93810

* 사전 동의 없는 무단 전재 및 복제를 금합니다.
* 파본은 교환해 드립니다.

助成　日本万国博覧会記念基金
Supported by the Japan World Exposition 1970 Commemorative Fund.
公益財団法人　関西・大阪21世紀協会

본서는 정부(교육과학기술부)의 재원으로 한국연구재단
의 지원을 받아 수행된 연구(NRF-2007-362-A00019)임.